Georg Meier

Kein weiter Weg vom Pudding Shop zum Père Lachaise

Stories

Dittrich Verlag

Bibliografische Information der Deutschen Bibliothek
Die Deutsche Bibliothek verzeichnet diese Publikation in der Deutschen Nationalbibliografie; detaillierte bibliografische Daten sind im Internet über >http://dnb.ddb.de< abrufbar.

ISBN 978-3-937717-64-7

Lektorat: Marita Gleiss
Umschlaggestaltung: Guido Klütsch

www.dittrich-verlag.de

INHALT

Schlaflos in Hamburg

Die Stadt war ihm völlig fremd. Na gut, ihm war vieles völlig fremd, viel mehr als er angenommen hatte. Natürlich hatte er schon vor Jahren festgestellt, dass sein Heimatort ziemlich weit entfernt von den großen Ereignisstätten dahindämmerte, und dass man auf dem Land nicht viel von der Welt jenseits des Horizonts zu wissen brauchte, um dem eintönigen Alltag die Stirn bieten zu können. In der Nähe des Eisernen Vorhangs. Das Dorf, aus dem er endlich geflüchtet war, hatte etwa 800 Einwohner, eine Kneipe, eine Zwergschule und, im Gegensatz zu den Nachbarorten, die mit je einem Dorftrottel auskamen, drei Deppen. Aber selbst in diesem verschlafenen Winkel gab es Fernseher – in Spielfilmen, Serien, Dokumentarfilmen hatte er die großen Städte gesehen. Und stets war die Dynamik des Großstadtlebens betont worden, der hämmernde Rhythmus des Alltags, überall in den Himmel ragende Kräne, breite Straßen, vollgestopft mit Autos; Menschenmassen drängten sich zwischen mächtigen Häuserzeilen, Kinos und Hotels sahen aus wie Paläste. Das hatte ihm gefallen. Millionen Möglichkeiten, den Tag zu erleben, unzählige Impulse aus allen U-Bahn-Schächten, Diskotheken, Stadien und Straßen. Auch wenn er in diesem niederbayrischen Dorf nicht viel mitbekommen hatte, wusste er doch immerhin, dass sich da draußen Dinge ereigneten, die völlig anders waren als alles bisher Dagewesene. Die Alten im Dorf waren angewidert von dem, was sie davon hörten und lasen – junge Männer mit schulterlangen Haaren, Mädchen in schamlos kurzen, sogenannten Miniröcken, demonstrierende Studenten; im Fernsehen gab es eine Sendung für junge Leute, den *Beat Club*, und alle im Dorf wunderten sich, dass so was erlaubt war. Am schärfsten waren die Bilder von der Herbertstraße in Hamburg, einer Bordell-Straße. In den Fenstern saßen spärlich bekleidete Frauen mit großen Brüsten, lächelnd, lockend, anziehender als jedes perfekt gezapfte Bier, paradiesisch – und nicht einmal teuer. Jörg hatte sich diesen Bericht aus einer Illustrierten aufgehoben.

Eines Abends, also vorgestern, um genau zu sein – die Eltern, die Schwester und die Oma saßen vor dem Fernseher –, holte er den bereits gepackten Koffer aus der Scheune, wanderte die Landstraße entlang, hob immer, wenn er ein Auto hörte, was nicht oft vorkam, den Daumen. Es war ihm vollkommen rätselhaft, dass niemand anhielt, obwohl er andererseits natürlich längst herausgefunden hatte, dass die Leute im Alltag nicht immer so handelten, wie man es ihnen sonntags in der Kirche predigte. Aber schließlich wurde er doch mitgenommen. Von zwei Betrunkenen in seinem Alter, die das Auto, einen Opel Rekord, gestohlen hatten, wie sie stolz erzählten, und bester Laune waren. Weil sie ohnehin nur einfach in der Gegend herumkurven wollten, fuhren sie mit ihm durch die Nacht, der Autobahn entgegen, um ihn auf einer ihrer Meinung nach erfolgversprechenden Raststätte abzusetzen. Aus dem Radio strömte Musik – gute Musik, wie die beiden Betrunkenen fanden. Jörg stimmte ihnen sofort zu. Die Gruppen kannte er alle – Beatles, Rolling Stones,

The Who –, denn schließlich war diese Art von Musik seine Verbindung zur Welt. Vier Jahre zuvor hatte er ein Transistorradio geschenkt bekommen, und seitdem hörte er fast jeden Abend trotz des schlechten Empfangs Radio Luxemburg. Der Typ am Steuer schien nicht ganz dicht zu sein. Er war höchstens 16, besaß keinen Führerschein, war deutlich betrunkener als sein Kumpel und sprach dauernd davon, er wolle nachher noch auf den Weiden der Umgebung nach Kühen suchen. Er habe schon mal eine Kuh gefickt. Es habe ihm gefallen. Die beiden Burschen waren zweifellos nett, sogar unterhaltsam, gehörten aber keineswegs zu der Sorte von Leuten, die Jörg suchte. Das waren Jungs aus einem Nachbardorf, die sich vermutlich den Wagen eines Onkels für eine Spritztour »ausgeliehen« hatten, Hinterwäldler wie Jörg, deren spontaner Ausbruchsversuch allerdings eng an die Wirkung des Alkohols gebunden war und somit in ein paar Stunden mit Kopfschmerzen enden würde.

An der Raststätte sprach er mehrere Fernfahrer an. Merkwürdige Typen. Alle so abweisend – als hätte er Reste von Erbrochenem im Gesicht. Manche blickten ihn an, als hätte er ihnen ein obszönes Angebot gemacht. Ein Italiener erbarmte sich seiner. Ihm war aus einem Grund, den er mit seinem mangelhaften Deutsch nicht erklären konnte, am Brenner sein Partner abhanden gekommen, und nun solle Jörg ihn wachhalten. Er müsse noch bis nach Hamburg fahren. Jörg konnte sich gar nichts Besseres vorstellen. Oh ja, er würde den Fernfahrer mit tausend Fragen wachhalten – er wollte alles wissen, über Mailand, Rom, Cäsar, den Sinn des Lebens, Weiber …

Und in der Tat verstanden sich die beiden blendend. Als Jörg in Hamburg auf der Reeperbahn ausstieg, beherrschte er zwanzig italienische Schimpfwörter, konnte auf Italienisch bis tausend zählen und wusste nun, dass in Deutschland die Nudeln generell zu weich gekocht wurden.

Reeperbahn, hm? Er blickte sich prüfend um – und was er sah, war kaum zu verkraften. Die Fotos waren nichts im Vergleich zur Wirklichkeit. Und er stand nicht am Rand der sündigen Meile, sondern mittendrin. Um ihn herum war nichts als Reeperbahn – Kneipe an Kneipe, Automatenhallen, Kinos, Striptease, Wettbüros, Theater, Tanzschuppen, riesige Neonreklamen. Alles lag im Sonnenlicht, und Jörg fragte sich, wie intensiv das Leben hier bei Nacht sein würde. Mit dem Koffer in der Hand wanderte er eine gute Stunde durch St. Pauli, stand andächtig vor dem *Star-Club*, bekam eine Erektion beim Anblick spärlich bekleideter Frauen in der Herbertstraße und beschloss, am Abend eine der Damen zu besteigen; trank in einer Kneipe, in der Filme mit nackten Frauen gezeigt wurden, das teuerste Bier seines bisherigen Lebens und verbuchte diesen Betrag unter »wichtige Erfahrung«; dann lief er auf einer breiten, von modernen Büropalästen gesäumten Straße, auf der sich ein ununterbrochener Strom von Fahrzeugen dahinwälzte, zum Hauptbahnhof, der ihm wie eine gigantische Kirche vorkam. Er schob seinen Koffer in ein Schließfach, ließ sich weiter durch die City treiben, hatte noch nie zuvor eine solche Zusammenballung von gemauertem Stein, von Glas und Beton gesehen und fand alles unglaublich faszinierend. Er fühlte sich so leicht, so frei, der Straßenverkehr, der ihn anfangs verunsichert hatte, verlief zu seiner Beruhigung sehr geordnet, und überhaupt schien ihm in dieser riesigen Stadt keine Gefahr zu drohen. Als es dunkel wurde, fuhr er mit der U-Bahn nach St.

Pauli. Das Viertel sah nun ganz anders aus. Neon-Feuerwerk, Polizeisirenen, Menschenpulks. Welch eine Nacht! Er lernte zehn Kneipen und mindestens 20 Leute kennen, sogar Ausländer, fragte jedem ein Loch in den Bauch, versprach den meisten, sie bald zu besuchen, tanzte im *Top Ten* mit einem Mädchen und musste sich daraufhin mit ihrem Freund auf der Straße prügeln, was für Jörg eine Kleinigkeit war, denn auf den Dorffesten in seiner Heimat hatte er sich oft genug wacker geschlagen. Er war kräftig und ohnehin nicht der ängstliche Typ. Eine großartige Nacht. In der Morgendämmerung trank er einen Kaffee in einer gemütlichen Bar, Kännchen Kaffee, Milch, Zucker, alles aus zierlichem Porzellan auf einem Tablett, Kerzenlicht, leider Scheißmusik, so Zeug von Roy Black und Frank Sinatra, aber sonst richtig kuschelig. Es dauerte eine Weile, bis er merkte, dass er in einer Schwulenbar saß, und nun kapierte er auch, warum sich hier nur gepflegte ältere Herren befanden und dass die exaltierte Dame hinterm Tresen ein Mann war. Ihn fröstelte plötzlich. Aus zwei Gründen. Erstens wurde ihm bewusst, dass er völlig abgebrannt war. Zweitens fühlte er sich bei dem Gedanken, jemand aus seinem Dorf könne ihn hier in diesem Laden sitzen sehen, so unbehaglich, dass ihm übel wurde. In seiner Heimat gab es nichts schlimmeres als Homosexualität. Dagegen war Steuerbetrug oder Totschlag im Affekt eine ehrenhafte Angelegenheit. Angeblich gab es in seinem Dorf und in den Nachbarorten keinen einzigen Schwulen. Wer »vom anderen Ufer« war, gehörte dem Teufel. Das behauptete zumindest der Pfarrer. In der Bibel stand ja ganz eindeutig, dass Gott solche Menschen der Verdammnis überlässt. Die Männer hier wirkten auf den ersten Blick gar nicht wie Leute, die so oft wie möglich Todsünden begehen. Gut getarnt, dachte Jörg. Sie müssen sich ja gut tarnen, bei dem beschissenen Ruf, den man als Homo hat. Wahrscheinlich laufen zu Hause auch einige gut getarnte Homos rum. Der Moosbauer Seppi zum Beispiel, der Bürgermeister vielleicht, mein Vater – ach, der eher nicht, der ist ja im ganzen Dorf dafür bekannt, dass er allen Frauen den Arsch tätschelt. Aber immerhin Arsch, nicht etwa die Titten oder die Dings, die Möse.

Vier junge Männer betraten lachend die Bar, und schon stieg die Stimmung. Man umarmte und küsste sich, auch hier wurden Ärsche getätschelt, Weinbrand wurde bestellt, von einer Sektflasche schoss mit einem Plopp der Korken zur Decke, Roy Black sang »Ich geh singend durch die Straßen, mit dem Glück bin ich per Du …«, und nun streichelten sich welche, bewegten den Unterleib, die Stimmen wurden irgendwie schwuler, ein älterer Glatzkopf mit Menjou-Bärtchen, der aussah wie Hubert von Meyerinck, näherte sich mit zwei Cognacgläsern Jörgs Tisch, zwinkerte und raunte: »Na, so ganz mutterseelenallein?«

»Ich bin nicht homosexuell«, stieß Jörg hervor.

»Aber das macht doch nichts. Mein Mund wird deinen Schwanz besser verwöhnen als jeder Frauenmund.« Der Mann lachte teuflisch. Jörg stieß ihn entsetzt von sich und rannte hinaus in den hellen neuen Tag.

Später saß er grübelnd im Wartesaal des Hauptbahnhofs. Seine Füße brannten und sehnten sich nach Wasser. Die Münzen, die er in seinen Taschen fand, reichten gerade noch für eine Tasse Kaffee. Er verspürte Kopfschmerzen und kämpfte gegen die Müdigkeit. Man durfte hier nicht einschlafen. Der Saalordner hatte ihn schon einmal geweckt und streng ermahnt. Die Wartesaal-Bestimmungen, überall Regeln, die er nicht kannte. Allmählich kapierte er, dass die Großstadt durch tausend miteinander verzahnte Regeln funktionierte. Alles kam ihm plötzlich so labyrinthisch vor. Nicht nur das Straßengeflecht, sondern ebenso die Atmosphäre. Das heißt, es gab offenbar verschiedene Atmosphären, ja es schien überhaupt alles in verschiedenen Ausführungen zu geben. Der Überblick fehlte, die weite Sicht. Merkwürdige Gestalten ringsum. Freudlose Augen, lauernde Blicke. Zwei Bahnpolizisten, prall gefüllt mit Autorität, machten ihre Runde. Man durfte sie keinesfalls auf sich aufmerksam machen.

Bevor Jörg erneut wegdämmerte, rettete ihn ein Typ in seinem Alter, indem er sich zu ihm setzte, ein kleines, unruhiges Frettchen, das seine kleinen, unruhigen Augen auf ihn richtete. »Na, bist du auch auf Trebe? Hast du mal 'ne Zigarette? Kannst du mir'n Kaffee ausgeben? Hier muss man was bestellen, sonst fliegt man raus. Liegt an dem Scheißsystem.«

»Ich verstehe«, sagte Jörg, der nichts verstand.

»Glaubst du. Aber das war nicht die Antwort auf meine Fragen.«

»Eine Zigarette kannst du haben – Kaffee eher nicht. Ich bin völlig pleite.«

»Na, komm, die 80 Pfennig wirst du …«

»Nein, du Arsch. Wenn ich die noch hätte, würde ich dir einen Kaffee ausgeben. Verstehst du das?« Allmählich ärgerte Jörg sich über den Burschen, der vor ihm herumzappelte, als hätte er zu viel Kaffee getrunken.

Der Bursche lenkte sofort ein. »Okay, okay, entschuldige, hab dich falsch eingeschätzt. Dann muss ich eben mein Fahrgeld anbrechen, muss heute nämlich noch irgendwie nach Ratzeburg kommen. Da kann ich in einem Hotel als Tellerwäscher anfangen. Wird beschissen bezahlt, aber da hab ich dann auch ein Zimmer. Das mache ich öfter, wenn ich ganz unten bin. Ich war schon in Hotels auf Sylt, in Travemünde, im Harz. Dort bleibe ich ein, zwei Monate, dann hau ich wieder ab.« Er bestellte bei dem mürrischen Kellner einen Kaffee, rauchte eine von Jörgs Zigaretten, trommelte mit den Fingern auf der Tischplatte herum.

»Was ist Trebe?«, fragte Jörg.

»Mann, wo kommst du denn her? Du hast einen komischen Akzent. Kommst du aus einer komischen Gegend? Wenn man von zu Hause abhaut und auf der Straße lebt, ist man auf Trebe. Lebst du nicht auf der Straße?«

»Keine Ahnung. Ich bin vorgestern von zu Hause abgehauen, aus Niederbayern, hab mein ganzes Geld ausgegeben und frag mich nun, was ich machen soll. Heute Nacht war ich in einer Homo-Bar.« Der letzte Satz war ihm so herausgerutscht und schrecklich peinlich. Er beschloss in Sekundenschnelle, sich so männlich wie möglich zu verhalten, um nicht als Schwuchtel eingestuft zu werden. Aber der unruhige Typ reagierte auf die Offenbarung mit einem Achselzucken.

»Na und? Ich geh auch manchmal in Schwulenkneipen. Hinter dem Hauptbahnhof sind einige. Wenn ich keinen Pfennig mehr habe, lasse ich mich für 20 Mark in den Arsch ficken. Geht schnell, tut nicht weh und ist besser als eine Schicht im Hafen. Wer so kräftig gebaut ist wie du, kann sich frühmorgens im Hafen anwerben lassen und kriegt abends das Geld. Nichts für mich. Dann lieber 'ne Nummer mit 'nem Schwulen.«

»Oh Gott!« Der junge Mann aus Niederbayern rutschte mit seinem Stuhl ein Stück zurück. Er stellte sich vor, wie so was abläuft und musste zur Strafe mit einem Brechreiz kämpfen.

»Da kommt Franz«, sagte der andere. »Der geht jeden Tag auf den Strich und verdient ganz gut. Hat ein eigenes Zimmer, achtet auf seine Kleidung, ist, glaube ich, selbst schwul.«

Franz, dessen Gesicht trotz seiner Jugend bereits die Kerben wüster Ausschweifungen trug, setzte sich zu ihnen und fing gleich ungehemmt an zu erzählen – von der wilden Nacht, die hinter ihm lag, von beschissenen Freiern, Schlägereien, viel Alkohol und Aufputschmitteln, von seinem wundgeriebenen Schwanz und seinem ausgefransten Arsch. Das Frettchen kicherte vor sich hin; Jörg rannte, von Abscheu getrieben, die Treppe hinunter, durchquerte im Laufschritt die große Wandelhalle und atmete in der frischen Morgenluft tief ein und aus. Ihm kam es vor, als wäre die Stadt ein Mekka für Schwule. Aber es gab hier ja nicht nur sexuell fehlgeleitete Männer. Die Nutten in der Herbertstraße fielen ihm ein, diese prächtigen Exemplare purer Weiblichkeit. Sein Schwanz, der noch nie den Weg in eine Möse gefunden hatte, fiel ihm ein. Er fluchte unterdrückt vor sich hin und hoffte, dass Gott sowie dessen Erzengel und alle anderen wichtigen Personen da oben es überhörten. Die Frauen in der Herbertstraße waren der wichtigste Grund für seine Reise gewesen. Gestern abend hatte er sich zuerst nicht getraut, dann war er wie somnambul durch unzählige Kneipen gelaufen und schließlich zu betrunken gewesen. Nun besaß er noch eine 10-Pfennig-Münze, er fühlte sich schmutzig, besonders zwischen den Beinen. Gestern war er noch davon ausgegangen, heute mit Stolz und Lust auf den ersten Fick zurückblicken zu können. Hunger. Und die Müdigkeit verursachte ein Brennen in den Augen. Diese Kopfschmerzen. Er wusste, dass er irgendeine Entscheidung fällen musste. Zu Hause hatten die Eltern alles entschieden. Bis vorgestern. Das war ja zweifellos ein guter Anfang gewesen, doch jetzt fühlte er sich wie in einem lichtlosen Tunnellabyrinth, blind wie ein Maulwurf, aber ohne dessen Instinkte und Schaufelhände. Herrgott, wie kam man hier bloß auf die Schnelle an ein paar Mark? Alles war so undurchschaubar. Keiner kümmerte sich um den anderen. Im Dorf grüßte man jeden. Die hier wohnten, gingen Tag für Tag an unzähligen Mitmenschen vorbei, ohne auch nur einen von ihnen kennenlernen zu wollen. Ob das typisch für die Norddeutschen war oder ob das in München und in jeder Großstadt zwangsläufig so sein musste, war eine Frage, die ihn beschäftigte, während er dem Knurren seines Magens lauschte. Es kostete ihn all seine Überwindungskraft, jemanden um Geld zu bitten. Der feine Herr da vorne, vor dem noblen Herrenmoden-Geschäft, das für Hosen und Jacketts unglaubliche Preise verlangte. Doch der feine Herr besaß einen hartgeschnittenen, dünnlippigen Mund, aus dem es zischte: »Sie sollten sich schämen!«

In diesem Moment stellte Jörg sich vor, wie das ganze Dorf ihm beim Betteln zusah. Er schämte sich. Zwei Tage nach seiner Flucht aus dem Elternhaus war er bereits auf der untersten gesellschaftlichen Stufe angekommen, im Keller sozusagen. Ach was. Er wäre froh, wenn er einen Keller fände, in dem er pennen könnte. Erst mal pennen, dann, mit klarem Kopf und neuer Kraft, was unternehmen. Er befand sich nun in einer anderen Gegend der City. Alles noch Innenstadt. Die Einheimischen schienen sich mühelos in diesem Straßengewirr orientieren zu können. Sie bewegten sich, als hätten sie alles im Griff. Die Straße, auf der er nun nach St. Pauli ging, war nicht ganz so breit wie die von gestern, aber ebenfalls beeindruckend – auf der rechten Seite von einem Park, auf der linken Seite von massigen alten Sandstein- und Klinkerhäusern gesäumt. Und auch hier wälzten sich endlose Autoschlangen in beide Richtungen – und Jörg fragte sich, wo all die Fahrzeuge zur Schlafenszeit sein würden. Seine schmerzenden Füße – die brauchte er ja, um sich in dieser riesigen Stadtlandschaft bewegen zu können – bereiteten ihm Sorgen. Vielleicht musste er irgendwann jemanden berauben und dann rennen. Dummer Gedanke. So schnell konnte man also in der Stadt auf dumme Gedanken kommen. Das beunruhigte ihn.

Auf der Reeperbahn betrat er eine Automaten-Spielhalle, steckte den Zehner in einen Daddelkasten – und gewann eine Mark. Er schluchzte gerührt. Offenbar hatte ihn das Glück noch nicht verlassen. Mit dem Geld konnte er ein Stück Kuchen kaufen und irgendwo einen Kaffee trinken.

Später saß er in der Großen Freiheit in einem Imbiss vor einer Tasse Kaffee, rauchte seine letzte Zigarette und starrte durch das große Fenster nach draußen. Was die zu Hause wohl machen? Ob sie den Abschiedsbrief gefunden haben? Bald gibt es Abendbrot. Die Schwester wird gleich mit dem Tischdecken anfangen. Unwirsch schob er diese Gedanken beiseite. Kapitulationsgedanken. Aus der gegenüberliegenden Bar wurde gerade jemand unsanft hinausgeworfen, ein Seemann, er fiel zu Boden, richtete sich wieder auf, nahm eine drohende Haltung an, doch aus der Bar trat ein Hüne, der wohl der Rausschmeißer war, mit verschränkten Armen, ganz gelassen. Alles klar, kein Ärger, alles friedlich.

Es war schon dunkel, in dem Imbiss herrschte längst das kalte Neonlicht, das den ohnehin tristen Raum in ein Leichenschauhaus verwandelte, als Jörg endlich aufstand und den fettigen Ort verließ. Milde Abendluft. Sommer 1966. Er wanderte über zwei Stunden umher, und irgendwann, in einer Seitenstraße, wagte er es, einen Betrunkenen um fünf Mark zu bitten. Und wenn der nichts rausrückt, raunte eine unbekannte Stimme in ihm, musst du ihn bedrohen, denn so kann es nicht weitergehen. Bedrohen – und dann? Mal sehen, wie sich die Sache entwickelt.

»Fünf Mark? Du bist ja wohl gar nicht bescheiden, was?« Der Betrunkene war mindestens 40, vielleicht sogar über 50, auf jeden Fall steinalt, er war so dürr und hatte so eingefallene Wangen wie die Spätheimkehrer auf den Fotos von ihrer Ankunft in Friedland oder so wie Jörgs Onkel Karl. Der war zwar auch in Gefangenschaft gewesen, aber in amerikanischer, wo es ihm gutgegangen war, und sah nur deswegen so dürr und eingefallen aus, weil er eine Schrumpfleber und nur noch einen halben Magen hatte.

»Entschuldigen Sie, aber ich habe Hunger und Durst, außerdem bräuchte ich eine Schachtel Zigaretten und ein Bier zum Essen. Ich werde morgen im Hafen arbeiten. Da kriegt man ja gleich nach der Schicht den Lohn, also quasi Tagelöhnerarbeit, und dann werde ich Ihnen das Geld wiedergeben. Ehrenwort!«

Diese naiv zurechtgezimmerten Sätze lösten bei dem steinalten 40-Jährigen eine Explosion von Emotionen aus, die wiederum bei Jörg eher unangenehme Gefühle verursachten. Der dürre Mann riss die Arme auseinander, fing an zu weinen, umarmte Jörg und lallte ihm ins Ohr: »Du bist echt, dein naiver Blick, dein Ehrenwort – das ist phantastisch, das gefällt mir.

Du bist ein Juwel, Junge. So was gibt es selten. Merk dir das. Eine Rarität. Ich weiß, wovon ich rede. Wenn du wüsstest – aber du weißt nicht, und das ist auch gut so.«

Solche Typen kannte Jörg. Besoffene Männer, die in diesem Stadium des Betrunkenseins andere Männer umarmen und dabei weinen. Besonders ihn hatte man gern zur Kirchweih vor dem Bierzelt umarmt und angeweint – weil er so offen und anständig, sprich: naiv, aussah, was ihn immer angekotzt hatte. Und jetzt hätte es ihn auch fast angekotzt, wenn der Dürre erstens nicht so anders dahergeredet hätte – irgendwie intelligenter als die üblichen An-der-Schulter-Ausweiner – und ihn zweitens nicht eingeladen hätte, mit ihm den Abend zu verbringen; man könne ja mit dem Besuch der Hähnchenbraterei Wienerwald beginnen.

Ein halbes Hähnchen mit Kartoffelsalat, dazu ein Bier, und schon sah die Welt für Jörg ganz anders aus. Das beste Abendessen seines Lebens. Sein Gastgeber, der sich als Sigmar vorgestellt hatte, blickte mit Wohlgefallen auf den fleißig kauenden, trinkenden Jüngling, dessen Naivität ihn so seltsam berührte. Anschließend führte er ihn zur Hafenstraße, wo sie ein kleines, nettes Lokal betraten. Uralte Möbel und ein geschnitzter Tresen den Jörg bewunderte. »Schönes Stück«, sagte er, was wiederum dem Wirt gefiel, einem alten Mann mit weißem Backenbart und Glatze.

Sie setzten sich an das schöne Stück, tranken viel Bier, unterhielten sich über die nächsten Monat beginnende Fußball-Weltmeisterschaft in England, den Saustall, den die Amis in Vietnam anrichteten, waren sich einig, dass die Beatles, die ja eine Woche zuvor in Hamburg aufgetreten waren, die ideenreichsten

Musiker der Welt seien, und so weiter. Die Musik in dieser Kneipe, vorwiegend Seemannslieder und Schnulzen, tat anfangs ziemlich weh, aber sie kam von einem Tonbandgerät, was Jörg grundsätzlich für eine geniale Erfindung hielt, und er stellte sich vor, er würde ein Wirtshaus in seiner Heimat betreiben und nur gute, von ihm mit Liebe und Sachverstand aufgenommene Musik abspielen und dadurch die aufgeschlossene Jugend der umliegenden Dörfer anziehen. Er schilderte Sigmar das Leben an der Grenze zum Ostblock; Sigmar sagte, er sei Fotograf und arbeite für verschiedene Zeitschriften, sei verheiratet gewesen und plötzlich Witwer geworden. Dabei weinte er wieder, was Jörg, der an sich etwas gegen weinende Männer hatte, in diesem Fall akzeptierte. Ein frischgebackener Witwer war schon was anderes als unglücklich verliebte Bauern. Es ging schon auf Mitternacht zu, beide hatten ordentlich gezecht, als Sigmar vorschlug, sie sollten zu ihm nach Hause fahren.

»Warum das denn?«, fragte Jörg, der eigentlich kein misstrauischer Mensch war, aber mittlerweile verstanden hatte, dass man in der Stadt auf der Hut sein musste. »Bissu schwul? Wo wohnsu überhaupt? Ich muss unbedingt pennen. Okay, ich komm mit. Aber nich anfassen, du! Issas okay? Spuck's aus! Ach so, du warst ja verlobt, nein, verheiratet.«

»Und nun bin ich alleine.« Der Witwer beglich die Rechnung und bat den Wirt, ein Taxi zu bestellen.

Sigmar wohnte in einem Stadtteil namens Eppendorf, in einem der wunderschönen alten Häuser, die es dort massenhaft gab. Jörg fragte sich, welche Art von Menschen in diesen Häusern wohnten. Reich konnten sie ja nicht sein, wenn sie zur Miete wohnten. Selbst Jörgs Eltern besaßen ein eigenes Haus. Andererseits musste es einem gut gehen, wenn man in solchen Palästen residierte. Vielleicht war es sogar ein Privileg, in diesem Stadtteil zur Miete wohnen zu dürfen. Jörg hatte ja auch andere Häuser gesehen, heruntergekommene Gebäude in den Seitenstraßen von St. Pauli, durch die der Geruch von Elend und Verlorenheit strich.

Die Wohnung lag im zweiten Stock. »Gleich wirst du dich wundern«, sagte Sigmar, als sie im Flur standen. Er schloss die Wohnungstür von innen ab, verstaute den Schlüssel in seiner Hosentasche, dann stieß er die Tür zum Wohnzimmer auf. »Komm rein!«

Jörg betrat das Zimmer und blickte auf einen Ort der Verwüstung. Umgestürzte Stühle, überall verstreute Bücher, Fotos, etliche davon zerrissen, zerbrochenes Geschirr, verschüttete Getränke – und auf dem Teppich eine tote Frau, aus deren Oberkörper ein Messer ragte.

Mit glasigen Augen starrte er auf die Szene, die Augen übermittelten seinem verwirrten Gehirn eine Unmenge Bilder, innerhalb von Sekunden tausend Details. Wo war er denn hier gelandet? Eine Menge herumwirbelnder Gedankenfetzen, vor allem Fragen, aber nichts, womit er etwas anfangen konnte. Nach mindestens 30 Sekunden wurde ihm immerhin klar, dass er auf einem Schlachtfeld stand, vor einer toten Frau, die vermutlich umgebracht worden war. Und er kapierte ebenfalls, dass er sich in einer äußerst unangenehmen Situation befand.

»Komm. Wir setzen uns in die Sessel da hinten. Ich bring uns was zu trinken.«

»Ist das deine Frau?« Jörg atmete heftig.

»Was heißt schon *deine Frau*? Das klingt ja, als wäre sie mein Eigentum. Wir waren verheiratet, ja.«

»Hast du sie umgebracht?«

Der Fotograf senkte den Kopf. »Ja, das muss ich zu meiner Schande gestehen. Glaub bitte nicht, dass ich so was öfter täte. Ich bin ja immer noch erschüttert. Man hat ja keine Ahnung von den Dämonen, die in einem hausen und nur auf eine günstige Gelegenheit warten, um entweichen zu können. Sie wollte mich verlassen, das geliebte Aas. Du weißt schon: ein anderer Mann, jünger als ich, zärtlicher als ich. Das alte Klischee. Ich habe im entscheidenden Moment den Kopf verloren. Ein paar Minuten, nicht mal eine Zigarettenlänge, in denen die Emotionen wie Feuerwerkskörper sprühten und knallten, ein Schritt zu weit, und mein Leben zerbrach wie eine umgestürzte Vase. Jede Existenz ist so unglaublich fragil, mein Lieber. Man wähnt sich auf der sicheren Seite – und schon stürzt man in einen Abgrund. Und nun müssen wir beide reden, du und ich. Ich brauch jemanden zum Reden, was du hoffentlich verstehst.«

Ohne Vorwarnung wurde Jörgs Mageninhalt die Speiseröhre hinauf, durch den Mund und auf den Fußboden gepumpt. Der Fotograf winkte ab. »Darauf kommt es nun auch nicht mehr an.«

»Ich muss hier raus«, stieß Jörg hervor.

Der Mörder schüttelte bedauernd den Kopf. »Das kann ich nicht erlauben. Ich bin noch nicht so weit, mich der Polizei zu stellen. Also komm, setz dich in einen der Sessel!« Zur Betonung seiner Entschlossenheit zog er einen Revolver aus der Schublade einer Kommode, eine massive kleine Waffe mit kurzem Lauf. »Ich wollte sie eigentlich mit diesem Ding erschießen. Dann hätte es nicht diese Unordnung gegeben. Aber sie hatte die Waffe versteckt. Vielleicht hat sie sich schon vorher von mir bedroht gefühlt, hat womöglich monatelang um ihr Leben gebangt. Ich weiß es nicht. Meines Wissens bin ich ein friedlicher Mensch. Aber was weiß ich denn schon. Man lernt sich ja nie richtig kennen. Und weißt du, wo ich den Revolver gefunden habe? In ihrer Handtasche. Vielleicht hatte sie ja vor, mich zu erschießen – und ich bin ihr zuvorgekommen. Das wäre natürlich eine Ironie des Schicksals. Ich muss auch noch Fotos von dem Saustall machen, entwickeln und dir anvertrauen, denn die Polizei würde sie sicher konfiszieren. Kunstfotos. Schließlich bin ich ja Fotograf. Solche Motive hat man nicht jeden Tag. Am besten warte ich mit den Aufnahmen, bis das erste Tageslicht durchs Fenster fällt. Dazu passt ein voller Aschenbecher. Wir müssen also noch viel rauchen, können aber notfalls schummeln, indem wir von den Zigaretten die obere Hälfte abreißen.«

Diese Augen. Warum habe ich den irren Blick nicht früher wahrgenommen?, fragte sich Jörg, der noch immer nicht alles begriff, aber nicht mehr ganz so besoffen war. Auf jeden Fall kapierte er, dass es für seine Angst einen triftigen Grund gab. Die Geisterbahn auf der Kirmes in Zwiesel, in der er als Fünfjähriger in die Hose gepinkelt hatte, war nichts im Vergleich zu diesem Erlebnis. Ein Verrückter richtete eine Schusswaffe auf ihn, auf dem Teppich lag eine tote Frau. Fröstelnd stellte er sich vor, wie zwanzig Polizisten in Begleitung von hundert Reportern im Blitzlichtgewitter diese Wohnung stürmten, die Fotos von ihm neben einer Leiche in allen Zeitungen ... sogar in seinem Heimatdorf gab es einige Leute, die Zeitung lasen.

»Du bist verrückt«, sagte er, und während er das sagte, bereute er es, denn er hatte schon in mehreren Filmen gesehen, dass Verrückte, wenn man ihnen sagte, sie seien verrückt, völlig durchdrehten.

Zu diesen Irren gehörte Sigmar anscheinend nicht. »Das glaube ich inzwischen auch«, sagte er niedergeschlagen. »Wer seiner Geliebten ein Messer in den Körper rammt, muss verrückt sein.«

Dann saßen sie, jeder mit einem gutgefüllten Glas Weinbrand in der Hand, in den Sesseln. Der Beistelltisch zwischen ihnen war vollgestellt mit Schnapsflaschen, Salzgebäck, Mixed Pickles, Zigarettenschachteln, einem Aschenbecher und Pralinen. Der Fotograf, der eben noch das Bedürfnis nach einem Gespräch gehabt hatte, schwieg und stierte vor sich hin brütend zur Decke. Jörg starrte die Leiche an. Eine ehemals schöne Frau, schon ein paar Falten um den violett geschminkten Mund, ein schmales Gesicht mit markanten Backenknochen, die Augen zeigten trotz ihrer tödlichen Leere einen Anflug von Verachtung. Jetzt war sie natürlich nicht mehr schön. Nur noch kalt, starr, blutbesudelt und blutleer in einer allmählich trocknenden Blutlache liegend. Das Küchenmesser in ihrer Brust gab dem Bild einen pathetischen Anstrich, es sah auf eine perverse Weise ästhetisch aus, wobei allerdings auch die raffinierte Beleuchtung, die eisgraue Tapete, die modernen Fiberglas-Möbel und die geheimnisvolle Musik eine Rolle spielten. »Indische Sitar-Musik«, hatte der Mörder nur gesagt. Es hörte sich an wie eine Rechtfertigung.

»Dann kann ich ja jetzt wohl gehen – oder?«

»Nein. Wir müssen diese bedeutsame Nacht so intensiv wie möglich in uns aufnehmen. Eine Zäsur in meinem wie in deinem Leben. An diese Nacht werden wir beide uns bis zu unserem Tod erinnern. Es ist eine Totenwache. So was darf man doch nicht einfach unterbrechen.«

»Aber aufs Klo kann ich ja wohl mal.«

»Selbstverständlich. Es tut mir aufrichtig leid, dass ich so über dich verfüge, aber wir befinden uns nun mal in einer Ausnahmesituation. Ja, ja, geh nur. Ich weiß, dass du ein anständiger Kerl bist, ein anachronistisches Exemplar, einer der Letzten einer aussterbenden Art. Ich frage mich manchmal, wie sich das letzte Mammut gefühlt haben muss. Ist wahrscheinlich an seiner Einsamkeit erkrankt und gestorben.«

Als Jörg den Toilettenschrank über dem Waschbecken öffnete, fielen ihm gleich mehrere Medikamente entgegen. Mit flinken Fingern wühlte er sich durch die angebrochenen Packungen. Er suchte Schlaftabletten. Die kannte er. Seine Mutter hatte jahrelang Schlaftabletten geschluckt. Aber hier fand er nichts, was ihm hätte nützen können. War nur ein Versuch gewesen. Außerdem wäre es vermutlich auch gar nicht möglich gewesen, Sigmar die zerdrückten Tabletten in den Weinbrand zu kippen und so lange zu verrühren, bis sie sich aufgelöst hätten. Wobei sich manche Tabletten gar nicht auflösen, sondern auf dem Grund des Glases eine Art Schlamm bilden. Das wusste er aus Erfahrung. Zu Beginn der Pubertät hatte er damit experimentiert, um die Magd des Bauern Wiesinger auf diese Weise betäuben und überall berühren zu können. Die Vernunft hatte sich dann aber rechtzeitig eingemischt, ihn sozusagen vor dem Pranger bewahrt.

Er setzte sich wieder in den Sessel. In der Wohnung hing ein abstoßender Geruch von Blut, Erbrochenem, Rauch, Alkohol und Urin. Vielleicht hatte sich die Frau sterbend in die Hose gemacht. Ich könnte den Kerl erschlagen, dachte er mit einer Mischung aus Hass und Angst, wenn ich sehe, dass er nur eine Sekunde lang unaufmerksam ist. Na, nicht gerade erschlagen, aber überwältigen. Ich bin stärker und schneller als er.

»Ich überlege gerade, ob ich meinen Plan ändere«, sagte Sigmar, als das Tonband zu Ende war und mit einem Klack stoppte. »Wenn ich dich erschieße und dir dann das Messer in die Hand drücke, bist du der Mörder und ich habe dich hier vorgefunden und mich gegen dich gewehrt.« Ein tückisches Glitzern lag in seinen Augen. »Du wirst ja auch im Bad auf den Medikamenten genug Fingerabdrücke hinterlassen haben.«

»Woher weißt du …?«

Sigmar lächelte abgeklärt. »Ich habe gute Ohren und kenne die Menschen.«

Ich komm hier nicht mehr raus, dachte Jörg entsetzt. Er fing ein paar seiner herumhetzenden Gedanken ein, setzte sie in Windeseile zusammen – und schon hatte er einen nicht gerade subtilen, aber für einen kräftigen jungen Mann möglicherweise ausführbaren Plan zusammengesetzt.

So unbefangen wie möglich nahm er die Zigarettenpackung vom Tisch, ließ sie, scheinbar ungeschickt, fallen, sagte »bin betrunken«, bückte sich, um sie aufzuheben, ergriff mit beiden Händen die untere Kante von Sigmars Sessel, riss daran und kippte den Sessel und somit auch Sigmar nach hinten, stürzte sich auf den Liegenden, der sich als extrem unsportlich erwies, entriss ihm die Waffe und hämmerte mit dem Kolben so lange auf den Kopf des Peinigers, bis die Schädeldecke und die Wangenknochen brachen.

Langsam erhob sich Jörg. Er wusste, dass der Mann tot war. Er wusste nun auch, dass er zum Töten fähig war. Bis vor einigen Stunden hatte er sich anders eingeschätzt – mehr so auf der humanistischen Seite stehend, immer höflich und hilfsbereit, verständnisvoll, tierlieb. Diese Tat empfand er als viehisch. Er hätte nach dem ersten Schlag aufhören müssen. Es hatte keine Gefahr mehr bestanden. Wenn das die Leute im Dorf … Und nun? Die Atmosphäre der Großstadt schien sein Gehirn zu irritieren wie ein Gasgemisch aus einem von der CIA kontrollierten Labor. Seine Hände. Er starrte sie angewidert an. Blutbespritzt. Eigenständig. Für Momente seiner Kontrolle entzogen. Etwas trinken. Aber keinen Schnaps mehr! Ende. Im Kühlschrank nachsehen. Ah, Orangensaft. Genau richtig. Er trank gierig aus der Flasche. Und nun? Verdammt noch mal, was nun? Diese Stadt ist unberechenbar, gefüllt mit Bösem. Was spielt sich wohl in diesem Moment vor der Wohnungstür ab? Und in den anderen Wohnungen? Auch so irrsinniges Zeug wie hier? Vielleicht nicht ganz so schlimm, aber genauso krank?

Wie ein kühler Wind wehte Sachlichkeit durch seinen Kopf. Er gab sich einen Ruck. Zog den Türschlüssel aus Sigmars rechter Vordertasche, aus der Gesäßtasche das Portemonnaie, fand darin 340 Mark in Scheinen und 6 Mark 63 in Münzen, verstaute das Geld, ließ seinen Blick durch alle Zimmer wandern, entdeckte die Handtasche der Frau, ein kleines, schmales Täschchen aus Schlangenleder, in dem er 140 Mark und ein paar Münzen fand, die er ebenfalls an sich nahm; dann holte er einen Lappen aus der Küche, wischte damit sorgfältig seine Fingerabdrücke von allen Gegenständen, die er angefasst hatte, selbst von den Medikamentenschachteln, spülte sein Glas aus, polierte es und stellte es weg, leerte die Kippen in die Toilette, versuchte sie runterzuspülen, doch sie waren zu leicht und tanzten nach jeder Spülung erneut auf dem Wasser. Er fischte sie mit der Hand heraus und warf sie aus dem Fenster. Es kam ihm vor, als beobachte er sich bei all diesen Tätigkeiten wie ein Juror, der seine Qualifikation als Raubmörder zu beurteilen hätte. Unfassbare Situation. Eine Wohnung irgendwo in Hamburg, zwei Tote – und Jörg aus Niederbayern. Aber erst mal Hände waschen und dann raus hier. Die Zigaretten. Er steckte sie ein, schloss die Tür auf und huschte die Treppe hinunter.

In der Morgendämmerung empfing ihn wohltuend frische Luft. Breitgefächertes Vogelgezwitscher. Erstaunlich, dass es in dieser Großstadt so viele Vögel gibt, dachte Jörg. Während er auf der Suche nach einer U-Bahn-Station durch die Straßen ging, versuchte er, sich neu zu definieren. Er würde in sein Dorf zurückkehren, aber nicht mehr derselbe sein. Er würde höchstwahrscheinlich nicht mehr wiederzuerkennen sein. Es sah nach einem weiteren schönen Sommertag aus.

Er war so müde wie noch nie zuvor. Er steckte sich eine Zigarette an. Da vorne leuchtete das blaue »U«. Er fuhr Richtung Hauptbahnhof und nickte während der Fahrt ein, träumte wüste Szenen, in denen es um Blut und Verdammnis ging. Im Hauptbahnhof holte er seinen Koffer aus dem Schließfach und kaufte eine Fahrkarte nach München. Erster Klasse. Bis zur Abfahrt waren es noch über zwei Stunden. Für fünf Mark konnte man im Hauptbahnhof baden. Er beschloss, ein Bad zu nehmen und frische Wäsche anzuziehen. Vielleicht, dachte er, scheiße ich einfach auf mein Dorf und schau mich erst mal in München um. Ich bin jung, kräftig, nicht mehr ganz so naiv …

Hotels

Wenn sich wenigstens die Sonne zeigen würde, dachte ich, während ich mich, wie schon seit Tagen, ausgiebig bedauerte und gleichzeitig für den größten mir bekannten Narren hielt. Immerhin war ich nun wieder in der Lage, Darm und Blase kontrolliert zu entleeren und einigermaßen zielgerichtet und klar zu denken. Es ist schön, dachte ich, aus der Brühe der Dumpfheit, der Verzweiflung und des Fiebers aufzutauchen und Gegenstände und Menschen wieder identifizieren zu können. Eine trübe Glühbirne baumelte über mir, ich lag stinkend in einem zerwühlten Bett, mein Zimmer war zwar dreckig, aber sehr übersichtlich, da es dort außer mir nur zwei Betten, einen Stuhl und den bescheidenen Inhalt meines Seesacks gab. Hotel *Merih* in Istanbul. Seit einigen Wochen wohnte ich hier. Finanziell ging es mir nicht schlecht, ich verkaufte Opium und Haschisch an durchreisende Hippies, die mir vertrauten, weil ich einer von ihnen war. In den letzten Tagen war ich durch die Hölle gegangen. Entzug. Anfangs hatte ich die Stunden gezählt, hatte gehofft, mit reichlich Valium meine Sucht überlisten, die Gier des Körpers nach Opium betäuben zu können. Ohne die Hilfe der Freunde und des Hotelmanagers hätte ich keine Chance gehabt. Meine Freunde hatten wie ich das klebrige Opium in einem Löffel mit Wasser aufgekocht, durch Watte gefiltert und in ihre Venen gedrückt und wären über kurz oder lang ebenfalls zu süchtigen Zombies geworden, wenn ihnen der Anblick meines zuckenden Körpers, meines entstellten Gesichts und meiner zitternden Hände nicht in die eigenen Glieder gefahren wäre.

Jetzt war die Arbeit tatsächlich getan. Ich konnte es kaum glauben. Etwa hundert Stunden, eine gottverdammte Ewigkeit, tatsächlich vergangen, zur Vergangenheit geworden; der Krieg war vorbei – und ich hatte überlebt! Zaghaft krochen Gefühle von Triumph und Sehnsucht in mir hoch, positive Empfindungen, die das Weiterleben begünstigten. Ich war lange nicht mehr sehnsüchtig gewesen, mir war nur der dumpfe Blick ins Nichts geblieben. Im Nebenzimmer spulte Franks Kassettenrekorder *A Sailor's Life* von Fairport Convention ab. Frank aus Ingolstadt hatte andere Probleme als ich. Er lebte seit einem halben Jahr mit abgelaufenem Pass in Istanbul, schuldete dem Hotelmanager einen Haufen Kohle und fragte sich jeden Tag, wie er sich aus dieser Klemme befreien könne. Aber die Musik drang in mich wie eine Verheißung. Zukunftspläne. Raus aus diesem Hotel, aus Istanbul. Seit Wochen regnete es. Schmutziges Wasser lief die Kopfsteinpflastergassen hinunter und spülte Plastiktüten, zerknüllte Zigarettenschachteln und Zeitungsfetzen irgendwohin. Unter diesen Wolkenmassen wurde die ganze Stadt grau. Zehntausend Bullen und Polizeispitzel standen mit hochgeschlagenen Krägen unter Vordächern, in Hauseingängen und an Hotelrezeptionen, schlichen grau oder gar transparent durch den *Pudding Shop* und suspekte Teehäuser. Ein Wunder, dass ich noch nie verhaftet worden war – ich kannte einige, die türkische Gefängnisse von innen gesehen hatten. Im Flur hing ein Spiegel, der an vielen Stellen blind war.

Mein Gesicht sah darin so schrecklich aus, dass ich lachen musste und plötzlich Stolz verspürte. Ich hatte durchgehalten, und nun würde ich mich waschen und danach essen gehen, die wieder erwachten Geruchs- und Geschmacksnerven kitzeln, oh ja, das Leben machte großen Spaß.

Nachdem mein Körper das Opium nicht mehr brauchte, sah die Welt ohnehin verändert aus. Scharfe Konturen, konkrete Hässlichkeit, Spitzel und Bullen, wie schon erwähnt, an jeder Straßenecke, aber jetzt von meinem Röntgenblick sofort enttarnt; das ganze Hotel dünstete den süßlichen Geruch von Opium aus, die Fixer dünsteten den Geruch von Opium und versagenden Organen aus und schlurften herum wie Tote auf Urlaub. Es war Zeit, von hier abzuhauen. Ich wusste bloß noch nicht, wie und wohin.

Als Frank mir einen Vorschlag sozusagen auf silbernem Tablett servierte, entbrannte in meinem Kopf ein länger andauernder Krieg zwischen den Stimmen der Vorsicht und denen des Wagemuts. Auf welcher Seite sich die Ratio befand, war für mich nicht eindeutig zu erkennen, da beide Seiten mit guten Argumenten fochten. Die Vorsicht mahnte natürlich pflichtgemäß, dass Griechenland zur Zeit von einer faschistischen Militärjunta beherrscht würde, dass die Grenzkontrollen unangenehm scharf seien, dass die Einfuhr von Drogen mit zwölf Jahren Knast bestraft würde und so weiter. Der Wagemut appellierte erst mal an die Abenteuerlust, sprach pathetisch von Herausforderung, kam dann aber auf den Punkt. Es ging nicht nur um meine Freiheit, sondern auch um eine Menge Geld, sozusagen um meine berufliche Zukunft. Also kaufte ich Frank für 250 Dollar ein Kilo Haschisch ab und versteckte die dünnen Platten in den Seitenwänden eines billigen Koffers, den ich eigens zu diesem Zweck erwarb. Dann fuhr ich mit einem Bus bis zur Grenze, marschierte, mit dem Seesack, dem Koffer und einem Haufen unangenehmer Gefühle beladen, auf die griechische Seite, wo missmutige Zöllner tatsächlich alles durchwühlten, aber die Wände des Koffers in Ruhe ließen und meine Angst offenbar übersahen. Ich war drin. Und zwei Tage später auf der Insel Ios. Wie Frank gesagt hatte, hing hier eine stattliche Anzahl europäischer und amerikanischer Hippies herum. Die Preise waren niedrig, die Einheimischen arm und freundlich, normaler Tourismus spielte noch keine nennenswerte Rolle, vor allem schienen hier die Polizisten ziemlich locker zu sein. Ich mietete ein Zimmer im Haus einer netten Familie, deren Oberhaupt jeden Tag ein längeres Gespräch mit mir führte, von dem ich nichts verstand. Immerhin bekam ich mit, dass alle Familienmitglieder Kommunisten waren und somit die Junta hassten. Als der Regen endlich aufhörte, als mit der Sonne eine heilende Helligkeit und unglaubliche Farben zum Vorschein kamen, fing ich an, die Insel zu mögen. In der kleinen Hauptstadt gab es mehrere Cafés, in denen die von den Einheimischen längst nicht mehr bestaunten Hippies verkehrten. Einen von ihnen, einen Franzosen, kannte ich sogar. Wir waren uns vor Monaten in Kabul begegnet. Er hatte nichts dagegen, mir beim Dealen zu assistieren, und da es auf Ios seit Wochen kein Haschisch mehr gegeben hatte, ging meine Ware weg wie warme Semmeln. Drei Wochen später machte ich mich auf den Weg nach Marseille. Es ging mir blendend. Nicht nur körperlich, sondern auch psychisch. Ich war wieder in Bewegung. Ich freute mich auf Marseille. Ich besaß 1 000 Dollar – für mich eine riesige Summe, nicht weit von richtigem Reichtum entfernt.

Die Fahrt dauerte eine Woche, weil ich zum zweiten Mal den Fehler beging, ausgerechnet das Stück von Genua bis Marseille trampend zurückzulegen. Aber schließlich erreichte ich die Stadt. Es ging auf den Abend zu, als ich auf der Canebière, der Hauptgeschäftsstraße, kurz hinter dem Boulevard Dugommier, zu den Leuten stieß, die ich suchte, die Langhaarigen, deren Zahl sich, gemessen am Vorjahr, zu meiner Freude mehr als verdoppelt hatte. Sie bildeten eine große Traube um zwei Bänke unter dem frischen Grün der Platanen. Mittlerweile traf man solche verwahrlost aussehenden Leute in jeder westeuropäischen Kleinstadt, und je mehr wir wurden, desto ratloser wurden die anständigen Bürger, die sich bangen Herzens fragten, ob der KGB nicht hinter dieser Krankheit steckte. Denn dass junge Männer, die sich plötzlich vor Friseursalons ekelten und lieber Haschisch rauchten, als ihren Militärdienst abzuleisten, und junge Frauen, die ihre Jungfräulichkeit so schnell wie möglich loswerden wollten, von einer geheimnisvollen, den Westen allmählich unterminierenden Krankheit befallen waren, glaubten nicht nur die üblichen Berufspessimisten, sondern Millionen biedere Bürger, denen die streng geordneten Verhältnisse früherer Zeiten trotz oder vielleicht sogar wegen der Beschneidung ihrer Freiheit einen Halt geboten hatten. Nicht nur in der erst vor zwei Jahrzehnten im Klub der demokratischen Länder angekommenen Bundesrepublik. Zucht und Ordnung galten überall als Eckpfeiler der Gesellschaft. Selbst die demokratisch bestens geschulten Briten lebten in einem autoritären Klassensystem und fühlten sich darin wohl, weil sie nicht die Phantasie für mehr Freiheit besaßen. Und wir, diese Typen, bei deren Anblick Mütter ihre Kinder fester an die Hand nahmen und schleunigst in Sicherheit brachten, Beamte Übelkeit verspürten und Diener der katholischen Kirche ein Kreuz schlugen, wir waren dabei, die Welt zu erobern. Mit friedlichen Mitteln wie zum Beispiel Haschisch, LSD, Sex, Musik, also all dem Zeug, das den Horizont erweiterte und außerdem eine Menge Spaß bereitete.

Bernd aus Essen staunte nicht schlecht, als er mich erkannte. »Mann, Alter, wo kommst du denn her?«

Wir hatten zwei Jahre zuvor wochenlang alles geteilt, hatten gemeinsam die mörderische Strecke von Genua nach Marseille bewältigt und uns trotz aller Schwierigkeiten bestens verstanden. Ich erzählte ihm von meiner Indienreise und den Wochen in Istanbul, er berichtete über die Lage in Marseille. Heroin, sagte er, sei hier in riesigen Mengen auf dem Markt, spottbillig, schneeweiß und völlig rein, vermutlich aus einer der Drogenküchen in der Nähe, die in letzter Zeit irgendwo in den Bergen entstanden seien, die French Connection. Ich blickte in die Richtung, in die sein ausgestreckter Finger deutete. Eine Kneipe mit schwarz verhüllten Fenstern. *Le Blues*. »Ein guter Laden«, sagte er. »Wird aber vermutlich demnächst von den Bullen gestürmt. Auf Typen wie uns sind die nicht gut zu sprechen.«

»Wo pennst du?«, fragte ich. »Wieder an der alten Stelle?« Er nickte. Ich sagte, ich sei ziemlich reich und hätte vor, für einige Zeit in einem Hotel zu wohnen. Wenn er wolle, könne er mit mir ein Zimmer teilen. Natürlich wollte er. Wir machten uns auf den Weg zum Hafen und nahmen in der Nähe der Place de la Joliette ein Doppelzimmer in einem von Algeriern geführten Hotel. So schäbig die Bude auch war, besaß sie – verglichen mit dem Loch *Merih* – eine Reihe von Vorteilen: doppelt so groß, Waschbecken,

Tisch, zwei Stühle, ein Schrank, über dem Bett ein gerahmtes Bild (Oase bei Sonnenuntergang). Der Teppich, eigentlich ein Sinnbild für besseres Wohnen, gehörte in diesem Fall nicht zu den Vorteilen des Zimmers, da er offenbar mit dem Schmutz von Jahrzehnten behaftet war, was ihn zu einem idealen Wohnort für allerlei lästiges Getier hatte werden lassen. Bedauernd rollten wir ihn zusammen und stellten ihn in eine Ecke. Am Abend feierten wir unser Wiedersehen, indem wir uns gebratene Hähnchen, Kebap, Käse, Brot, klebriges Gebäck, Rotwein und kaltes Bier aufs Zimmer bringen ließen und dazu Haschisch rauchten. Hinterher zogen wir uns einiges an Heroin in die Nasen und fühlten uns so wohl wie schon lange nicht mehr. Und die Glühbirne war nicht nackt, ein großer Vorteil, ihr Licht wurde von einem mit Stoff bespannten Schirm gnädig veredelt. Von draußen drang das Stimmengewirr der Maghrebiner und Schwarzafrikaner durch unser Fenster, die unten vor den Bars und Cafés saßen und vermutlich wichtige Gespräche führten, gern lachten, manchmal stritten, vorbeigehenden Bekannten etwas zuriefen und alle Zeit der Welt zu haben schienen.

Bernds Freundin Marie lernte ich am nächsten Tag kennen. Klein, sehr üppig. Es fiel mir nicht leicht, meinen Blick von ihren prächtigen Brüsten zu wenden. Sie wirkte so verständnisvoll. Am liebsten hätte ich sie gebeten, mich ein wenig mit den beiden Granaten spielen zu lassen, was sie mir möglicherweise nachsichtig gestattet hätte, wenn ich ihr meine Not geschildert hätte. Die letzte Frauenbrust hatte ich vor einem halben Jahr berührt – und selbst das war ein Versehen gewesen. Ich war in einem Hallenbad durch das ganze Becken getaucht, mit geschlossenen Augen, wegen des hohen Chlorgehalts, hatte, den Rand ahnend, beide Hände ausgestreckt, mich an zwei Brüsten festgehalten, mir eine blutige Nase geholt und so weiter. Aber das hier ging natürlich nicht, schon weil ich nicht wusste, wie locker mein Freund in Sachen Frauen war. Er nahm Marie ein paarmal mit aufs Zimmer und vögelte mit ihr, während ich, scheinbar gleichmütig wie ein buddhistischer Mönch, auf einem der harten Stühle saß, über eine zehn Jahre alte algerische Zeitung gebeugt, und Bernds sportliche Übungen insgeheim benotete. Ich war besser als er. Das stand für mich fest. Oh Gott, was hätte ich mit Marie alles angestellt! Kamasutramäßig. Wahrscheinlich nicht beim ersten Mal. Da wäre es mir genauso schnell gekommen wie Bernd, der auf sexuellem Gebiet die deutsche Nation alles andere als rühmlich vertrat. Keine Höchstleistung, keine Raffinessen und sowieso nichts, was irgendwie ungewöhnlich gewesen wäre. Natürlich wunderte ich mich über den Nationalstolz in mir. Den hatte ich doch vor Jahren aus meiner Gefühlswelt herausgeschabt und -gewaschen. Wieso jetzt? Beim Thema Geschlechtsverkehr? Weil ich befürchtete, die geschwätzige Marie könnte allen anderen Mädchen der Stadt erzählen, die Deutschen seien miese Ficker. Plötzlich hatte ich Angst vor den prüfenden Blicken jener Mädchen, die eigentlich auf Beatniks standen, aber womöglich von morgen an die Deutschen mieden. Wieder einmal würde man die Deutschen meiden. Früher wegen Bismarck, Kaiser Wilhelm und Hitler, nun wegen Bernd Schmittke. Meine einzige Hoffnung war, dass Marie bisher auch noch mit keinem wirklich guten Franzosen Liebe gemacht hatte.

Die Bar, in der wir das Heroin kauften, lag in einer dunklen Gasse, die parallel zur Canebière zwischen Cours Belsunce und Boulevard Dugommier verläuft, und wurde überwiegend von Schwarzen besucht. Hinter dem Tresen arbeitete ein muskulöser Senegalese, die Animierdamen waren senegalesischer Abstammung, bildschön, zeigten gern ihre Titten und lachten oft, fanden uns Hippies niedlich, schäkerten mit uns, obwohl sie wussten, dass wir finanziell nicht viel zu bieten hatten. Der größte Teil der Gäste bestand aus traurigen Männern, die in Europa nicht heimisch geworden waren und jeden Abend mittels Alkohol, Haschisch oder Heroin aus ihrer hoffnungslosen Lage zu fliehen versuchten. Es war eine unruhige Kneipe, Streit lag ständig in der Luft, immer gab es welche, die sich kampfbereit gegenüberstanden oder -saßen, aber wir Hippies hatten nichts zu befürchten. Wir kamen uns in diesem Laden jedesmal wie von einer unsichtbaren Wand umgeben vor. Nur draußen, nach dem Verlassen der Bar, mussten wir höllisch aufpassen, die Heroin-Briefchen stets zum Wegwerfen bereit zwischen den Fingern halten, wegen der Bullen, die natürlich wussten, was in dem Schuppen ablief, die nicht nur Typen wie uns das Leben schwer machten, sondern sich redlich den Ruf zynischer Misanthropen erworben hatten. Ich war schon zweimal ins *Hôtel de la Police* geschleppt und dort äußerst unfreundlich behandelt worden. Beleidigungen, Drohungen, Ohrfeigen – all die Sachen, die sich französische Bullen damals erlauben konnten; aber man hatte nichts bei mir gefunden.

Eines Nachmittags betrat ich völlig stoned das *Le Blues*, musste mich, aus dem grellen Sonnenlicht kommend, erst an den dämmrigen Raum gewöhnen, setzte mich an den Tresen, bestellte eine Cola, nickte der neben mir sitzenden Frau zu, hatte aber keinen großen Bock auf eine Unterhaltung, nur Durst, als hätte ich gerade die Sahara durchquert. Die Musik war gut. *American Woman* von Guess Who, genau das Richtige für mein Haschisch-Gehirn. Schon stand das Glas vor mir, von außen beschlagen, die Eiswürfel glänzten verlockend. Noch nicht!, befahl ich mir, noch einen Moment die Vorfreude genießen! Die neben mir sitzende Frau – rote Haare, schmal, schön geschwungener Mund – steckte sich mit faultierhaften Bewegungen eine Zigarette zwischen die Lippen, wie ein fehlerhafter, nur begrenzt einsetzbarer Roboter. Sie suchte etwa zehn Minuten lang ihr Feuerzeug, dann hob sie den Kopf, zeigte mir ihre Heroin-Augen und nuschelte: »Hast du Feuer?«

Ich schob ihr meine Streichholzschachtel rüber. Mit unendlicher Langsamkeit fingerte sie ein Streichholz heraus, riss es an, hielt die Flamme zu nah an ihre Haare, die sofort brannten – aber ich war auf alles vorbereitet und goss blitzartig meine Cola über sie. Ihr verhangener Blick enthielt keine Dankbarkeit, in ihrer Stimme lag ein Vorwurf. »Hättest du das nicht etwas geschickter machen können? Mein Gesicht hat ja nicht gebrannt, oder?« Genervt pflückte sie einen Eiswürfel von ihrer Schulter.

»Ich dachte, es sei eilig gewesen.«

»Ich hasse Cola im Gesicht.«

»Aber dafür habe ich den größten Teil deiner Haare gerettet.«

»Das stimmt allerdings«, sagte sie, über ihre plötzliche Einsicht ebenso verwundert wie über ihre vorherige Verständnislosigkeit. Mit schiefem Lächeln schaute sie mich zum ersten Mal richtig an. Und was sie sah, schien ihr zu gefallen. »Willst du mein Freund sein?«

Ich war zwar immer noch durstig, sagte aber, es wäre mir ein Vergnügen, worauf sie nickte und murmelte: »Wir küssen uns später. Im Moment bin ich voll mit

Heroin. Ich würde gar nicht merken, ob du mir deine Zunge oder eine Schuhsohle in den Mund schiebst. Wahrscheinlich denkst du bei Freundschaft gleich an Sex – völlig normal, geht mir auch so –, aber damit müssen wir ebenfalls ein paar Stunden warten. Im Moment ist meine Klitoris so taub wie ein Hosenknopf. Mein Name ist Elaine, falls es dich interessiert.«

Es erregte mich, sie »Klitoris« sagen zu hören, und ich hoffte, noch weitere, ihren Intimbereich betreffende Wörter aus diesem fein geschwungenen Mund vernehmen zu dürfen. Das sagte ich ihr auch, was sie wiederum süß fand. Als Krönung dieses beeindruckenden Nachmittags stand dann ein neues beschlagenes Glas mit Cola vor mir, das ich sofort gierig leerte.

Von da an hatte ich eine Freundin, die in den kommenden Wochen mit Vergnügen große Mengen meines Spermas in sich aufnahm. Heroin war für mich gestorben. Sie versprach, ebenfalls damit aufzuhören. Das sei ja ganz einfach, behauptete sie, denn da sie den Stoff nur über die Nase einnehme, könne sie auch nicht süchtig werden. Trotz dieser naiven Verharmlosung war sie nicht blöd, sondern witzig, intelligent, unterhaltsam – zumindest in den heroinfreien Stunden. Sie stellte Schmuck aus Draht her, den sie kunstvoll zurechtbog und mit bunten Glasperlen behängte. Am Alten Hafen breitete sie die Stücke auf einer schwarzen Samtdecke aus und wartete auf Touristen. Sie verdiente nicht schlecht. Mein Vermögen schmolz allerdings dahin. Aber das war nicht weiter tragisch, denn Elaine hatte ein entspanntes Verhältnis zu Geld und nichts dagegen, ihre Einkünfte mit mir zu teilen. Leider fing sie dann doch, wie so viele um uns herum, mit dem Fixen an. Das sei billiger, sagte sie, sie war auch argumentativ auf dem absteigenden Ast.

Nachdem sich mein Geld verflüchtigt hatte, wohnten Bernd und ich noch ein paar Tage umsonst in dem Hotelzimmer, da ich dem Vermieter einen satten Anteil von meinem Lotteriegewinn versprochen hatte. Wir wunderten uns über seine Leichtgläubigkeit. Jemand, der in dieser Gegend ein Hotel führt, dachten wir, habe doch aus reinem Selbstschutz die Pflicht, bei derlei Versprechungen sofort misstrauisch zu werden. Bei ihm dauerte es drei Tage. Dann warf er uns hinaus. Wir schliefen wieder wie damals in unseren Schlafsäcken im Freien, was auch nicht schlecht war, denn Typen wie wir brauchten zum Einschlafen den Wind, der neckisch mit unseren Haaren spielte.

»Ich trampe morgen nach Paris«, sagte Elaine. Es fiel ihr schwer, mich dabei anzusehen. »Marseille ist spießig, provinziell, reaktionär. Die Stadt hindert mich an meiner Entfaltung. Ich muss andere Leute um mich haben – Künstler, Denker, Menschen mit feinen Sensoren. Wenn du mich liebst, kommst du in einigen Tagen nach. Ich werde im Quartier Latin wohnen und die Reste der Revolution vom Mai '68 in mich aufsaugen. Du findest mich im Hotel *Excelsior* in der Rue Cujas. Wehe, du kommst nicht. Ich brauche dich.«

Sie verschwand wie so viele um uns herum, die glaubten, das Glück sei geographisch zu orten. In Marseille wurde es heiß. In jeder Hinsicht. Die Sonne knallte vom Himmel, üble Typen mischten sich großspurig unter uns und versuchten, den Ton anzugeben, Bullen kesselten uns ein und ließen uns eine ganze Nacht in ihrer Festung schmoren; Marie trennte sich von Bernd, um sich einem, wie sie sagte, unglaublich potenten Norweger hinzugeben. »Sieh einer an«, murmelte Bernd erschüttert, »die Norweger. Wer hätte das gedacht.«

Am nächsten Morgen standen wir beide mittellos, aber optimistisch an der Autobahn, die praktischerweise gleich hinter der Place Jules Guesde anfängt. Es dauerte nicht lange, bis ein wunderschöner schwarzweißer Peugeot 203 anhielt, der von einem Kunststudenten gesteuert wurde. »Nach Paris? Da habt ihr ja Glück. Ich fahre nach Paris.«

Der Kunststudent trug kurze Haare und einen gestutzten Vollbart, war ganz in Schwarz gekleidet und freute sich, als ich sagte, er sehe aus wie ein Existentialist der 50er Jahre. Genau so wolle er auch aussehen, antwortete er. Die 50er Jahre habe er zwar nur als Kind erlebt, aber in jener Zeit liege seine geistige und ästhetische Heimat – als die Welt noch schwarz-weiß gewesen sei. Die besten Fotografien seien schwarzweiß gewesen, diese wunderbaren, ungemein atmosphärischen Bilder aus den Jazzclubs, auf denen Zigarettenrauch ein wichtiges Stilmittel gewesen sei. Die Wochenschau, die besten Spielfilme, das Fernsehen – alles schwarz-weiß. Er werde sich niemals einen Farbfernseher kaufen, niemals einen Farbfilm im Kino ansehen, niemals Farbfotos machen. Der Farbfilm habe die Welt verkitscht, habe dazu beigetragen, die amerikanische Oberflächlichkeit in Europa zu etablieren. Anfangs fanden Bernd und ich seine Ansichten interessant. Wir waren ja skurrilen Leuten gegenüber aufgeschlossen, und zudem teilte er am Mittag seinen Camembert, sein Baguette und seinen Rotwein mit uns und schenkte uns sogar eine Packung Gauloises. Aber nach einiger Zeit hing uns sein immer erregter werdendes, zunehmend mit Hass auf die Gegenwart gefülltes Gequatsche zum Hals heraus. Die Gegenwart sei ein einziger Betrug an der

Jugend. Die perfide Absicht der Politiker, alles mit Farbe zu übertünchen, sei doch leicht durchschaubar. Hochglanzmagazine, bunte Autos, selbst der Vietnamkrieg in Farbe, und hinter allem steckten die Freimaurer, der Malteserorden und das Weiße Haus – vermutlich auch Walt Disney, dieser Verbrecher, der mit seinem Disneyland eine Kultstätte des Bösen geschaffen habe.

Im Quartier Latin stiegen wir erschöpft aus seinem schwarz-weißen 50er-Jahre-Auto. Schönes Wetter, die Frauen trugen bunte Kleider, vor einem Blumengeschäft veranstalteten Gewächse aller Art eine Farbenorgie, die uns berauschte. Nach einigen hundert Metern die Rue Cujas. Das Hotel *Excelsior*. Sah nach unserem Ermessen verdammt nobel aus. Eine richtige Rezeption, Läufer auf der Treppe, von Messingstangen in Form gehalten. Doppelzimmer 20 Francs. Das war verdammt günstig. Nun brauchten wir nur noch 20 Francs, und die erste Nacht wäre gesichert. Elaine stieg gerade die Treppe hinunter, anmutig zwar, aber bleich, mager, schwarz gekleidet, schwarze Augenringe – sah auf dem roten Läufer mit den Messingstangen beeindruckend aus. So morbid, so süchtig, verrucht und am Abgrund. Offenbar ging es ihr beschissen. Aber sie freute sich, umarmte und küsste uns, legte einen 100-Francs-Schein auf den Tresen, und wir hatten schon mal für fünf Tage ein Zimmer.

Super Zimmer. Groß, sauber, sauberer Teppichboden, astreines Doppelbett, ein Schrank, ein Tisch, zwei Sessel, ein Badezimmer. Elaine genoss unsere Freude. Das Besondere an diesem Hotel, sagte sie, sei jedoch etwas ganz anderes. Die Mehrheit der Gäste wohne hier über längere Zeit, wochen- oder gar monatelang – Dealer, Taschendiebe, ein paar süchtige Nutten, Hippies, die das Erbe ihrer Großeltern hier verprassten. »Moment, ich bin gleich wieder da!« Sie stürmte aus dem Zimmer. Nach fünf Minuten kam sie wieder. In Begleitung mehrerer Typen, die alle schulterlange Haare trugen und wie Hippies gekleidet waren, aber dennoch sehr chic aussahen. Man erkannte sofort, dass ihre Klamotten teuer gewesen waren. Die Jungs wirkten ein wenig blasiert, erwiesen sich jedoch als nett und freundlich. Und vielleicht waren sie auch gar nicht blasiert, sondern nur mit allerlei Drogen gefüllt. Einer von ihnen dealte mit Kif, ein anderer verkaufte LSD, ein dritter handelte mit Heroin, einer bot Speed an, ein langer, hagerer Schönling marokkanischer Abstammung verkaufte Zigarettenpapier, Wasserpfeifen, Opiumpfeifen, Einwegspritzen, destilliertes Wasser, Vitamintabletten und Kondome. Ich kam nicht mehr aus dem Staunen heraus. Wie im Paradies. Fast. Das Geld für all die Herrlichkeiten fehlte, was bedeutete, dass arme Hippies sich hier auch wie in einem Vorhof der Hölle fühlen konnten. Aber Elaine, die gute Elaine, kaufte uns großherzig einen Fünf-Gramm-Beutel Kif, zwei Acid Trips, eine Wasserpfeife und vier Kondome. Vor Rührung hätte ich fast geflennt, obwohl mir nicht klar war, wozu die Kondome gut sein sollten. Meine Freundin nahm schließlich die Pille. Das Kif reizte mich. Bis dahin hatte ich von diesem Wunder-Gras nur gehört – und zwar Lobeshymnen. Es handelt sich dabei um die Blattspitzen ausgesuchter Cannabispflanzen. Die Wirkung war, wie ich bald feststellte, so stark, dass sich an den Wänden Muster bildeten. Es kam mir vor, als wäre ich plötzlich in eine andere Welt gerutscht. Aus dem Kassettenrekorder, den einer aufgestellt hatte, blies eine E-Gitarre betörende Töne in meinen Kopf, wo sofort bitter-süße Sehnsucht nach allem Möglichen wie zum Beispiel Liebe, Palmenstrand, Unsterblichkeit und Schokolade aufwallte – die E-Gitarre von Carlos Santana. Wir tranken Tee, diskutierten mit Leidenschaft über die Filme von Ingmar Bergmann, die ich alle nicht gesehen hatte, was mich aber nicht davon abhielt, *Das Schweigen* als völlig missverstandenen Krampf zu bezeichnen, als einen prätentiösen, geheimnisvoll raunenden Film, in den von Kritik zu Kritik mehr hineininterpretiert worden sei, weil keiner der Kritiker habe zugeben wollen, dass Herr Bergmann in Wahrheit damit gescheitert sei. Alle glotzten mich erstaunt an. Ich hätte mich selbst gern erstaunt angeglotzt. Über diesen Film hatte ich viel gelesen, die Zeitungen hatten das Thema wochenlang ausgeschlachtet – Einsamkeit, Beziehungsstörungen, für jene Zeit drastische Sexszenen. Mich hatten die Sexszenen interessiert, aber der Scheißfilm war ab 18 gewesen. Meine Zuhörer hielten mich für einen Intellektuellen. Elaine wäre wahrscheinlich stolz auf mich gewesen, wenn sie alles mitbekommen hätte. Leider hatte sie sich zusammen mit ihrer Freundin, mit der sie ein Zimmer bewohnte, wieder einen Schuss gesetzt, war wieder voll abgetaucht in die Nebelwelt des Heroins.

Für Bernd und mich brachte Elaines Verfall finanzielle Vorteile. Sie fertigte weiterhin Schmuck an, war aber nicht mehr bereit oder in der Lage, sich mit dem Verkauf zu beschäftigen. Wir breiteten also jeden Abend das Samttuch auf dem Boulevard Saint Germain aus, platzierten darauf in ansprechender Weise die Ohrringe, Anhänger, Halsketten, Arm- und Stirnreifen, setzten uns stoned daneben und verkauften stets eine ganze Menge von dem Drahtzeug. Die Hälfte des Umsatzes gehörte uns. Phantastische

Tage. Meistens schien die Sonne, wir streunten durch Paris, saßen auf den Terrassen der Cafés, im Jardin du Luxembourg, geisterten nachts auf LSD durch die Straßen, hatten immer Geld in den Taschen. Meine Freundschaft mit Elaine beschränkte sich allerdings nur noch aufs Geschäftliche. Sex war gestrichen, die Unterhaltungen mit ihr dümpelten im Brackwasser der Belanglosigkeit; für sie und ihre Freundin existierte nur noch das Hotelzimmer, der nächste Schuss. Die Sonne schade ihrer Haut, behauptete sie, und ich hatte den Eindruck, sie gliche mehr und mehr einem Vampir. Rote Haare, bleicher Teint, grellrote Lippen, schwarzes Kleid. Ihr Schmuck wurde schlechter, was sich natürlich auf den Verkauf auswirkte. In ihrer bizarren Logik forderte sie deshalb mehr Geld von uns. Mit einem Viertel sollten wir uns zufriedengeben. Ganz abgesehen davon, dass sie uns, wie es sich für einen Junkie gehört, nicht mehr traute. Von da an wurden die Tage sowohl im metaphorischen Sinn als auch meteorologisch dunkler. Das Himmelblau lag jetzt hinter einer asphaltartigen Wolkendecke, die Farben der Stadt schienen vom Regen hinweggespült worden zu sein, graue Straßen, graue Gesichter, der Wahnsinn in Elaines Augen. Irgendwann fing sie an, den Tod durch eine Überdosis zu heroisieren, ja in ihrer Verzweiflung presste sie sogar einen Tropfen Romantik in ihr beschissenes Leid. So ging es nicht weiter. Bernd wollte in den nächsten Tagen seine Sachen packen und aus der Stadt verschwinden. Ich wollte Elaine nicht alleinlassen. Sie brauchte mich jetzt auch schon zum Einkaufen. Orangensaft, Vitamintabletten, Bananen, Schokolade, Einwegspritzen, Kanülen. Wie die meisten Junkies glaubte sie, man müsse nur genügend Vitamin C zu sich nehmen, um gesund zu bleiben. Noch nie zuvor hatte ich erlebt, wie schnell man von einer Droge zerfressen werden kann. Manchmal, in klaren Momenten, sagte Elaine, von Reue geschüttelt, ich sei der einzige Mensch, der ihr etwas bedeute und dem sie etwas bedeute. Vielleicht, sagte sie, vom letzten Rest der verwehenden Hoffnung noch einmal kurz aufgerichtet, sei es besser, wieder zurück nach Marseille zu gehen, neu anzufangen, einen Schmuckladen aufzumachen.

»Du musst umgehend einen Arzt aufsuchen«, antwortete ich aus einem vagen Pflichtgefühl heraus und ohne Hoffnung auf ihre Einsicht. Das heißt, die Einsicht glomm ja längst in ihr, eine schwache Glut, der die Nahrung des Willens fehlte. »Hau ab!«, sagte sie manchmal. »Geh mir aus den Augen! Du hast mich die ganze Zeit beschissen. Ich kann kaum noch mein Zimmer bezahlen.«

Als wir eines Abends nach einem enttäuschenden Geschäftstag zum Hotel kamen – auf dem ganzen Weg hatten wir über die miese Ware geflucht –, stand ein Leichenwagen davor. Elaine, dachte ich sofort. Es war Elaine. Keine Spur von Romantik.

Wir verkauften den Rest des Schmucks zu Schleuderpreisen, packten unsere Sachen, liefen zum Gare de l'Est und erwischten einen Zug nach Meaux. Diese Stadt liegt zwar nicht weit von Paris entfernt, doch hier angekommen, waren wir vor dem Sog der Metropole sicher. Mitternacht war schon vorbei. Unsere Schritte hallten durch menschenleere Straßen. Die Senf- und Käsestadt lag in tiefem Schlaf. Man hätte meinen können, hinter jedem der dunklen Fenster herrsche nichts als Frieden und Beschaulichkeit, und ich war für eine Weile in der Stimmung, diesem Trugschluss zu erliegen. Auf der Landstraße liefen wir noch einige Kilometer im Mondlicht, bis uns ein Wäldchen einlud.

»Ein schönes Hotel«, seufzte Bernd erleichtert, in seinem Schlafsack liegend, auf die Zweige über sich und in den Himmel starrend.

Ich roch den Waldboden, das Harz der Bäume, fühlte eine horizontlose Lebenslust in mir und antwortete: »Das beste Hotel seit Monaten.«

Kokain auf zarter Haut

Christoph ähnelte äußerlich den Typen, die auf New Wave standen und alles, was davor gewesen war, für verschnarcht hielten, hatte seine Haare schwarz gefärbt, trug schwarze Klamotten und trieb sich auch in den entsprechenden Kneipen herum, kam sich jedoch unter diesen Leuten, die ständig damit beschäftigt waren, möglichst cool und intellektuell zu wirken, immer etwas deplatziert vor, obwohl er, wie er sich eingestand, ebenso blasiert in die Gegend glotzte. Er war eigentlich noch auf der Suche nach einem ihm angemessenen Umfeld. Es gab Berührungspunkte mit den Alternativen, aber die meisten von denen rochen seiner Meinung nach zu stark nach Bauernhof und nassem Hund. Eine renovierte, für die 80er Jahre fit gemachte Andy-Warhol-Factory schwebte ihm vor. Gab es aber offenbar nicht. Statt dessen frostig wirkende, schwarz-weiß gekachelte, in Neonlicht getunkte Räume, in denen Musik lief, die ihn nicht übermäßig berührte, in denen ihm Typen todernst ins Ohr raunten, sie hätten die französischen Dichter des 19. Jahrhunderts zu neuem Leben erweckt. Einfach lächerlich. Christoph hatte Rimbaud und Baudelaire schon vor Jahren für sich entdeckt – und er hatte auch die Underground-Musik der 60er, 70er Jahre nicht nur in seinem Kopf, sondern ebenso im Blut. Dank der zehn Jahre älteren Schwester, die früher Hippie gewesen war, deren Freundeskreis überwiegend aus netten Leuten bestand, die zwar ihre Verklärung der Hippie-Zeit hin und wieder ein wenig übertrieben, ihn aber dennoch beeindruckten, da ihre Schilderungen Authentizität aufblitzen ließen. Allerdings rauchten sie Haschisch, diese gemütliche, das Hirn mit Girlanden dekorierende Droge, die nicht in die neue, irgendwie schneller und flüssiger gewordene Zeit zu passen schien. Aber, wie gesagt, Christoph war noch auf der Suche.

Hamburg, Anfang der 80er Jahre. Frühling oder Herbst, auf jeden Fall beschissenes Wetter, laublose Bäume, die Wolkendecke wie aus Zement. Nieselregen, früher Morgen, soeben war die Dunkelheit vertrieben worden, die letzten Reste der Nacht klebten noch in Torbögen und Hauseingängen, kaum Verkehr, aber dennoch wechselten die Ampeln unermüdlich von Grün über Gelb auf Rot und so weiter, als wollten sie auf sich aufmerksam machen, auf ihre trostlose und dennoch wichtige Existenz. Nasser Asphalt, von den wenigen Fahrzeugen wurden die Pfützen aufgewirbelt und ihr Dreckwasser gegen die Beine der wenigen Passanten gesprüht. Der scharfe Wind trieb Zeitungsfetzen und Plastikbecher vor sich her, trieb Christoph, der kurz zuvor mit ein paar Schicksalsgenossen aus einer Kneipe gekehrt worden war, unter eine Brücke, auf der S-Bahn-Züge rumpelnd und donnernd das Jüngste Gericht ankündigten. Er stellte den Kragen seiner schwarzen Lederjacke hoch, steckte sich eine Zigarette zwischen die Lippen, zündete sie an und versuchte zu überlegen, wie er von A nach B beziehungsweise von hier nach Ibiza gelangen könnte, weil er nämlich eine Reise auf jene Insel gebucht hatte, um sich dort mit Freunden zu treffen und mit ihnen eine zweiwöchige Party zu feiern, an einem legendären Hippie-Strand, angeblich mit echten Hippies, Haschisch und all dem anderen Kram, von dem ihm echte, leider früh vergreiste Hippies – sein Onkel Franz, dessen Frau Klara, genannt »die Heilige von Anjuna Beach«, und sein ehemaliger Geschichtslehrer Rolf Hanke – tausendmal erzählt hatten. Eine richtige Hippie-Party. Und bekanntlich oder zumindest laut amtlicher sowie journalistischer Überlieferung und glaubhaften Erlebnisberichten erstreckten sich Hippie-Partys häufig, wenn nicht sogar grundsätzlich, über mehrere Wochen. Dummerweise hatte Christoph eine Abneigung gegen alles, was mit THC in Verbindung stand. In seinen Kreisen – wegen Neo-Boheme, also quasi Baudelaire trotzend, wenn nicht gar verachtend – galt Haschisch als geradezu spießig. Das Temporeiche war angesagt – Sachen wie Speed, Ecstasy und Kokain. Er hatte damit erst angefangen, war sich jedoch der Tücken dieser Drogen noch nicht bewusst, zeigte sich aber sehr aufgeschlossen. Im Moment war er ziemlich betrunken. Irgendwie musste er zum Flughafen kommen. An ihm rasten massenhaft Taxis vorbei, von ihren Reifen sprühte das Wasser gegen seine Beine wie ein primitives Zeichen des Hohns. Taxis waren ohnehin unbezahlbar für ihn, und wahrscheinlich wussten die Droschkenkutscher das auch. Der Bus. Keine Ahnung von der Route und den Haltestellen des Flughafenbusses. Auch von allem anderen momentan keine oder nur eine arg geschrumpfte Ahnung. Neben ihm stand plötzlich – oder seit einer Ewigkeit, aber von ihm übersehen – die schmale Schwarzhaarige aus der Kneipe, ganz in Schwarz gekleidet, logisch, ähnelte mit ihrer üppigen Lockenpracht und der verlaufenden Schminke im gekalkten Gesicht eher einer Heavy-Metal-Braut, hatte sich aber den ganzen Abend über keinen Fehler erlaubt. Sie starrte ihn an. Aus den schwarzen Lidschatten waren schwarze Tränen geworden. Fröstelnd umklammerte sie ihren Oberkörper. Während er noch rätselte, warum dieses grazile, schwarz gefärbte Reh ohne Begleiter unter dieser Brücke stand, in der Zugluft und eingehüllt in den beißenden Uringestank, den zehntausend Männer im Laufe der Jahre in die Brückenmauer eingeätzt hatten, sprach sie ihn an. »Ich hab dich vorhin in der Kneipe gesehen, hab ein paarmal zu dir hingeguckt, aber das hast du offenbar verpennt. Aber macht nichts. Wenn du willst, kannst du mit mir nach Hause kommen.«

Sofort war er geil wie ein Kater, dem die entsprechenden Geruchspartikel, andere wichtige Gehirnregionen ausschaltend, vor der Nase tanzen. Vielleicht wollte sie auch gar nicht mit ihm ficken, sondern einfach nur reden, weil sie möglicherweise einsam war, eine warme Hand brauchte, die ihr tröstend den Unterarm oder sonst einen Körperteil streichelte, eine Hand, die mit einem Tempo-Taschentuch fürsorglich die Tränen von ihrem Gesicht tupfte. Er behielt jedoch den Flug nach Ibiza im Auge. »Wo wohnst du denn?«, fragte er, im Stillen die Zeit bis zu seinem Abflug berechnend.

»Nicht weit von hier, in der Thadenstraße, keine fünf Minuten.«

Er willigte ein. Schon die Aussicht auf ein warmes Plätzchen an irgendeinem Küchentisch, auf einen Becher Kaffee und ein intensives Gespräch mit viel Gefühl und Verständnis war verlockend. Es ist ja immer spannend, eine neue, womöglich faszinierende Bekanntschaft zu machen. Sie hakte sich wohltuend vertrauensvoll bei ihm unter, sie eilten mit vorgebeugten Oberkörpern Arm in Arm, als ob sie das schon öfter gemeinsam durchgemacht hätten, durch den Regen, erreichten die graue Straße und das graue Haus; im Treppenhaus roch es nach Schimmel und faulem Gemüse. Klassische Arbeitergegend, aber seit einigen Jahren beliebt bei jungen Leuten. Sie wohnte im obersten Stock. Ihre Wohnung war klein und schön warm. Überall – oh Scheiße! – Heavy-Metal-Poster. Also doch! Sie holte Bier aus dem Kühlschrank, legte eine Brüllplatte von Iron Maiden auf und fragte nebenbei, ob er an schmutzigem Sex interessiert sei.

Schmutziger Sex? Erst mal große Überraschung, ähnlich ergreifend wie zehn Jahre zuvor, als er unverhofft einen 50-Mark-Schein gefunden hatte, mit dem er sofort, bis zur Unterlippe gefüllt mit Glücksgefühlen, in den nächsten Plattenladen gerannt war, um sich endlich die LPs *Superfly* von Curtis Mayfield und *Transformer* von Lou Reed zu kaufen. Schmutziger Sex also? In seinem Hirn begann jetzt eine wilde Suche nach der korrekten Definition. Auf jeden Fall sagte er erst mal, sozusagen prophylaktisch und, nach seiner Ansicht, ziemlich cool, er sei nur an schmutzigem Sex interessiert, alles andere könne man sowieso vergessen. Der halbwegs nüchterne Rest seines Bewusstseins erinnerte ihn an den Flug nach Ibiza: noch zwei Stunden bis zum Einchecken. Der schmutzige Sex musste innerhalb einer guten Stunde bewältigt werden. Kein Problem, dachte er und fieberte dem schmutzigen Sex, den er sich nur vage vorstellen konnte, entgegen. Sie ging kurz unter die Dusche, und diese Zeit nutzte er, um in ihren Schallplatten zu stöbern. Nur Heavy Metal! Das machte ihn traurig, weil ihn das Geschrei dieser Sänger, wie er fürchtete, beim Ficken traumatisieren würde, es sei denn, der Geschlechtsakt liefe völlig bizarr ab, mit Latex, literweise Body Lotion und so.

Dann kam sie nackt aus der Dusche. Schöner, filigraner Körper, leider großflächig tätowiert, gewöhnungsbedürftig. Aber mal was anderes, schon die Richtung ins Bizarre. Sie schickte ihn unter die Dusche. Angenehm, der Dampf, die Wärme, der Geruch von Seife, auf allem lag ein Feuchtigkeitsfilm. Mit dem Finger schrieb er Ficken auf den Spiegel und fand sich dabei extrem cool. Er betrat ihr Schlafzimmer mit erigiertem Schwanz, obwohl die Schmutziger-Sex-Frage noch nicht geklärt war. Sie lag bäuchlings auf dem Bett und spielte mit einem Plastiktütchen, in dem sich ein weißes Pulver befand.

»Kennst du Koks?«, fragte sie. Er starrte, innerlich hechelnd, auf ihren herrlichen Arsch, hätte sie am liebsten sofort penetriert, volles Rohr, wie ein Tier, hatte sich aber, zivilisiert, wie er nun einmal war, voll oder zumindest halbwegs unter Kontrolle. »Logisch«, sagte er großspurig und fast wahrheitsgemäß, denn er hatte schon zweimal das Vergnügen gehabt, eine Linie in seine Nase ziehen zu dürfen, einmal sogar von einem silbernen Tablett, konnte allerdings nicht wirklich behaupten, Kokain zu kennen.

»Ich kippe jetzt was davon in meine Arschfalte, und du saugst es weg.«

Mein Gott, wie verdorben! Er konnte es kaum erwarten. Das war also schmutziger Sex. Sie kippte sich eine gute Ladung in die Arschspalte, eine Menge Zeug, und er fragte sich, ob sie so verschwenderisch damit umging, weil sie so viel Kohle hatte, oder weil sie nicht sehen konnte, wieviel sie sich zwischen die Arschbacken kippte. Sie reichte ihm locker, fast gelangweilt, einen verkürzten Strohhalm, den er dankbar nahm. Dann schob er ihre schönen festen Backen auseinander. Wie gerne hätte er sie jetzt sofort bestiegen, aber er musste ja erst das Koks wegschnüffeln. Es klebte fest. In ihrer Arschritze, die vom Duschen oder vom Schweiß feucht war. Er warf den Strohhalm weg, schob seine Zunge in den Spalt und leckte das Koks weg, sie stöhnte, er keuchte hocherregt, fand die Situation extrem existentialistisch, und in diesem Moment flog die Tür auf und ein riesenhafter Heavy-Metal-Typ mit schulterlanger schwarzer Matte, ganz in Schwarz gekleidet, wie sich das gehört, mit einem Baseballschläger in der Hand, walzte wie ein Felsbrocken ins Zimmer, stutzte – Christoph, vor Angst gelähmt, erwartete einen Hieb, der seinen Kopf wie eine Melone zerplatzen lassen würde –, aber seltsamerweise grinste der Bär. »Das sieht saugeil aus«, sagte er, warf den Schläger in die Ecke und zog sich ruckzuck aus, stand nackt und riesig im Raum, war ebenfalls opulent tätowiert, was Christoph nicht überraschte, und spielte mit seinem Schwanz.

»Was, äh, ist hier los?«, fragte Christoph, Kokainreste mit der Zunge von seinen Lippen wischend, verständlicherweise ein wenig irritiert. Sein an sich robustes Geschlechtsorgan schrumpfte, was auch verständlich war, denn er fühlte sich extrem unsicher, sozusagen schutzlos.

»Nix weiter.« Sie schien das Verhalten ihres Freundes normal zu finden. »Wenn du das Koks aufgeleckt hast, kannst du mich von hinten ficken. Er wird uns zusehen und dabei wichsen. Er fickt nicht. Er ist ein Wichser.«

Anscheinend war das für den Riesen kein Schimpfwort, denn er grunzte zustimmend. Ganz geheuer war Christoph die Sache trotzdem nicht, aber er bemühte sich. Wenn auch vergeblich. Der Typ hing ihm zu sehr auf der Pelle, schnaufte und keuchte ihm ins

Ohr, roch wie eine jahrelang nicht gelüftete Kneipe. »Du schaffst das«, grunzte er. Sein Glied stand wie eine Eins. Christoph war neidisch. Der Sportsgeist in ihm trieb ihn an. Nach einer halben Stunde bestand kein Zweifel mehr: Er hatte Erektionsprobleme. Er erhob sich wie gerädert, fühlte die Wirkung des Kokains, zog sich hektisch an – wow, das Kokain arbeitete in ihm; er war jetzt ziemlich unruhig und genervt, raste, von den Flüchen seiner Gastgeber begleitet, die Treppe hinunter, winkte ein Taxi heran, bezahlte für die Fahrt zum Flughafen ein Vermögen, stellte fest, dass sein Gepäck noch im Schließfach des Hauptbahnhofs steckte, sagte sich scheiß drauf und flog, die Hektik von sich abschüttelnd, ohne Koffer nach Ibiza, wo er zwei aufregende Wochen verlebte, mit viel Haschisch und LSD. Seitdem gehört er zu den bekennenden THC-Liebhabern.

Doppelzimmer zur Einzelbenutzung

Der Flughafen von Malaga ist auch bei schönem Wetter nichts weiter als ein ungemütlicher, gesichtsloser Ort, den man möglichst schnell verlassen möchte. Im Moment regnet es – oder besser: es schüttet. Graues, wild waberndes Gewölk, das nicht nur auf ohnehin ängstliche Menschen bedrohlich wirkt; 16 Grad Celsius. Die Hässlichkeit des Gebäudes kommt bei diesem Hintergrund voll zur Geltung, ist aber noch erträglich im Vergleich mit dem Parkhaus. Solche unbeseelten Betonhaufen gibt es auf der ganzen Welt, gewiss, das schon. Aber an diesem Tag, dem 6. März 2010, lässt der Anblick für einen Moment ein Gefühl des Ekels in ihm aufsteigen. Vier Stunden zuvor hat er seinen Wagen, einen Range Rover, am Hamburger Flughafen in ein nicht minder hässliches Parkhaus gestellt, ist die kühlen, von unbestechlichen Kameras überwachten Wege durch sämtliche Kontrollinstanzen zu seinem hässlichen Flugzeug gegangen, hat neben einem abgrundhässlichen Bild-Zeitungs-Leser Platz genommen und sich den ganzen Flug über vor seinem, in eine Deodorantwolke gehüllten, Nachbarn geekelt.

In den letzten Wochen hat sich ein allgemeines Ekelgefühl in ihm ausgebreitet. Ein Stresssyndrom. Angst, den Überblick zu verlieren. Reine Überarbeitung. Das sagen alle. Das sagt sich so leicht. Was soll man machen? Täglich zwölf Stunden in der Firma – und das schon seit zwei Jahren. Jede Putzfrau gönnt sich Urlaub, kommt braun gebrannt aus irgendeiner All-Inclusive-Urlaubskaserne zurück – nur der Chef hält die Stellung. Aufträge bis unters Dach, wunderbar, aber nur, weil messerscharf kalkuliert wird, weil die Gewinnspanne klein ist, weil alle Arbeitsvorgänge nahtlos ineinander übergehen, was nur durch straffes Management, klare Übersicht und Kompetenz zu schaffen und vor allem auf gleichbleibendem Niveau zu halten ist. Unglaublicher Konkurrenzdruck. Man muss vom frühen Morgen bis in die Nacht hinein alle Abläufe unter Kontrolle haben. Wer hält das aus? Und wieso sollte einer das aushalten? Relativ neue Fragen. Ist es das wert? Auch so eine Frage, die sich breitmacht.

Missmutig steigt er in den Leihwagen. Beschissener Skoda Oktavia. Das ist nicht der Wagen, den er bestellt hat. Noch nicht mal die gewünschte Klasse. Am Schalter der Mietwagen-Firma hat er sich zwar, wie es seine Art ist, sofort auf die Hinterbeine gestellt, Ärger gemacht, mit Konsequenzen gedroht. Ihm nimmt keiner die Butter vom Brot. Normalerweise. Fakt ist jedenfalls, dass er nun in einem beschissenen Skoda Oktavia sitzt. Gangschaltung! Er kommt sich vor wie in der Steinzeit. Kein Navi. Was mache ich hier überhaupt?, fragt er sich grimmig. Alle haben ihn beschworen – der Teilhaber, die Freunde, seine Frau –, sie haben wochenlang auf ihn eingeredet, als wären in seinem Gesicht schon Vorzeichen eines drohenden Infarkts zu lesen. Dann hat er sich seufzend eine Woche freigeschaufelt. Bloß nicht weit fliegen müssen. Darf nicht weiter als drei Flugstunden entfernt sein. Was bleibt da schon groß übrig? Sizilien, Griechenland, Türkei, Andalusien. Sizilien gehört zu

Berlusconi-Land, hat also einen hohen Ekel-Faktor, Griechenland wird von Streiks lahmgelegt, die türkische Südküste wird systematisch von einer Million russischer Touristen verwüstet. »Na gut«, hat seine Frau gesagt, »ich such dir ein schönes Hotel bei Marbella heraus, mit einer großen Spa-Abteilung. Dort regnet es zwar im Moment, aber das kann sich ändern, und wenn nicht, entspannst du dich im Spa.« In Deutschland herrscht ein Winter, der seinem Namen alle Ehre macht. Nach vier Wochen haben ihn die dreckigen Schneewälle an den Straßenrändern angeekelt. Andalusien, hat er gedacht, wird mich schon nicht enttäuschen. Ich brauche ja nur zwei, drei sonnige Tage. Großes Doppelzimmer zur Einzelbenutzung, großer Balkon, perfekter Service, einige Bücher …

Bevor er losfährt, liest er noch einmal die Wegbeschreibung durch, eine ellenlange Wegbeschreibung, dann schiebt er eine CD in den Schlitz, Country-Songs, ideal zum Autofahren, Stücke von Restless Heart, Lyle Lovett, Rodney Crowell. Die Hügel zu beiden Seiten der Autobahn sind mit Apartmenthäusern überwuchert, fast die ganze Strecke hat man brutal mit billigen architektonischen Hässlichkeiten zugemauert, mit einer Rücksichtslosigkeit, die jeglichen Respekt vor der Natur vermissen lässt. Wie ausgehöhlt müssen die Menschen sein, die in solchen Apartments, Reihenhäusern und Senioren-Wohnanlagen ihren Urlaub oder gar den Lebensabend verbringen, fragt er sich, auf die trostlosen Wohn-Ungetüme starrend, während sich sein Ekel in Trauer verwandelt, während die Scheibenwischer gegen den Regen kämpfen, während Restless Heart *Big Dreams In A Small Town* singen – und abrupt abbrechen, schweigen, es noch mal versuchen, wieder abbrechen, schweigen. Die Scheiß-CD ist im Arsch, denkt er, plötzlich von maßlosem Zorn überflutet. Er fühlt sich betrogen, aus irgend einem Grund, von irgendwem betrogen. Geschäftlich hat ihn noch keiner betrogen. Dazu ist er viel zu clever – man könnte auch sagen: abgebrüht. Seine Frau hat ihn einmal betrogen. Mit einem eitlen Regisseur spießiger Fernsehfilme, der stets einen Seidenschal lose um sich herumhängen hatte und sich allen Ernstes noch heute für einen Künstler hält. Das ist Jahre her. Damals, kurz nach der Eröffnung der Firma, ist er hektisch, angstvoll, misstrauisch durch die Geschäftsräume gehastet, hatte noch keinen Überblick, wußte noch nicht, wie sich alles entwickeln wird. Ob sie wieder was am Laufen hat? Mit meinem Teilhaber? Die beiden haben mich ja quasi zu diesem Kurzurlaub gezwungen, sich über meinen Kopf hinweg bedeutungsvoll angeglotzt und vermutlich mehr als einmal miteinander telefoniert. Anfangs wollten sie mir sogar zwei Wochen aufschwatzen. Ich möchte nicht wissen, wie der Laden aussähe, wenn ich tatsächlich zwei … Verdammte Scheiße! Da hat sich die Autobahn gegabelt. Bin ich nun auf der richtigen …?

Mehrmals verfährt er sich, weil er die engbeschriebene Wegbeschreibung während des Fahrens kaum lesen kann. Er zwängt den Wagen durch das Straßengewirr von Estepona und die Ausläufer von Marbella, kommt immer wieder zurück auf die A7, diese breite, verstopfte Schneise. Es wird dunkel, und 10 000 Neonschilder flackern auf. Überall Baustellen, Feierabendverkehr, Staus. Ich bin gefangen, denkt er, ich sitze in einer Blechkiste, eingekeilt zwischen anderen Blechkisten, auf einer rissigen Asphalt-Piste, mal fahrend, dann wieder stehend, Abgase vermischen sich mit dem Regen, und ich weiß nicht einmal, wo zum Teufel ich überhaupt bin. Was mache ich hier überhaupt? Was macht die Menschheit mit sich und ihrer Umwelt? Ist Nihilismus der Preis, den wir für den Fortschritt zu bezahlen haben? Was macht meine Frau in diesem Moment? Ist mein Teilhaber, der faule Sack, noch im Büro oder schon bei ihr? Was sollen diese idiotischen Überlegungen? Verdammt noch mal, welche Scheiße wird denn da auf einmal in mir hochgespült?

Dann, kurz bevor ihn die Verzweiflung überflutet, findet er die unscheinbare Abfahrt. Der Rest ist ein Kinderspiel. Plötzlich steht auf allen Straßenschildern, mit Hinweispfeilen versehen, der Name des Hotels.

Angenehmer Empfang, schönes Haus, geräumiges Zimmer, geschmackvoll, Blick aufs Meer. Er hat es geschafft. Er ist angekommen. Zuerst hängt er den Anzug und die Hemden in den Schrank, dann stellt er den Toilettenbeutel ins Bad. Jetzt einen Drink. Mal sehen, was die Mini-Bar zu bieten hat. Sein Blick fällt auf den Fußboden vor der Fensterfront. Eine riesige Wasserlache. Automatischer Griff zum Telefon.

Mit geschultem Auge erkennt der Haustechniker sofort, was los ist: die Silikondichtung. Also ein anderes Zimmer. Der Umzug ist eine Sache von wenigen Minuten, alles halb so schlimm, wenn auch lästig. Um so größer ist die Vorfreude auf den Drink – wie eine Blüte, die sich langsam entfaltet und den Höhepunkt ihrer Schönheit noch vor sich hat. Scheiß auf die Mini-Bar. Er bestellt eine Flasche Bourbon, *Wild Turkey*, und Eis. Es gibt einen CD-Player. Was passt jetzt?, überlegt er, gar nicht so einfach, immerhin gibt's einen kleinen Sieg zu feiern. Wie wär's mit *Love In A Black Dimension* von Jestofunk? Mit dem Glas in der einen und einer Zigarette in der anderen Hand steht er vor dem breiten Fenster, umspült vom zunehmend härter werdenden Beat des Stücks *Say It Again*. Starker Wind biegt die Kronen immergrüner Bäume, Regen fällt schräg und in beunruhigenden Mengen aus brodelnden Wolken. Trotz der Dunkelheit sieht er die Schaumkronen gewaltiger Wellen, und er hört trotz der doppelten Fensterscheiben das Heulen des Sturms und das Donnern der Wellen. Unbehagliche Assoziationen drängen sich auf. Er fühlt sich in dieser gediegenen, sturmumtosten Hotelanlage eingesperrt. Ein entmachteter Herrscher im luxuriösen Exil. Die Musik nervt. Zu aufregend, im Moment nicht mit seinen Emotionen im Einklang. Er will ja nicht tanzen und mit den Fingern schnippsen. James Hunter ist okay. Singt und swingt wie Sam Cooke, Ray Charles und Louis Prima zusammen. Nervt jetzt aber auch. Keine Musik. Lieber bis zum Essen dem eigenen Herzschlag lauschen.

Im Restaurant führt man ihn zu einem Tisch am Fenster. Weiter Blick auf den überschwemmten Golfplatz und das tobende Meer. Ein beklemmendes Panorama. Aufmerksame Kellner, fades Essen. In seinem Zimmer macht er es sich bequem, versucht, die Ruhe zu genießen, den Abstand vom Geschäft, nimmt sich eines der Bücher, die er alle zu lesen gedenkt. Die hoch gelobte Neuübersetzung von Thomas Wolfes *Schau heimwärts, Engel*. Er schenkt sich einen weiteren Bourbon ein. Eis ist auch noch da. Stramme Mischung. Eine Zigarre. Wundervoller Duft. Bei Seite 9 legt er das Buch zur Seite, versucht, sich an das bisher Gelesene zu erinnern, erhebt sich, geht zum Fenster, starrt hinaus und versucht, seine Emotionen zu entschlüsseln, seine Unruhe zu verstehen, wagt einen Schritt auf den Balkon – und kommt sich, im Regen stehend, vom Sturm bedrängt, das Prasseln der Tropfen und das Donnern des Meeres im Ohr, so schutzlos vor wie seit seiner Kindheit nicht mehr. Er bleibt nicht lange im Freien, zieht die warme Unfreiheit des Zimmers vor und wundert sich über die Ängste, die sich in seinem Kopf eingenistet haben, die doch vorher gar nicht da waren. Oder hausen sie seit Jahren in mir?, überlegt er, stutzig geworden, seit Jahren, gut unter der Masse an Arbeit und Stress verborgen – und kaum bin ich in Malaga gelandet, kriechen sie hervor. Jeder trägt Ängste mit sich herum. Das ganze Leben besteht aus latenter Angst. Vermutlich ist das Leben nichts weiter als eine Strafe. Und die früh Entmutigten lassen sie im Suff oder mit einer Crackpfeife in der Hand über sich ergehen, während die Verbissenen – solche Wühler und Kontrollfreaks wie ich – scheinbare Werte schaffen, Geld anhäufen und anlegen, sich mit auserlesenen Neidobjekten umgeben, um dennoch, sowie die Wahrheit für einen Augenblick ihr hässliches Gesicht enthüllt, schutzlos dazustehen, nackt und fröstelnd unter den Markenklamotten, umgeben von kosmischer Einsamkeit.

Richtig betrunken ist er in den ganzen letzten Jahren nicht gewesen. Eiserne Selbstkontrolle. Manchmal wäre er gern so blau und ausgelassen wie andere, die jede Betriebsfeier, Geburtstagsparty und Hochzeit zum Anlass nehmen, um für ein paar Stunden »Mensch zu sein«, was einige als Freibrief ansehen, als Lizenz zum Fremdgehen, zum Witze erzählen, Scheiße labern oder – das Ekelhafteste überhaupt – zur totalen Offenheit. Und all diese unter Tränen gelallten Offenbarungen sind am nächsten Arbeitstag den Offenbarern sowie ihren Zuhörern unsagbar peinlich, weil jetzt wieder Härte angesagt ist und alle Enthüllungen als Zeichen von Schwäche gewertet werden. Ihm widerstrebt es, sich so gehenzulassen, seine Vernunft für einige Stunden an der Garderobe abzugeben, wie er das nennt, sozusagen vor den anderen die Hose runterzulassen. Heute fließt der Bourbon in ihn hinein wie Nektar, glatt, ohne die Kehle aufzurauhen. Heute ist er mit sich allein und richtig betrunken. Heute benötigt er keine Vorsichtsmaßnahmen. Eine seltsame Leichtigkeit lässt zwar nicht seinen Körper, aber den Geist schweben. Schönes Gefühl, unbezahlbar.

Um sechs Uhr erwacht er, weil es in ihm keine Taste gibt, mit der man Körper und Geist in Urlaubsstimmung versetzen kann. Kopfschmerzen. Furztrockener Mund. Noch zwei Stunden bis zum Frühstück. Mit schmerzenden Gliedern lässt er ein Bad einlaufen. Er pinkelt im Sitzen und hofft, gleich auch den im Enddarm aufgestauten Alkohol-Scheißhaufen loszuwerden. In 50 Jahren, denkt er, wird man mittels Gen-Manipulation all diese körperlichen Widrigkeiten losgeworden sein. Die ersten Mutanten werden herumlaufen und sich in vielen Dingen vom heutigen Menschentypus abheben: Sie können im Urlaub sofort auf Urlaub umschalten, sie können saufen, ohne von einem Kater oder gar einer Dysfunktion der beleidigten Bauchspeicheldrüse belästigt zu werden, sind gefeit gegen Krebs, besitzen ein unangreifbares Immunsystem, ihre Emotionspalette unterscheidet sich nicht von denen der anderen, aber die Farben werden den aktuellen Bedürfnissen entsprechend eingesetzt. Keine Depressionen mehr, das ist klar. Aber abrufbare Glücksgefühle müssen irgendwann seicht werden, und dann wird Glück nur noch ein theoretischer Begriff sein. Was soll der Quatsch? Als wäre es heute anders. Ich habe es längst aufgegeben, glücklich sein zu wollen. Sicherheit ist das einzige, was mich interessiert. Und damit ist es leider nicht weit her. Private, geschäftliche, gesellschaftliche Crashs, Naturkatastrophen. Der Abgrund ist immer in der Nähe. Unvermittelt stürzt die Köhlbrandbrücke ein, während du mit deinem Range Rover über sie fährst, mit den Fingern zum Takt von *Twist And Shout* – egal, ob von den Isley Brothers oder den Beatles – auf das Lenkrad klopfst, dich endlich wieder einmal für einen richtig coolen Typen hältst, gigantische Beton- und Stahlmassen begleiten dich nach unten. Materialermüdung, instabiler Untergrund, ein Terroranschlag – na und? Was interessiert dich das? Nach 53 Metern ist dein Flug beendet.

Regen in Marbella. In der düsteren Wolkenarmee da oben scheint ein unvorstellbares Reservoir an Wasser vorhanden zu sein. Noch was in der Flasche? Ein Rest. Er kippt die üppige Neige ins Glas, füllt mit Mineralwasser auf, steigt in die Badewanne, trinkt, raucht und beobachtet sich erstaunt bei seinem ungewöhnlichen, regelwidrigen Tun.

Nach dem Frühstück führt er ein paar Telefonate, die ihn keineswegs beruhigen, obwohl ihm jeder, mit dem er redet, schwört, es sei alles in bester Ordnung. Was wissen die denn von Ordnung, denkt er, und außerdem würden sie es mir gar nicht sagen, wenn etwas nicht in Ordnung wäre, um mich nicht zu beunruhigen, um sich selbst zu beweisen, dass sie auch ohne mich mit der Panne fertig werden. Was könnte denn schiefgehen? Minutenlang brütet er über seinem Notizbuch und kommt zu dem Schluss, dass alles schiefgehen könnte.

In dem Nobelhotel am Stadtrand von Marbella geht auch einiges schief. Der gesamte Wellness-Bereich ist nicht benutzbar, da ein vom Sturm entwurzelter Baum die Glasfront zerschmettert hat, braune Wassermassen sind eingedrungen, niemand kann sagen, wann der Schaden behoben sein wird.

Also keine Sauna, kein Pool. Was soll ich eigentlich hier?, denkt er. Er sitzt in seinem Zimmer, starrt auf die Regenwand, ein Gefangener, am Vortag erst der Hölle seines mittelständischen Unternehmens entkommen, nun in Schach gehalten von einer massiven Tiefdruckfront. Ein luxuriöses Gefängnis, klar, aber offenbar eine Art Strafe. An Lesen ist gar nicht zu denken. Mit einer Spur von Neid denkt er an seine Frau, die sich dank Yoga, Psychotherapie, Reiki und einem halben Dutzend ähnlicher Sachen zumindest einbilden kann, ihre innere Ruhe zu finden.

Scheiß drauf, sagt er sich – und bestellt eine neue Flasche Bourbon. Großes Risiko, das weiß er. Es ist, als hätte ich eine Schleuse geöffnet.

Während er trinkt, wird er ruhiger. So völlig mit sich alleine war er schon lange nicht mehr. Schön, mit sich allein zu sein, denkt er fast belustigt. Bei schönem Wetter würde ich jetzt mit dem Auto herumkurven, halbherzig und vermutlich lustlos irgendwelche Sehenswürdigkeiten abhaken, den Straßenverkehr verfluchen. Hier in diesem Zimmer bröckelt allmählich die Fassade von meinem Gedankengehäuse. Das sieht nicht schön aus, ist aber spannender als der Aufenthalt in einem Whirlpool oder am Strand. Nach und nach kommen die Lebenslügen zum Vorschein, der Kern meines Daseins wird sichtbar, ein lächerlich kleiner Kern, nichts weiter als ein paar physikalische und chemische Komponenten, ein mutiertes Affengehirn, vermutlich noch bis zum Tod von frühkindlichen Traumata beherrscht, aus einem mangelhaften Gen-Pool stammend und keineswegs weiterentwickelt, sondern genauso idiotisch wie das der Vorfahren, krank von Anfang an. Was bleibt schon von einem wohlhabenden Workaholic übrig, wenn man ihm seine Arbeit nimmt, ihm seine teuren, aus Zeitmangel kaum benutzten Spielsachen nimmt, wenn man ihn mit sich allein lässt, damit er den Schutt von seinem Ich schaufeln kann.

Ich werde hierbleiben, denkt er, mich totsaufen, wie es viele vor mir getan haben, Millionen unbekannte Arbeiter, Angestellte, Chefs, Beamte, Hausfrauen, Rentner und nicht wenige Berühmtheiten – Schriftsteller, Schauspieler, Politiker und Sportler. Die meisten soffen sich still und unbemerkt zu Tode, andere im vollen Rampenlicht. Einsam waren sie alle. Bis gestern habe ich keine Ahnung von meiner Einsamkeit gehabt. Ich glaube, jeder, der allein an einem so trostlosen Tag im Regen durch eine derart verschandelte Landschaft fährt und zwei Stunden braucht, um die richtige Abfahrt zu finden, entdeckt zwangsläufig die Einsamkeit in sich. Auf einmal erscheint mir mein Terminkalender wie ein subtiles Folterwerkzeug. Wir Terminkalender-Anbeter sind vermutlich ausnahmslos latente Flagellanten. Unsere Fröhlichkeit, unsere Leidenschaft, die kulturellen Bedürfnisse – alles wird in den Terminkalender gepresst. Wir haben nicht mehr viel gemein mit den Menschen der Antike, des Barock, des Biedermeier. Wir sind die Vorstufe einer neuen, noch schlimmeren Art. Vom Fortschritt zermürbte Kreaturen, von denen die einen ein geradezu putziges Bedürfnis nach Religion und Führung verspüren, während die anderen zu Nihilisten werden, aber möglicherweise der Wahrheit ziemlich nahe kommen. In dieser Woche werde ich – frei von allen Terminen – sanft dem Tod entgegensegeln.

Der Klingelton seines Handys geht ihm schon seit Wochen auf den Sack. Albernes Gedudel, das entfernt an einen Abba-Song erinnert. Seine Sekretärin redet maschinengewehrartig auf ihn ein, mit dieser hohen Stimme, die Alarm signalisiert. Schlechte Nachricht. Der Teilhaber hat – natürlich, wie befürchtet – Mist gebaut. Ein wichtiger Vertragsabschluss droht zu platzen. Mächtiger Adrenalinschub. Aggressive Grundhaltung. »Ich brauche sofort einen Rückflug! Haben Sie das verstanden? Kümmern Sie sich darum! Ich will spätestens morgen früh in Hamburg sein! Dann werden Köpfe rollen!«

Mannhaft stellt er sich unter die Dusche. Kaltes Wasser, sehr belebend. Dann packt er seinen Koffer, bestellt ein Club Sandwich und viel Kaffee, überlegt seine Strategie, nimmt sich vor, seinem Teilhaber, diesem Penner, die Eier abzuschneiden, fühlt sich wohl in seinem Zorn, könnte Bäume ausreißen – man braucht ihn, er ist unentbehrlich, ein gutes Gefühl, so herumzuwirbeln und die Gedanken über den Sinn des Lebens in die Mülltonne zu stampfen. Er wird wohl noch ein paar Jahre so weitermachen. Scheiß auf Urlaub!

Kein weiter Weg vom Pudding Shop zum Père Lachaise

Der Winter in Istanbul, in einem unbeheizten Hotelzimmer, hatte Manno eine Menge Energie abgezapft. Wochenlang unter einer grauen, bedrohlich wirkenden Wolkendecke zu leben, ständig im Regen von Vordach zu Vordach zu hasten, um schließlich doch durchnässt am Ziel anzukommen, hatte des öfteren die steinalte Frage nach dem Sinn des Lebens nach oben gespült, in die Regionen des Bewusstseins, ins kalte Licht der Ratio. Das übliche Fazit: Der ganze Scheiß ergibt irgendwie keinen Sinn. Gott oder Götter – wo sollten die sein? Verwanzte Hotelzimmer, süchtige Hotelzimmer-Bewohner, mit den Bullen kooperierende Hotelmanager, moralisch verwahrloste Bullen, Gemüsehändler am Tophane-Platz, die ihr Geld vor allem mit dem Verkauf von Opium verdienten, Polizeispitzel, wohin man auch die Nase schnuppernd reckte; kleine Ganoven im *Pudding Shop*, die sich wie kleine Ganoven verhielten und glaubten, so cool wie große Ganoven zu wirken; naive Touristen, die vor den Türken Angst hatten und glaubten, ein blauäugiger Hippie aus dem Westen sei zum Betrügen gar nicht in der Lage. Sollte das etwa eine Spielwiese für die Götter sein? Wahrscheinlich nicht. Und wenn doch – dann gute Nacht! Es hatte sogar geschneit. Die ganze Stadt war tagelang weiß gewesen – das Zimmer natürlich klamm, ohnehin spartanisch, ohne Sonnenlicht ein düsteres Loch. Aber dann war der Frühling doch gekommen, die Wolkendecke aufgerissen, verweht – und die Sonne zeigte ihre Kraft. Die Stadt gab sich auf einmal angenehm, nicht mehr so abweisend, sondern aufmunternd und voller Lebenslust. Blieb aber weiterhin gefährlich für Leute, die sich Opiate in die Venen drückten, Haschisch an Touristen verkauften oder ihnen falsches LSD andrehten.

Manno war einer von diesen Leuten. Seit fast drei Monaten lebte er nun in dieser Stadt. Er kam finanziell einigermaßen zurecht, aber er musste demnächst aus der Türkei ausreisen, wenn auch nur für einen Tag, um einen neuen Einreisestempel zu bekommen. Man durfte üblicherweise nur drei Monate bleiben. Mit dem Bus bis zur griechischen Grenze, nach Griechenland laufen, dort einen Kaffee trinken und wieder zurück. Das hatten schon viele gemacht – zumindest bevor das Militär die Macht übernommen hatte. Jetzt konnte es passieren, dass man an der Grenze sein Geld vorzeigen musste. Und wer weniger als 100 D-Mark besaß, wurde abgewiesen. Das war das eine. Dazu kam noch, dass Manno in Deutschland polizeilich gesucht wurde. Keine große Sache. Besitz von fünf Gramm Haschisch. Aber auf jeden Fall, schon wegen einer Vorstrafe, Gefängnis. Nach dem Militärputsch war alles schwieriger geworden. An jeder Straßenecke Soldaten, die Polizisten bekamen Druck von oben und verhafteten Menschen im Akkord. Sie hatten noch nie in dem Ruf gestanden, feinfühlig zu sein, und nun steigerten sie einfach ihre Brutalität, was ihnen nicht allzu schwer fiel. Jede Nacht ab 24 Uhr war Ausgangssperre. Bis dahin musste man seine Sachen erledigt haben und im Hotel sein. Manno hatte neulich erlebt, was sie mit einem machten, den sie nach Mitternacht auf der Straße aufgriffen. Sie behandelten jeden, der sich in ihren Fängen befand, wie Dreck. Prophylaktisch. Weil jeder, der sich regelwidrig verhielt, entweder ein Kommunist oder ein Dieb, Schmuggler, Räuber et cetera war. Ein großer Hof, in dem sich über hundert Menschen aufhielten, bewacht von Soldaten mit Maschinenpistolen, aus verschieden Zimmern Gebrüll, das Geräusch von Schlägen, Stöhnen und Wimmern. Wer Glück hatte – zum Beispiel Ausländer mit dem richtigen Pass – durfte am nächsten Morgen gehen.

Die Geschäfte liefen schlecht, weil jeder Angst verspürte. Die Haschischhändler hielten sich bedeckt. In ganz Sultanahmet wagte kein Apotheker mehr, Opiumtinktur zu verkaufen. Die Süchtigen mussten Opium aufkochen, mehrmals filtern, viele, wie auch Manno, konnten den süßlichen Geruch nicht mehr ertragen. Aber dieses Problem war von Manno zumindest für die nächsten Tage, wenn auch auf schmutzige Art, beseitigt worden. Er hatte einem deutschen Hippie, der frisch aus Pakistan eingetroffen war, ein Glas mit 30 Morphiumtabletten geklaut. In Peshawar konnte man ein ganzes Glas mit 30 Stück für einen Dollar kaufen. An jeder Straßenecke. Hier in Istanbul musste man für eine Tablette einen Dollar hinlegen. Beste Ware. Eine Tablette mit etwas Wasser in einem Löffel erhitzt, löste sich sofort auf, ließ sich mühelos injizieren. Es machte Spaß, der Tablette bei ihrer Auflösung zuzusehen. Was ganz anderes als der dunkelbraune Opiumsud. Es tat ihm leid, den Deutschen beklaut zu haben. Netter Typ. Intelligent, endlich mal einer, mit dem man über die Geschichte des Osmanischen Reichs und ähnliche Sachen sprechen konnte. Der sprach mit ihm jetzt kein Wort mehr, was ihm nicht zu verdenken war. Mannos Sucht hatte allerdings absolute Priorität, das war klar – und ebenso verständlich. Zumindest für Manno. Scheißleben. So hatte er sich die große Freiheit nicht vorgestellt. Von wegen Freiheit. Vor einigen Wochen – ja, da hatte er noch die Wahl gehabt, sich einen Schuss zu setzen, oder es bleiben zu lassen. Da hatte er sich auch noch nicht vorstellen können, welche Arbeit man als Fixer hat. So fleißig war er vorher nie gewesen. An manchen Tagen war er von morgens bis abends auf den Beinen, um das nötige Geld zum Leben und für den täglichen Bedarf an Opium aufzutreiben. Genauso wenig hatte er sich vorstellen können, wie schnell man moralische Bedenken abschüttelt, wenn der Körper – nicht nur das Hirn –, wenn alle Zellen nach einem Schuss verlangen, wie schnell man jeden Menschen nur noch nach seiner Nützlichkeit beurteilt: Hat er etwas, das ich brauche – Geld, Drogen, Sachen, die man zu Geld machen kann –, besteht die Möglichkeit, an das, was er hat, heranzukommen? Alle anderen Menschen waren peu à peu zu unwichtigen, lästigen Molekülmassen, zu fremdartigen Angehörigen einer anderen Spezies geworden, mit denen ihn nichts verband. Notgedrungen verkaufte er zehn Tabletten. Alles schön und gut, aber das war nur Geld für den Unterhalt. In vier Tagen waren die drei Monate abgelaufen, dann musste er das Land verlassen. Etwa 30 Dollar für die Hin- und Rückfahrt mit dem Bus, mindestens 100 Mark zum Vorzeigen, etwa 100 Lira für Essen und Getränke. Darunter lief gar nichts. Neulich hatte ihn einer der schmierigen Geldwechsler mit einem plumpen Trick um 20 Dollar gelinkt, ausgerechnet ihn, der bisher geglaubt hatte, ein hellwacher Typ zu sein.

Im Moment saß er im *Pudding Shop*, dem Treffpunkt der Hippies, Gammler, Indienfahrer und Ganoven, trank eine Cola, verfluchte die plärrende Musikbox, hoffte mit gedrosseltem Optimismus auf einen fetten Deal. Die Aussichten waren eher beschissen – vielleicht nicht ganz so beschissen, wie der Sound dieser verwahrlosten Musikbox, aber trostlos genug, um sich echte Sorgen zu bereiten. Ohnehin wäre er längst viel lieber an einem anderen Ort. Zum Beispiel in einer richtig geilen Diskothek wie etwa dem *Grünspan* in Hamburg, dem *Zoom* in Frankfurt. Sein Bedürfnis nach einem fetten Sound wuchs von Tag zu Tag. Im Hotel besaßen zwei Typen einen Kassettenrekorder. Na ja, auch nicht gerade der Superklang, aber immerhin ein Hauch von Musikgenuss.

Ein Mann und eine Frau bewegten sich suchend durch den Gang zwischen den Tischen. Manno, ein geübter Beobachter, erkannte gleich, dass sie Neuland betreten hatten, nicht übermäßig auffallen wollten und nicht so recht wussten, wie sie vorgehen sollten. Was suchen die?, dachte er, plötzlich sehr interessiert. Sind sie mit einem Campingbus hier und wollen weiter nach Indien, brauchen aber noch eine Platte Haschisch für unterwegs oder einen zahlenden Mitfahrer? Mit hochgezogenen Augenbrauen gab er seinem Gesicht einen fragenden Ausdruck, mit dem er ihre Aufmerksamkeit auf sich lenkte – und sie tatsächlich zu seinem Tisch dirigierte.

»Deutsche?«, fragte er, obwohl er die Antwort wusste.

»Ja, aus Siegen, wenn du weißt, wo das liegt.« Mit verzogenem Mund, um gleich klarzustellen, dass sie ihre Heimatstadt für das letzte Scheißkaff hielten. Typisches Verhalten von Leuten, die aus Kleinstädten stammten, das kannte Manno zur Genüge. Sie standen vor ihm, als trauten sie sich nicht, an seinem Tisch Platz zu nehmen.

»Setzt euch doch. Was sucht ihr? Vielleicht kann ich helfen.« Seine Hand deutete einladend auf die leeren Stühle; er versuchte, das Pärchen einzuschätzen. Keine Hippies, das war schon mal klar. Studenten in lässiger, aber nicht gerade billiger Kleidung. Er trug die schwarzen Haare recht kurz und einen sauber gestutzten Vollbart, Blue Jeans und Jackett; sie trug die üblichen langen Haare und ein schwarzes Kleid, darüber eine Mohair-Jacke. Nicht die übliche Bekleidung der *Pudding Shop*-Besucher. Sie waren in Mannos Alter, und er fragte sich, wie sie ihn wohl einschätzten. Wahrscheinlich suchten sie einen ehrlichen Europäer, der aber auch abgebrüht und ein Kenner der Szene war. Sie suchten einen wie Manno. Und der gab sich gleich, nachdem er das kapiert hatte, ultra-cool.

Sie setzten sich nur zu gerne zu ihm, bestellten Bier, fragten Manno, ob er auch eins wolle, was der einen Tick zu schnell bejahte, wie er sich im Stillen ärgerlich eingestand; sie zündeten sich Zigaretten an, HB, boten ihm auch eine an, aber er blieb lieber bei seinen filterlosen türkischen *Kulüp*. Es war vor allem die Frau, die das Wort führte. Während sie sprach, erinnerte Manno sich daran, dass er seit Monaten nicht mehr mit einer Frau geschlafen hatte. Sie hieß Agnes, sie gefiel ihm. Volle Lippen, milchweiße Haut, gut gebaut, nach dem, was sich unter dem schwarzen Kleid abzeichnete. Aber sie suchte leider keinen Liebhaber, sondern ihren Mann.

»Du bist verheiratet?«, fragte Manno, ließ sich die Enttäuschung aber nicht anmerken.

»Ja. Klingt vielleicht spießig, aber wir haben das getan, um eine Wohnung zu kriegen. Kannst dir ja vorstellen, wie das in der Provinz abläuft.« Sie hatte eindeutig das Bedürfnis, sich als Opfer der Provinz darzustellen und hob sich auch darin nicht von den üblichen Provinzlern ab. Mangelhaftes Selbstbewusstsein. Manno hatte nichts dagegen. Ihr Begleiter stellte sich als ihr Schwager vor und hieß Erwin. Sie studierten beide an der PH, obwohl, wie Agnes bemüht lässig erklärte, es eigentlich sinnlos sei, in einer solchen Gesellschaft Lehrer zu werden, weil man die Schüler doch nur auf das »Schlachtfeld des Kapitalismus« vorbereite. Vor ein paar Stunden waren sie mit dem Flugzeug angekommen und wohnten nicht weit entfernt vom Taksim-Platz, in einem Hotel in Beyoglu, also in einem guten Haus, oder, verglichen mit Mannos Unterkunft, in einem Palast.

Agnes war seit zwei Jahren verheiratet. In den letzten Monaten sei ihr Mann ziemlich depressiv gewesen, habe ständig davon geredet, dass der ganze Westen verkommen sei, die Zivilisation ein Selbstbetrug und so weiter, dann, vor einigen Tagen, habe er sich klammheimlich aus dem Staub gemacht, nur eine kurze, vermutlich hastig hingeschriebene Nachricht hinterlassen: Bin auf dem Weg nach Indien. Mach dir keine Sorgen.

»Mach dir keine Sorgen.« Agnes lachte bitter, dann legte sie fast geschäftsmäßig ein Foto auf den Tisch. »Bist du dem vielleicht begegnet?«

Lange Haare, Mittelscheitel, Oberlippenbart, schmales Gesicht. So sahen Tausende aus. Manno zuckte die Achseln, schob die Unterlippe vor. »Hier laufen viele Langhaarige rum. Man müsste in den Hotels fragen. Seid ihr hier, um ihn zu suchen?«

»Offen gestanden, ja. Er kann nicht einfach verschwinden, er muss mit mir reden, verstehst du. Wir brauchen jemanden, der sich hier auskennt. Wie lange bist du denn schon hier?«

Das war die Gelegenheit, sich in Szene zu setzen. Manno lehnte sich zurück, massierte mit Daumen und Zeigefinger sein Kinn und sagte: »Seit Monaten. Und nicht zum ersten Mal. Bevor ich nach Indien bin, hab ich ebenfalls einige Wochen hier verbracht. Inzwischen spreche ich etwas Türkisch und kenne eine Menge Leute. Es ist verdammt gefährlich hier. Nichts für Romantiker. Tausend Spitzel und Bullen. Für einen Joint gehst du zwei Jahre in den Knast. Neulich haben sie mich verhaftet, haben die Einstiche in meinen Armen gesehen und mich total gefilzt. Ich hatte Gott sei Dank nichts dabei. Ich werde in Deutschland von den Bullen gesucht, weil ich an ein paar politischen Aktionen beteiligt war. Auf jeden Fall hänge ich nun in dieser Stadt und versuche, genügend Geld zu verdienen, um von hier abzuhauen.«

Grandioser Effekt. Die beiden Studenten starrten ihn gebannt an. Er hatte sie beeindruckt. In den Augen der Frau loderte Interesse wie eine vom frischen Wind aus der Glut emporsteigende Flamme. »Und von was lebst du?«, fragte sie in der Hoffnung auf eine richtig schmutzige Antwort, schob aber lachend, bemüht locker, nach: »Deine Eltern werden dir wohl kaum jeden Monat Geld überweisen, oder?«

»Ich lebe vom Dealen. Ich verkaufe Haschisch und Opium an Durchreisende und mache, na ja, noch einige andere unerlaubte Geschäfte.« Sein vertrauliches Zwinkern kam zumindest bei Agnes gut an, die Information schien schmutzig genug gewesen zu sein. Wie ein aufgeregtes Kind rutschte sie auf ihrem Stuhl herum, bis Erwin sie skeptisch ansah. »Ich würde dich gern anheuern«, sagte sie, auch wieder bemüht lässig. »Gegen Kohle natürlich. Für drei Tage 300 Mark. Danach fliegen wir wieder zurück.«

»Hört sich gut an. Wollen wir gleich anfangen?«

Nach drei Stunden hatten sie fast alle Hotels von Aksaray bis hinunter zum Sirkeci-Bahnhof abgegrast. Manno hatte die Führung übernommen und mit den Hotelmanagern auf Türkisch geredet, ihnen das Foto vorgelegt und stets die ihm genehme Antwort erhalten – ein bedauerndes Nein. Seinetwegen konnte der Flüchtige gerne flüchtig bleiben. Zumindest noch die nächsten zwei Tage.

»Ich muss mal kurz in mein Hotel, mir einen Schuss setzen.«

»Brauchst du das Zeug?«

»Jeden Tag einen Schuss. Bis jetzt. Mal sehen, ab wann ich zwei brauche. Dann höre ich auf. Dann wird es mir zu anstrengend.«

Die beiden grinsten schief, wussten nicht genau, ob das ein Fixer-Witz war, zynisch, hart und voll aus dem Leben gegriffen, oder tatsächlich nichts weiter als ein diffuser Vorsatz.

»Das ist aber ein Vabanquespiel.« Agnes flüsterte fast, unsicher lächelnd.

Er zuckte mit den Achseln, warf einen coolen Spruch über den Tisch: »Kein weiter Weg vom *Pudding Shop* zum Père Lachaise.«

Rätselnde Blicke. Na klar, sie wussten nicht, dass es um einen Friedhof ging. Um den Friedhof – der noch wichtiger war als der Londoner Friedhof Highgate, auf dem Karl Marx ruht –, nämlich um den Pariser Friedhof Père Lachaise, auf dem im Vorjahr der gute alte Jim Morrison in die Erde versenkt worden war.

Ein wenig von oben herab erklärte er den beiden die Anspielung.

Aber Erwin kapierte noch immer nicht: »Du willst Jim Morrisons Grab besuchen?«

Jetzt lachte seine Begleiterin schrill und verächtlich auf, was Manno gefiel, weil sie ihm damit ein Zeichen gab. Er bequemte sich zu einer Erklärung: »Wir Fixer kokettieren gern mit dem Tod. Jim Morrison hat mit dem Tod gespielt. Er war wie wir. Und Père Lachaise ist nur ein Synonym. Mich würde man wahrscheinlich in der den Ungläubigen zugewiesenen Ecke eines Istanbuler Friedhofs verscharren.«

»Ach so«, sagte Erwin betreten. In Agnes' Augen hatte die Flamme, als hätte Manno sie geschürt, zu lodern begonnen.

Am frühen Abend trafen sie sich wieder, gingen was essen – Manno hatte, wie schon seit Tagen, keinen Appetit und würgte lustlos die Hälfte seiner Köfte-Portion hinunter. »Wir sollten morgen die Bus-Büros abklappern«, sagte er. »Vielleicht hat er sich gar nicht lange in Istanbul aufgehalten und ist gleich mit einem Bus weiter nach Erzurum oder Teheran gefahren.«

Agnes rutschte wieder unruhig auf ihrem Stuhl herum. »Wir könnten in unserem Hotel noch ein paar Flaschen Bier trinken«, schlug sie schnell vor, so schnell, dass die beiden Männer, wenn auch aus unterschiedlichen Gründen, aufhorchten.

»Ich bin, ehrlich gesagt, ziemlich müde.« Erwin schien also nicht sehr begeistert von dem Vorschlag zu sein, aber es war Agnes, die den Ton angab. »Wenn du müde bist, kannst du ja in dein Zimmer gehen.«

Schönes altes Hotel, viel Marmor und Messing, großzügige Lobby. Die Zimmer waren allerdings recht einfach eingerichtet, aber natürlich immer noch prächtig im Vergleich mit Mannos Loch. Schon das Bad war ein Luxus, den er seit Ewigkeiten nicht genossen hatte. »Kann ich hier nachher mal duschen?«, fragte er, und so eifrig wie Agnes bejahte, kam es ihm vor, als habe er sie mit dieser Frage geradezu beschenkt.

Der Etagenkellner wunderte sich ein wenig über die Dreierkonstellation in dem Einzelzimmer, verhielt sich jedoch professionell und schleppte unermüdlich Bierflaschen an. Manno hatte seit Monaten keinen Alkohol angerührt und befürchtete nicht nur den Kater am nächsten Morgen, sondern schon bald, in den nächsten zwei, drei Stunden, eine starke Beeinträchtigung seiner Gehirnfunktionen, die vor den Gastgebern nicht zu verheimlichen wäre. Aber bis es so weit war, redete er mit Vergnügen über sich, seine bewegten letzten Jahre als Tramper auf Europas Straßen, über die Drogennächte im Hamburger Underground, die zwei Monate im Untersuchungsgefängnis. Er beschrieb sich kühl, lakonisch, aber doch so, dass jemand, der nach einem Helden suchte, in ihm die dafür geeignete Gestalt erkennen konnte. Und dann, als der Alkoholpegel kräftig angestiegen war, erfand er aus dem Stegreif seine Rolle als Molotow-Cocktail-Werfer in Berlin. »Umherschweifende Haschrebellen«, sagte er. »Das ist euch doch ein Begriff?«

»Selbstverständlich«, hauchte Agnes. Sie starrte ihn schon die ganze Zeit über an, als erwarte sie in einem einzigen Satz aus seinem Mund die Weltformel.

»Da war ich Mitbegründer, total subversiver Haufen, allerdings nicht sehr intellektuell, mehr so aus dem Bauch heraus. Ist ja später auch ziemlich aus dem Ruder gelaufen. Aber anfangs war es purer Rock'n'Roll.«

Das war so ein Satz, der Agnes wohlig erschauern ließ. Erwin gähnte nur, geradezu demonstrativ – aber der war auch nicht wichtig.

»Wir haben auch schon einige Mollis geworfen, wir waren ziemlich hart drauf«, behauptete Agnes so lässig wie möglich und verzog dabei zur Betonung ihrer Abgebrühtheit einen Mundwinkel. »Kannst Erwin fragen. Was, Erwin? Der Bullenwagen, den wir abgefackelt haben?«

Jetzt, wo es darum ging, seinen Platz in der Geschichte zu definieren, wurde Erwin munter, als habe jemand an ihm einen Knopf gedrückt. Natürlich, sagte er, wild gestikulierend wie in einer Grundsatzdiskussion, das sei eine ganz gefährliche Sache gewesen, vor einem Jahr, so 'ne richtige kleine Revolution, in Siegen, mit den Bullen geprügelt – und dann, in der Nacht die Mollis, und peng! Habe ja dick in der Zeitung gestanden. Aber niemand sei erwischt worden, obwohl die Bullen die halbe Stadt observiert hätten.

»Verdammte Scheiße!« Manno sprang plötzlich nervös vom Bett. »Ab 24 Uhr ist Sperrstunde! Dann darf niemand mehr auf der Straße sein ...!«

»Faschisten«, knurrte Erwin, doch Manno hatte den Eindruck, er freue sich, ihn somit jetzt loszuwerden.

»Ich muss mich leider verabschieden.«

»Ist doch Quatsch, dass du jetzt noch durch die Straßen hetzt. Ich miete dir hier ein Zimmer. Die werden noch freie Zimmer haben.« Sie lallte ein wenig, aber es stand ihr gut. Manno hatte nichts dagegen, wieder einmal in einem zivilisierten Zimmer zu schlafen. Er würde das Bad bis zum Exzess benutzen. So gerade wie möglich stolzierte er mit Agnes hinunter zur Rezeption, und nach fünf Minuten hielt er seinen Zimmerschlüssel in der Hand. Alles klar. Erwin war natürlich enttäuscht. Womöglich hatte er tatsächlich gehofft, seine Schwägerin besteigen zu dürfen. Oder er hielt Manno längst für einen selbstverliebten Schnorrer – womit er nicht ganz falsch gelegen hätte.

Resigniert nuschelte er: »Also dann, ich geh ins Bett. Ihr solltet auch nicht mehr so lange machen.«

»Ja, schlaf gut.« Agnes winkte ihm oberflächlich zu, ohne ihn dabei anzusehen.

»Wieso sollen wir auch nicht mehr so lange machen?«, fragte sie entgeistert, als er die Tür hinter sich geschlossen hatte. »Spinnt der?« Sie lachte laut. »Der denkt wohl, er müsse die Ehre seines Bruders verteidigen. Aber weißt du, wovon ich mittlerweile überzeugt bin? Der hat mich nicht aus Selbstlosigkeit nach Istanbul begleitet, sondern weil er sich eingebildet hat, er könne hier die Rolle seines Bruders im Bett übernehmen.« Sie gab ein Würgegeräusch von sich. »Weißt du, sein Bruder, also mein Ehemann, das Arschloch, ist eine ebenso gottverdammte Null wie Erwin. Ich sag's dir. Reiche Eltern. Und beide haben sich nicht von ihrer beschissenen Mutter abgenabelt. Ich habe ein Windei geheiratet. Verstehst du? Ich bin ihm nur bis hierher gefolgt, um ihm zu sagen, dass er mich am Arsch lecken kann.« Sie sah Manno tief und verlangend in die Augen. »Verstehst du?«

»Vollkommen«, nuschelte er, schon recht angetrunken, und fragte sich, ob er sie wirklich richtig verstanden hatte.

»Worauf wartest du dann noch? Zieh dich aus!«

Oho, dachte er, sie braucht es dringend. Hoffentlich hat das Morphium in mir nichts dagegen.

Aber keine Erektionsprobleme. Sein Schwanz wuchs, war hart wie in den alten Zeiten vor der Fixer-Phase, wollte raus aus der engen Hose und rein in eine von Agnes' Öffnungen.

»Ich muss mich kurz duschen. Die Gemeinschaftsdusche in meinem Hotel ist meistens kalt und der Laden ist auch sonst nicht sehr einladend.«

»Wir können zusammen duschen.« Sie schlüpfte aus ihrem Kleid, aus der Unterwäsche. Diese weiße, von bläulichen Adern durchzogene Haut, schöne Brüste, schöner Po, wahrscheinlich war sie weich und feucht.

Agnes betrachtete den nackten, schmalen Mann, während sie ihn einseifte; die Einstichpunkte in seinen Armen gaben ihm ihrer Meinung nach einen heroischen Touch. Mit einem Finger fuhr sie über die Narbe, die sich wie eine typische, den Helden auszeichnende Medaille über seine linke Brust zog. »Woher stammt die?«

Er war so erregt, dass er nur noch stammeln konnte. »Im Knast. Ein Arschloch mit einem zugespitzten Esslöffel. Man kann aus vielen Sachen eine Waffe …«

Verdammt, der Typ gefiel ihr. Konsequenter, harter Kerl. Er besaß alle Eigenschaften, die sie an ihrem Mann vermisste, der sich in seiner Ratlosigkeit dem Hinduismus zugewandt hatte und in den letzten Wochen vor seiner Flucht nur noch mit einem Dauergrinsen, das offenbar Gelassenheit suggerieren sollte, herumgelaufen war. Na gut, nun hatte er tatsächlich die Indienreise gewagt – aber vermutlich würde er sich im nächstbesten Aschram verkriechen, um dort weiter von morgens bis abends herumzugrinsen. Und sie? Hatte sie sich etwa in diesen Fremden verliebt? Egal, sie wollte ihn baldigst in sich spüren. So viel Sex wie möglich. Gott, war sie geil. Und Manno arbeitete wirklich ausdauernd – was ihn selbst erstaunte. Vielleicht lag es an der Kombination von Alkohol und Morphium, keine Ahnung, jedenfalls schlief sie dann, befriedigt an ihn gekuschelt, ein.

Es war kurz nach sechs, als er erwachte. Kopfschmerzen. Fremde Umgebung. Erst mal orientieren. Rasch zog er sich an, so geräuschlos wie möglich. Ihre Umhängetasche. Er fand das Portemonnaie darin. Fünf blaue Scheine, Mann, mit 500 Mark ließen sich die Kopfschmerzen ertragen. Morgen nach Griechenland. Oder per Schiff nach Italien und von dort per Anhalter nach Marseille. Dort gab es das beste Heroin. Hatte zumindest einer im Hotel behauptet. Scheiß auf Istanbul und Döner Kebab, scheiß auf den *Pudding Shop* mit seiner beschissenen Musikbox, scheiß auf Opium und all die Wichser, die ihn hier schon gelinkt hatten, die von ihm gelinkt worden waren. Lebewohl, Istanbul. Manno fühlte sich so leicht wie schon seit Wochen nicht mehr. Er lachte in sich hinein – eine Mischung aus Bitterkeit und Triumph. Von Marseille, dachte er, ist es nur noch ein Sprung bis zum Friedhof Père Lachaise.

Der Mann an der Rezeption widmete ihm lediglich einen oberflächlich prüfenden Blick.

Draußen war es noch kühl, doch es sah nach einem schönen Frühlingstag aus.

Kleine Fische

»Dass wir uns schleunigst von dieser Stadt verabschieden müssen, ist sonnenklar«, überlegte Kevin laut. »Wir wissen bloß noch nicht, wohin wir unsere Schritte lenken sollen. Ist es nicht so, mein lieber Jossip?«

Das Gesicht des Angesprochenen verzog sich zu einer Schmerzensmiene. So sehr er seinen Freund auch mochte – das geschraubte Geschwätz nervte ihn eigentlich immer, aber heute besonders. An diesem Tag erlaubte die Anspannung seiner Nerven weder Nachsicht noch Humor. Dazu war die Lage viel zu ernst. Sie hatten die falschen Leute beschissen – Leute, die sehr rabiat sein konnten und dummerweise aus jedem verfluchten Hamburger Stadtteil mit Informationen versorgt wurden. Im Nachhinein stellte sich der Fischzug als törichte, unüberlegte Tat dar, natürlich, aber wie hätten sie wissen können, dass sie es mit diesen Typen zu tun hatten. Monatelang hatten Kevin und Jossip am Fundament für ihren Ruf als korrekte, umsichtige Kuriere für illegale Waren gemauert, und dann, wegen 10 000 Euro, war alles zusammengebrochen. Geldsorgen. Na und? Jeder, der nicht richtig fett im Geschäft war, hatte Geldsorgen. Sie hatten von einer Kokain-Lieferung einiges abgezweigt und auf die Schnelle für 10 000 Euro verscherbelt, wollten später so tun, als hätte der Lieferant die Scheiße gebaut, wollten auf ihren guten Ruf verweisen. Ging natürlich nicht, weil hinter der Sache nicht, wie sie vermutet hatten, Geschäftsleute steckten, die sich einen steuerfreien Nebenverdienst erhofften, sondern genau diese Typen, die erstens solche Mätzchen sofort durchschauten und zweitens jeden kleinen Kacker, von dem sie sich hintergangen fühlten, zu Hackfleisch verarbeiten ließen, das dann in ihren Imbissstuben und Spezialitätenrestaurants als Hamburger oder mit Schafskäse gefüllte Frikadellen angeboten wurde. Munkelte man zumindest. Tatsächlich gab es ja diese schwarzen BMWs und Audis, aus denen harte Typen in teuren schwarzen Lederjacken stiegen, eiskalte Motherfucker, die einem schon in die Fresse schlugen, wenn man ihrem Blick standhielt. Und jeder wusste, dass sie mit automatischen Waffen aller Art so routiniert und liebevoll umzugehen verstanden wie ein Koch mit seinen Messern. Ebenso wusste jeder, dass es bei diesen Leuten nicht damit getan war, reumütig die 10 000 Euro abzuliefern, eventuell noch eine gesalzene Geldstrafe zu akzeptieren und Besserung zu geloben. Die Strafen dieser Typen waren anderer Art, und niemand, der einigermaßen normal tickte, nahm sie freiwillig auf sich.

»Ich hab'n Bekannten in Augsburg«, sagte Jossip, und schon wie er es sagte, hörte es sich an wie eine äußerst traurige Option. Jossip, 18 Jahre alt, stammte aus dem Kosovo, war aber Serbe, hatte die Ordnung und die relativ große Sicherheit in Deutschland nicht nur mit Erstaunen, sondern mit anfangs geradezu religiöser Verehrung wahrgenommen, als Chance aufgefasst. In ihm war der Wunsch erblüht, sich in diese Gesellschaft zu integrieren, ein Teil von ihr zu werden. Schwierige Angelegenheit, wie sich bald herausstellte. Leute wie ihn mochte man hier nicht besonders. Obwohl er ohne große Mühe, mit offensichtlicher Begabung, den Zugang zu der anfangs völlig fremden Sprache gefunden hatte, lief in der für ihn und seine Familie zuständigen Behörde die Verwaltungsmaschine – emotionslose Beamten bastelten akribisch, eher langsam, aber unaufhaltsam an der Abschiebung. Am Tag der Abschiebung befand sich Jossip gerade auf dem Balkon im ersten Stock. Ganz schön hoch, dachte er, dann sprang er hinunter – in ein relativ weiches Blumenbeet, erhob sich, freudig erstaunt, so heil unten angekommen zu sein, rannte davon, und es dauerte nicht lange, bis er gelernt hatte, wie man im Schatten überlebt.

»Zu welcher Kategorie darf ich diesen Bekannten zählen?« Kevin, 20 Jahre alt, versuchte aus einem einzigen Grund, sich gewählt auszudrücken: Er litt wie ein Hund unter seinem Vornamen, denn er war intelligent genug, um festzustellen, dass Kevin ein Modename in genau der Schicht war, der er zu entkommen trachtete. Er kannte einige Kevins – und jeder Einzelne von ihnen hatte diesen bescheuerten Namen verdient. Er allerdings nicht. Er stellte sich manchmal vor, wie er zu einer Party in besseren Kreisen eingeladen würde und dort, seinen Vornamen nuschelnd, mit allgemeiner Häme behandelt würde. In diesen Kreisen trug niemand den Namen Kevin. Kevin war dort gleichbedeutend mit Lepra oder Mundfäule, also genauso stigmatisierend wie Dennis, Chantal oder Melanie.

»Wir kennen uns aus dem Kosovo. Hier in Deutschland haben wir zwei-, dreimal miteinander telefoniert. Er lebt mit einer Deutschen zusammen, in einer Drei-Zimmer-Wohnung, hat gesagt, ich könne jederzeit kommen. Ich glaube, er verdient ganz gut. Gebäudereinigung oder so was.«

Kevin kniff die Augen zusammen. Ein Zeichen, dass er versuchte, einen unscharfen Gedanken zu konkretisieren. Obwohl Jossip sich keineswegs für beschränkt hielt und manchmal sogar Bücher las – deutsche Bücher, wohlgemerkt –, vertraute er den Eingebungen seines Freundes. Seit der Kollision mit diesen Leuten vertraute er ihm sogar bedingungslos, denn es war Jossips Plan gewesen, das Kokain abzuzweigen, und Kevin hatte dabei die ganze Zeit ein ungutes Gefühl gehabt. Kevin las ebenfalls Bücher. Er gönnte sich zum Lesen viel mehr Zeit als Jossip, vertiefte sich fasziniert in Biografien über Willy Brandt, Karl Marx, Elvis Presley und Max Schmeling, saugte Romane von A.J. Cronin, Heinrich Böll und Hans Fallada in sich hinein und galt bei einigen Typen als Bücherwurm, was ganz und gar nicht positiv gemeint war und nur für ihn und Jossip einen guten Klang hatte.

»Möglicherweise«, sagte Kevin so gedehnt wie möglich, um seiner Idee die Zeit zur Vollendung zu lassen, »möglicherweise, äh, sind mit diesem Ortswechsel nicht nur negative Begleiterscheinungen verbunden wie der Verlust der vertrauten Umgebung und der Kumpels, vorübergehende Desorientierung und anfängliche Anpassungsschwierigkeiten, sondern auch positive Elemente in Form von neu gemischten Karten – du kennst diese Metapher? – und den daran gekoppelten neuen Perspektiven.« Mit nachdenklicher Miene ließ er seinen Blick von der Zimmerdecke zu Jossips Augen rutschen. Ein vages Lächeln verschob den rechten Mundwinkel ein wenig, gerade weit genug, um dem Gegenüber verhaltenen Optimismus zu signalisieren. »Ich könnte mir vorstellen, dass zwei junge Männer aus der Unterwelt einer knallharten Großstadt in einem Provinznest exzellente Karten hätten, Absteiger von einer höheren Liga, aber in der unteren Klasse auf jeden Fall mit an der Spitze.«

Sie waren jung und flexibel genug, um sich leichten Herzens von allem, was sie mit Hamburg verbunden hatte, trennen zu können.

»Wann fahren wir?«

»Meinetwegen sofort. Jetzt, da ich mich in diesen Gedanken verliebt habe, hält mich hier nichts mehr.« Kevin stammte aus dem Anfang der 70er Jahre errichteten und damals als Vorzeigeprojekt gedachten Stadtteil Steilshoop, der einige Jahre später zum Problemgebiet geworden war. Mit 18 war er ins Schanzenviertel gezogen. Seine Eltern, arbeitsunfähige Alkoholiker, sah er nur noch selten. Warum sollte er sie auch besuchen wollen? Jede Unterhaltung, jeder Versuch, mit ihnen über seine, von ihrem Alkoholismus geprägte Kindheit zu reden, war schon deshalb zum Scheitern verurteilt, weil sie sich, üblicherweise besoffen, vom bunten, beweglichen Müll auf dem Bildschirm ablenken ließen, dann wieder halbherzig seinen Vorwürfen lauschten und sich insgeheim wünschten, er würde einfach die Klappe halten. Verlorene Seelen, weder bösartig noch gierig, hatten bloß vor vielen Jahren aufgegeben; aus ihren Mündern krochen nur noch Floskeln, Flüche und Speichelfäden.

Jossips Bekannter Mirko wohnte in Pfersee, einem aus schlichten 50er-Jahre-Mietshäusern bestehenden Stadtteil auf der anderen Seite der Wertach, ein unruhiger kleiner Bursche mit großen, ebenfalls unruhigen Augen, ein paar Jahre älter als Kevin, der beim Anblick der trostlosen Wohnung gleich wusste, was los war. Die Unordnung und nicht zuletzt die Batterie leerer Schnapsflaschen sagten mehr als tausend Worte. Kevin hasste Unordnung. In seinem Elternhaus hatte er seit seinem elften Lebensjahr aufgeräumt, gestaubsaugt, gespült, sich mit der Energie eines Verzweifelnden gegen den Untergang gestemmt. Hier gab es offenbar niemanden, der sich gegen den Untergang stemmte. Es gab auch keinen Hinweis auf eine Frau.

»Die Fotze hab ich rausgeschmissen«, sagte Mirko. »Ich brauch keine Frau, die auf meine Kosten leben will.«

»Was arbeitest du?« Kevin erwartete alles andere als die Wahrheit. Sie saßen in einem dreckigen Zimmer in verrottenden Sesseln, tranken Bier und rauchten Gras, der Fernseher lief ohne Ton. Mirko gab ohne Weiteres zu, dass er sich im Moment in einer beschissenen Lage befände, konnte sich aber nicht verkneifen, das berühmte Licht am Ende des Tunnels zu erwähnen. »Keine Arbeit. Ich ziehe Jugendliche ab, verstehst du? Ich nehme ihnen ihre iPods, Handys, Jacken und all den Scheiß ab und verkauf das Zeug einem Hehler. Ist bissel riskant, weißt du, ist auch nur für Übergang, bis ich Kohle hab für richtig gute Sache. Wenn ich 5 000 Euro hab, kann ich richtig fettes Ding durchziehen, schwör ich dir.«

Klar, dass die beiden Jungs die Ohren weit aufsperrten. Vielleicht, dachte Kevin, hat der Penner tatsächlich Connections, vielleicht sind wir doch in der richtigen Wohnung gelandet. Aber er schoss trotzdem einen warnenden Blick zu seinem Freund, der natürlich lange genug im Geschäft war, um nicht sofort ihre 10 000 Euro auf den Tisch zu legen.

»Was für'n fettes Ding?« Jossip spielte den Harmlosen, wurde aber dennoch vom Gastgeber mit einem kurzen, prüfenden Blick gescannt – offenbar zu Mirkos Zufriedenheit. Dessen schmale Lippen dehnten sich zu einem Ihr-werdet-euch-wundern-Grinsen. Eine weitere Flasche Bier, ein tiefer Zug von der Zigarette, kurzes Schweigen, um die Spannung ins Unerträgliche zu schrauben, dann, gedehnt, cool, mit einer Stimme, die ganz beiläufig klang: »Ist eigentlich gar nicht wichtig, weil mir Kohle im Moment fehlt, aber wenn ich 5 000 oder besser 10 000 Euro hätte, könnt ich sofort in gemachte Bett steigen. Hab ich Bekannte, die an massenhaft Crack rankommen, verstehst du, saugute Ware, ziemlich günstig. Dann könnt ich in ganze Viertel die kleine Dealer beliefern. Gibt nur eine Konkurrenz, und die wird dann ausgeschaltet von meine Freunde. Hab ich dann alles unter Kontrolle, schwör ich dir.«

»Hast du hier keine Musik?« Kevin war schon immer der Meinung, dass zu bestimmten Ereignissen die passende Musik unverzichtbar sei, wie in den guten Filmen – nicht das orchestrale Pathos, das in den alten Streifen auf die Handlung draufgeklatscht worden war, sondern dem Milieu angemessene Soundtracks, wie in den Tarantino- und Guy-Ritchie-Filmen.

»Hä?« Mirko wandte sich an seinen Landsmann und sprach Serbisch mit ihm, aber Jossip winkte ab. »Wenn mein Freund dabei ist, müssen wir Deutsch sprechen. Das ist Ehrensache.« Grinsend sagte er zu Kevin: »Mirko versteht nicht, dass du jetzt Musik hören willst. Er sagt, das sei doch keine Party hier.«

»Aber wenn du Musik hören willst«, beeilte sich Mirko – ein wenig zu schleimig, wie Kevin fand – zu sagen, »dann können wir nachher auf die Piste gehen, ich zeige euch gute Bars und Clubs. Ist nicht schlecht hier in Augsburg. Ihr müsst mich aber einladen. Ich bin pleite. Wird sich für euch trotzdem lohnen, weil ihr durch mich viele Leute kennenlernt. Wenn ich euch dem Typ mit dem Crack vorstelle, sage ich nur pass auf, Alter, das sind echte Freunde von mir. Versteht ihr? Kein Wort von Crack oder so. Der Typ ist schon ganz lange im Geschäft und noch nie geschnappt worden, weil immer sehr, sehr vorsichtig.«

Augsburg war größer, als die beiden erwartet hatten. Das Nachtleben – na ja, ganz okay, aber, wie erwartet, nicht mit Hamburg zu vergleichen. Es gab allerdings auch ein paar interessante Läden, in denen man die angesammelte kriminelle Energie regelrecht riechen konnte. Eine Disko, in der früher GIs dominierten, früher, als aus den Lautsprecherboxen die Stimmen von Mick Jagger und John Fogerty röhrten. Heute vibrierten sie im Techno-Sound, Laserfarben strichen über die Tänzer, doch am langen Tresen konnte man sich unterhalten, ohne brüllen zu müssen. Wer hier männlichen Geschlechts war, musste stets damit rechnen, seine Ehre verteidigen zu müssen. Kevin und Jossip kannten diesen Testosteron-Scheiß nur zu gut und hatten eigentlich gehofft, in Augsburg auf eine nicht ganz so kantige Szene zu treffen. Nun gehörte also wieder der harte Blick zur Grundausstattung – und daran gekoppelt natürlich die entsprechende Gestik, die männlichen Sprüche, Grunzlaute inbegriffen. Die beiden waren groß, athletisch, wussten ihre Körpersignale so einzusetzen, dass sie, ohne Aggressionen zu wecken, akzeptiert wurden. Mirko hatte sich vor dem Türsteher wichtig gemacht, doch der hatte die drei eher gelangweilt passieren lassen. Kevin und Jossip passten in solche Clubs, wussten, welche Klamotten man anhaben durfte, um als dazugehörig erkannt zu werden; es war überall gleich, ob in Hamburg oder in Augsburg. Die meisten Typen, mit denen Mirko sie bekanntmachte, sahen aus wie der übliche Schrott, der sich in solchen Läden herumtrieb, geduldet, weil sie jede Drecksarbeit ausführten, weil sie die richtigen Gangster vorbehaltlos bewunderten und weil manchmal ein Bauernopfer benötigt wurde. Eine Menge scharfer Frauen, aber auch nur die üblichen aufgetakelten Miezen, die es gewohnt waren, sich ihren Mackern zu unterwerfen. Dann der Spruch: »Pass auf, Alter, das sind echte Freunde von mir.« Mirko schickte einem kahlköpfigen, fetten, mit Gold behängten Mann die ganze Breitseite seines Grinsens entgegen, zwinkerte kurz und viel zu vertraulich Kevin und Jossip zu, redete eine Menge Scheiße, und der Angesprochene, ein Türke, der wie die Karikatur eines kriminellen Gebrauchtwagenhändlers aussah, nippte nur stumm an seinem Whisky, während die kleinen Augen, in denen keinerlei Freundlichkeit zu erkennen war, ständig in ihren Höhlen herumflitzten, gierige Blicke auf die Frauen warfen, taxierende Blicke über männliche Gäste schweifen ließen und vor allem kundtaten, dass Mirko für den Besitzer dieser Augen keine große Rolle spielte. Nach nicht einmal einer Zigarettenlänge unterbrach er Mirkos Geplapper, hob grüßend eine mit Ringen geschmückte Wurstfingerhand, setzte einen Schlafzimmerblick auf und sagte erstaunlich sanft: »Schön, dass du mir deine Freunde vorgestellt hast, hat mich sehr beeindruckt. Macht was aus dem Abend, Jungs.« Schon bewegte er sich schwerfällig schaukelnd davon.

»Das war er.« Mit wichtiger Miene schob Mirko seinen Kopf vertraulich nah an die beiden heran. »Er wirkt immer abwesend, hat euch aber garantiert abgecheckt und akzeptiert, ich schwöre.«

Achselzuckend verzog Kevin den Mund. »Na und? Was hat das mit uns zu tun?«

Mirko reagierte ungehalten, zischte Jossip ein paar serbische Sätze zu, verdrehte die Augen, schaute Kevin ernst und leidend an. »Junge, hier hat alles mit allem zu tun, ich schwöre. So einen Typ zu kennen, kann irgendwann Gold wert sein. Verstehst du? Wenn ich das Geld hätte – du weißt schon –, dann würde ich es ihm sofort geben, ohne Angst. Der Typ ist superkorrekt.« Er wurde plötzlich nervös, als sich ein hagerer Enddreißiger mit langen schwarzen, nach hinten gegelten Haaren und einem streichholzdünnen Oberlippenbärtchen zu ihm gesellte. Perfekt sitzender Brioni-Anzug, um den Hals ein Goldkettchen, keine von den geschmacklosen fingerdicken Protzketten, sondern schmal, dezent; das Fuchsgesicht erinnerte an Willy De Ville, nur entsprang das Feuer in seinen Augen nicht künstlerischem Ausdruckswillen, sondern eher einer Mischung aus Gier und Zorn. In solchen Lokalen loderte Gier zwar in den Augen vieler, sie war der Brennstoff dieser unruhigen Leute, wurde von ihren Gehirnen in großen Mengen hergestellt und dort auch umgewandelt in kriminelle Energie, aber in Silvios Fall schien der Zorn die bestimmende Emotion zu sein. »Hallo Silvio«, flötete Mirko, dem man ansah, dass er sich weit weg wünschte.

Silvio spielte mit einem von Mirkos Ohrläppchen, und es sah aus, als wäre dieses Kneten und Drehen sehr schmerzhaft – zumindest ließ Mirkos Mienenspiel darauf schließen. »Wo iste meine Kohle, du Sohn von eine dreckige Zehn-Euro-Nutte?«

»Ist unterwegs, Silvio, kein Scheiß. Der Penner hat sich verspätet, aber morgen ist die Kohle da, ich schwör dir.«

»Lass mal sein Ohr los! Ich mag es nicht, wenn man an den Ohren meiner Freunde herumspielt. Du weißt ja, wie das mit Freundschaften und Verpflichtungen ist.« Jossip blies den Brustkorb auf, und Kevin dachte, verdammte Scheiße, der erste Tag in einer fremden Umgebung – und schon Stress wegen Mirko, dem Null-Bon.

Silvio legte den Kopf zurück, starrte den deutlich Jüngeren düster an, aber nicht aggressiv – eher verständnisvoll und vielleicht ein wenig traurig. »Iste das deine Freund? Find ich gute, dass du dich für deine Freunde einsetzt, aber glaub mir, Junge, lohnte sich nichte, für diese Ratte zu sterben. Der gute Mirko schuldet mir 2 000 Euro. Schon ganze lange. Ich bin eine sehr geduldige Mann, porco dio, du kannste ihn fragen. Aber Termin war vor sechse Monate. Iste schon geduldig von mir, oder?« Wieder zu Mirko gewandt, drehte er auch dessen anderes Ohrläppchen, kniff hinein, zog es nach oben und wieder hinunter und so weiter. »Also, Mirko, du kleiner Scheißer, bis morgen dann. In meine Büro. Deine letzte Chance.« Silvio entfernte sich mit wegwerfender Handbewegung im neapolitanischen Stil, hatte irgendwie Klasse – oder auch nicht, erinnerte wohl nur an die Mafiosi in den Pate-Filmen, aber scheiß drauf, so oder so, es gab mindestens einen harten Hund in dieser Stadt, der Mirko ans Leder wollte. Und wo einer war, da gab es auch noch andere. Mirko – das war nicht zu übersehen – hatte ganz schlechte Karten.

»Scheißmusik«, sagte Jossip, der auf Hip-Hop stand und sowieso einen Grund zum Fluchen brauchte, einfach nur, um ein Ventil für seine Erregung zu öffnen. Haarscharf an einer Auseinandersetzung vorbeigeschrammt. »Wer war dieser Typ?« Mit beiden Händen strich er theatralisch über seine Haare.

Mirkos Hand zitterte ein wenig, als er sich eine Zigarette ansteckte. Hier achtete keiner auf das

Rauchverbot. »Ist ein Arschloch. Hat Glück gehabt, dass ich vorher Gras geraucht hab, verstehst du. Bin immer unsicher, wenn ich stoned bin. Wenn ich Crystal-Meth in der Birne gehabt hätte, weißt du, was ich mit dem Arschloch gemacht hätte? Ihm gleich mein Knie in die Eier gerammt.« Saublödes Geschwätz. Das fanden nicht nur die beiden Ortsfremden, sondern auch Mirko, der schmerzlich-verschämt grinste.

Sie nahmen noch ein, zwei Drinks, verschmolzen allmählich mit ihrer Umgebung, gehörten schon fast dazu; es war ja auch gar nicht anders als in den Hamburger Clubs, und wahrscheinlich sah es in Moskau, Paris oder Rom genauso aus, nur alles größer, klar, bombastischer – vielleicht waren dort die Drinks raffinierter, aber der Tag hat überall nur 24 Stunden, wie Mirko weise anmerkte. Mirko sagte dann noch, so nebenbei: »Schade, dass ihr keine Kohle habt, Jungs. Ihr wärt die richtigen Partner. Ich könnte in …, na, sagen wir drei Tagen einen ganzen Verteilerring aufbauen, mit coolen Typen, weißt du. Na ja, ist auch egal. Wär echt cool gewesen, wenn ihr aus Hamburg ein paar Riesen mitgebracht hättet – für neuen Start in Augsburg.«

Am nächsten Tag sahen sie sich die Stadt an. Ohne Mirko. Der hatte zerknirscht gesagt, er wolle endlich die Wohnung aufräumen, es sei ihm peinlich, seine Gäste in diesem Saustall wohnen zu lassen. Auf der Terrasse eines Straßencafés tranken sie Kaffee, genossen die kräftige Frühlingssonne und den Anblick frühlingsgemäß gekleideter Frauen.

»Ganz nett hier«, stellte Jossip fest. »Eine Stadt mit Tradition. Überall, nicht nur in der Fuggerei, weht einen die Geschichte an.«

»Mich würde deine Meinung über Mirko interessieren«, sagte Kevin, dessen eigene Meinung über Mirko an seinem verächtlich verzogenen Mund abzulesen war, und der sich ein wenig ärgerte, weil Jossip plötzlich genauso »gebildet« zu sprechen versuchte, wie er.

»Redet viel Scheiße, ist aber korrekt.«

»Du meinst, wir sollten ihm unser Geld anvertrauen? Wenn seine Geschichte der Wahrheit entsprechen sollte, befänden wir uns in der Tat schon mit mindestens einem Fuß in der hiesigen Szene. Ich habe mir übrigens erlaubt – und hoffe, du hast keine Einwände –, eine Brieftasche mit verschiedenen Scheinen, Zehnern, Zwanzigern, Fünfzigern, in der Manteltasche zu deponieren. Den Mantel habe ich so auf das Bett gelegt, dass die Brieftasche ein wenig aus der Innentasche herausragt. Wenn er so kaputt ist, wie ich befürchte, wird er von den 270 Euro einen Zwanziger nehmen und sich einreden, das sei völlig korrekt, weil wir ja umsonst bei ihm wohnen, dann wird er kurz nachdenken und sich sagen, wenn der Besitzer nicht merkt, dass von den fünf Zwanzigern einer fehlt, wird er auch nicht merken, dass einer von den sieben Zehnern weg ist. Das ist natürlich ein Test, der nur bei Vollidioten und völlig fertigen Typen sinnvoll ist. Leider zählt dein Bekannter zu einer der beiden Kategorien.«

An Jossips Grinsen erkannte Kevin erleichtert, dass sein Freund keineswegs verärgert, sondern eher amüsiert war. »Du glaubst, Serben kann man am besten auf diese Art testen? Wenn ich mich recht erinnere, hast du diesen Test auch bei mir versucht, damals, als ich zum ersten Mal bei dir gepennt habe.«

»Spinner.«

Sie lachten laut, fühlten sich frei und weit entfernt von jeglicher Bedrohung. Jeder konnte die Träume des anderen sehen – sie lagen offen auf ihren Gesichtern.

»Wär schon cool, mit einem neuen BMW durch Augsburg zu cruisen«, seufzte Jossip.

»Eine halbe Stunde bis München. Ich war noch nie in München. Soll ja eine sehr entspannte Stadt sein.«

Mirko hatte die Wohnung tatsächlich einigermaßen aufgeräumt. Nicht unbedingt zu Kevins Zufriedenheit, aber man sah die Veränderung sofort. Das Geld befand sich vollzählig in der Brieftasche, Mirko wirkte in jeder Hinsicht sauber und schien von sich selbst überrascht zu sein.

»Pass auf, Mirko«, sagte Jossip, während sie Brathähnchen und Pizza aßen und dazu Rotwein tranken. »Wir geben dir 10 000 Euro, du gehst damit zu deinem Mann und lässt dir das Crack geben, dann sehen wir weiter.«

»Im Ernst?« Mirkos ohnehin große Augen wurden zu riesigen Objektiven – aus denen ein paar Tränen quollen und sich wie Tautropfen auf seinen Wangen niederließen. »Mensch, Jungs, damit rettet ihr meinen Arsch, und wir alle haben eine geile Zukunft vor uns. Ihr werdet es nicht bereuen.« Er warf einen Blick auf seine Armbanduhr. »Es ist sieben. Wenn ich gleich losgehe, kann ich in zwei Stunden mit dem Crack wieder hier sein.«

Er zog seine besten Sachen an, stand mit einem Rucksack im Flur und rief: »Also, bis nachher, Jungs!«

Gegen Mitternacht verwehten die letzten Reste der Hoffnung, um den richtig miesen Gedanken das Feld zu überlassen.

»Wenn er den Bullen in die Arme gelaufen sein sollte, sind wir hier ziemlich gefährdet. Davon ist wohl auszugehen.« Kevin öffnete die letzte Rotweinflasche, schenkte sich ein, wollte Jossips Glas auffüllen, doch der lehnte ab. Jossip war selten in der Stimmung, richtig blau zu werden, und heute schon gar nicht. Genau wie sein Freund produzierte er massenhaft dunkle Gedanken, die allmählich den ganzen hässlichen Raum füllten wie Zigarettenrauch.

»Er hatte einen Rucksack auf dem Buckel«, stellte er nüchtern fest. »Ich dachte natürlich, der wäre für das Crack. Erst hinterher ist mir aufgefallen, dass der schon mit irgendwas gefüllt war. Der war ganz prall.«

»Na ja, Zahnbürste, Rasierzeug, Unterwäsche, die Gesamtausgabe von Bert Brecht.«

Sie lachten bitter.

Der Türsteher hatte nichts an ihnen auszusetzen. Sie tauchten hinein in den pumpenden Sound, das Laserlicht und die Ausdünstungen der ungefähr 200 unruhigen Menschen und ließen ihre Blicke wandern. In ihren Augen brannte kein Feuer mehr. Der traurige Rest ihrer Hoffnung starb soeben.

Da war der Türke, der Crack-Mann. »Ey, Mann, hat Mirko die Kohle abgeliefert?« Ein verzweifelter Versuch.

»Was redest du da? Wie komme ich dazu, mit dem Penner Geschäfte zu machen? Was heißt das? Habt ihr ihm etwa Geld gegeben? Schön dumm.« Kopfschüttelnd und mitleidig grinsend entfernte er sich.

»Mir geht die Musik auf den Sack«, brummte Jossip.

»Wir hätten nach Spanien oder Griechenland fahren sollen.«

»Um was zu machen?«

»Wenigstens hätten wir dann noch unsere Kohle.«

Plötzlich stand Silvio neben ihnen an der Bar, grüßte sie – und zwar mit Respekt. War offenbar nicht sauer wegen gestern.

»Hat Mirko dir die zwei Riesen gebracht?«

Eine schwarze Wolke umhüllte Silvios Haupt. »Erwähne diese Name nichte, Alter. Woher soll diese Ratte das Geld haben.«

»Er hat uns gelinkt«, sagte Kevin offen und ein wenig beschämt. »Hat was von einem großen Geschäft gefaselt. Wir Idioten haben ihm 10 000 Euro gegeben.«

Silvio bedachte die beiden mit einem langen, abschätzenden Blick, und zeigte nun ein gewisses Interesse an ihnen. »Was habte ihr vorher gemachte? Woher kommte ihr?«

Mit ein paar kurzen Sätzen klärten sie ihn über ihre frühere Tätigkeit in Hamburg auf, ohne aufzuschneiden, eher cool, zurückhaltend. Aber er schien zufrieden zu sein. »Ich habe Jobs für euch. Kuriersachen und so. Wenn ihr wollte, könnt ihr morgen den ersten Job erledigen.«

»Alles klar, Silvio.«

Die gleiche Situation wie in Hamburg. Sachen transportieren, Gebäude beobachten, Autos irgendwo abstellen oder abholen – aber besser als mit dem Finger in der Nase bohren, und schon mal einen Fuß in der Tür.

Ihr erster Job lief kurz vor der Morgendämmerung ab. Sie sollten einen Sack abholen und in den Lech werfen. Kein Problem. Mehrere große Plastiksäcke übereinander, stramm mit Klebeband verschnürt. Die Ladung passte locker in Kevins alten Mercedes.

»Ich wette, in dem Sack ist ein Toter«, sagte Jossip, während sie, von einem Navi geleitet, durch die sterbende Nacht fuhren.

»Da brauchst du nicht zu wetten. Das weiß ich. Nicht gerade die Fuhre, die ich bevorzuge.«

»Vielleicht kennen wir ihn.«

Kevin hatte Lust auf Musik, auf irgendwas, das zu dieser Situation passte, aber er ließ die Finger vom Kassettenrekorder, vielleicht, wie er dachte, aus Respekt vor dem Tod.

In einer stillen Straße hielt Kevin an. Er wollte es ebenso wissen wie sein Freund. Nachdem er den Kofferraum geöffnet hatte, beugte er sich vor, tastete mit einer Hand nach dem Kopf des Toten, in der anderen Hand hielt er ein Messer. Ein schneller Schnitt. Er zog die Plastikschichten auseinander – und siehe da, es war Mirko. Er sah scheiße aus. Kevin spürte den Würgreiz und befürchtete für einen Moment, er würde in den Kofferraum kotzen. Es war dann aber doch nicht so schlimm. Man musste nur anständig durchatmen. Der erste Tote, dem sie im Rahmen ihrer Arbeit begegneten. Sie fragten sich, ob Silvio ihnen damit einen Gefallen hatte erweisen wollen. Raue Sitten. Nicht anders als in Hamburg. Beiden ging zur selben Zeit der Gedanke durch den Kopf, dass sie in Hamburg vielleicht ein ähnliches Schicksal erwartet hätte. Vielleicht wären sie sogar in dieser Nacht selbst dran gewesen. »Das Ganze hat schon einen mythischen Hintergrund«, sinnierte Kevin.

»Ich weiß nicht, was in diesem Zusammenhang mythisch bedeuten soll«, sagte Jossip. »Meinst du nicht eher metaphysisch?«

»Verdammt, Alter, ist mir echt peinlich, aber du hast recht. Mystisch würde ebenfalls passen. Oder magisch.«

Bis zum Fluss brauchten sie noch etwa fünf Minuten. An einer geeigneten Stelle ließen sie den Sack ins Wasser rollen. Ein paar müde Wellenringe, dann war Mirko verschwunden.

»Nun hast du einen Bekannten weniger«, brummte Kevin, dann lachten sie erleichtert, sahen sich an, stumm, und wussten doch, dass dieses Erlebnis sie noch enger zusammenschweißen würde – bis zum Ende ihres Wegs. Während der Fahrt schob Jossip eine Rap-CD ein, old school, steinalt, aber immer noch klasse, *New York*, *New York* von Grandmaster Flash & The Furious Five. Augsburg war gar nicht so schlecht.

Schrottplatz mit Lagerfeuer

1967 war für mich das geilste Jahr der Sixties. Endlich war ich mit der Länge meiner Haare zufrieden. Zwei Jahre lang hatte ich sie vor allen Angriffen retten können, und nun reichten sie mir bis zur Schulter. Ich fand mich verdammt klasse, fand die Musik verdammt klasse, vor allem aber fand ich unglaublich aufregend, wie es und was da in meiner Generation brodelte. Der Summer of Love. Eine enorme, positiv geladene Erregung beherrschte mich und all die anderen, die damals von ihren Eltern für kranke, von einem üblen Virus befallene Veitstänzer gehalten wurden. Ich hatte einen ganzen verdammten Monat lang in einer Brauerei gearbeitet, als Beifahrer eines Bierkutschers. Wir hatten die Gaststätten und Geschäfte der Umgebung beliefert. Ein knochenharter Job. Bierfässer, Bier- und Limonadenkisten in feuchte Keller und vollgestellte Hinterhöfe transportieren und so weiter. Jeder Gastwirt hatte uns nach getaner Arbeit Cola mit viel Wodka hingestellt, weil mein Fahrer und Vorgesetzter seit Jahren Cola mit viel Wodka hingestellt bekam. Zum Feierabend waren wir regelmäßig hackevoll gewesen. Ich hatte eine gewisse Bewunderung für den Fahrer gehegt, der den 7,5-Tonner zwar stockbesoffen, aber so souverän, als wäre er damit verwachsen, durch die Straßen gelenkt und nebenbei noch mit mir über Politik diskutiert hatte. Nur beim Aussteigen war er ein paarmal schwer auf die Fresse gefallen. Eigentlich hatte ich, ein kräftiger junger Mann, zwei Monate arbeiten wollen, aber schon bald gemerkt, dass tägliches Besoffensein die normalerweise sauberen, gut gelüfteten Hirnwindungen allmählich verkleistert und dadurch den Gedankenfluss zu einem Rinnsal verkommen lässt, und außerdem war mir das saudumme Gebrabbel meines Kollegen – eines Law-and-Order-Fans und Verfechters der Todesstrafe – schon bald dermaßen auf den Sack gegangen, dass ich immer mürrischer und vor allem misanthropischer geworden war. Am 1. Juni stopfte ich den Schlafsack, ein paar Bücher und einige Klamotten in meinen Seesack, warf ihn mir über die Schulter und trampte los. Gott, war das ein Gefühl, wieder an einer Autobahnauffahrt zu stehen, das Gemisch aus Abgasen und frischer Luft einzuatmen und den Daumen in den Wind zu strecken. Obwohl ich von Mystik nicht viel halte, gibt es Autobahnauffahrten, die ich als heilig bezeichne, an denen ich Wunder erlebt habe, oder die zur Auffahrt zu einem Wunder geworden sind. Heilig im Sinne von verehrungswürdig. Na gut, könnte ein ganz Schlauer einwenden, warum sagt er dann nicht verehrungswürdig? Weil ich mir manchmal eine Portion Pathos gönne – darum. Und weil Allan Ginsberg ein ganzes Gedicht mit dem Wort »heilig« geradezu tapeziert hat. Auf diese Weise heilig sind mir manche Kneipen, Betten, Bahnhöfe und Autobahnauffahrten. Zum Beispiel die Auffahrt, oder besser gesagt, der Anfang der Autobahn in Ostende ist so ein Ort.

Als ich in Ostende ankam, hatte ich eigentlich vor, die nächste Fähre nach Dover zu nehmen, um so schnell wie möglich in Swinging London zu sein, weil dort damals die ganz große Party lief. Aber Ostende gefiel mir, ein Ameisenhaufen, ein Gewimmel von jungen Leuten aus allen Teilen Europas, Kneipen aller Art – und außerdem traf ich gleich auf Michel, einen Franzosen, der offenbar einen Freund suchte. Er lebte seit zwei Wochen hier, schnorrte die aus den Fähren strömenden Passagiere an und versuchte Geld zu sparen, um irgendwann nach London zu kommen. Mich schnorrte er auch an, hatte mich gleich als Deutschen identifiziert. Er sprach gut Deutsch, wenn auch mit einem merkwürdigen Akzent. Er war Lothringer, aus Metz – aus einer Gegend, in der sich mein Opa im Ersten und mein Vater im Zweiten Weltkrieg schwer bewaffnet herumgetrieben und allerlei Scheiß angestellt hatten. Meine Generation war ja auch sehr reisefreudig, aber wir schleppten Gott sei Dank keine Maschinengewehre und Handgranaten mit uns herum. Na ja, jedenfalls gab ich Michel ein paar Francs. Er sagte bewundernd: »Oh Mann, das ist wirklich mutig, was da auf deinem Rücken steht.«

»Was ist daran mutig? *Everybody must get stoned*, ist doch nur ein Slogan.«

»Nein, ich meine das andere, das darunter: *Ich bin schwul.*«

»Es ist mutig von dir, dich dazu zu bekennen, obwohl wir erst ein paar Worte miteinander gewechselt haben.«

»Ich?«

»Wer sonst?«

»Es steht auf deinem Parka.«

Mit einem sehr unangenehmen Gefühl schlüpfte ich aus dem Parka – und erstarrte für einen Moment. Aha, dachte ich, das waren die Wichser, die letzte Nacht im Wartesaal des Kölner Hauptbahnhofs neben mir saßen. Ich war kurz eingeschlafen, nach vorn gebeugt, mit dem Kopf auf den Knien.

Ich erklärte dem Franzosen, wie dieser Spruch dahingekommen war, und dabei merkte ich, wie wichtig es mir war, in dieser Hinsicht als »normal« zu gelten. Ansonsten befand ich mich ja voll in einer Phase, in der ich alles Normale als »beschissen und anödend« bezeichnete. Den normalen Tagesablauf zum Beispiel, oder normales Aussehen und solche Sachen waren nach meiner Ansicht unerträgliche Lebensbedingungen. Normalen Geschlechtsakt – also Mann oben, Frau unten – hätte ich als Zumutung abgelehnt. Zumindest theoretisch. Das mit den tiefsitzenden Vorurteilen musste ich mir offensichtlich noch mal durch den Kopf gehen lassen.

Jedenfalls war das Thema dann geklärt, ich holte meinen Kugelschreiber aus der Tasche, legte den Parka aufs Straßenpflaster und begann wie wild, den peinlichen Spruch durchzustreichen.

»Mir ist's egal, ob du schwul bist«, sagte Michel, der anscheinend doch nicht so gut Deutsch verstand. Ich wollte sowieso von was anderem reden, also fragte ich ihn, ob es sich lohne, in dieser Stadt ein paar Tage zu verbringen. »Auf jeden Fall«, antwortete er, mit den Augen rollend. »In einigen Kneipen stehen Musikboxen mit phantastischen Platten, in Belgien kann man einen Hustensaft namens *Romilar* ohne Rezept bekommen. Wenn man die Hälfte des Flascheninhalts trinkt, kriegt man erst Magenschmerzen und dann hat man Halluzinationen, die Musik wird so intensiv, als habe man sie sich injiziert. Man läuft für einige Stunden durch die Gegend wie ein Bodhisattva kurz vor der Erlösung, man begreift alles, wird von kosmischen Strahlen durchlöchert, das Gehirn arbeitet wie ein perfektes Uhrwerk.«

Abgesehen vom mystischen Beiwerk gefiel mir die Beschreibung sehr gut. Ich kaufte eine Flasche

Romilar, teilte sie mit Michel, bekam Magenschmerzen, die nach einer halben Stunde verschwanden, glaubte danach tatsächlich, alles zu begreifen, wunderte mich über die Gesichter der anderen Leute, in denen ich ihre Emotionen und ihren Intelligenzquotienten erkennen konnte, und obwohl ich zu der Zeit noch nicht die Bekanntschaft mit LSD gemacht hatte, kam ich mir vor wie auf einem Trip.

Nachdem wir stundenlang herumgelaufen waren, verkrochen wir uns in einer dämmrigen Kneipe, ich fütterte die Musikbox mit Münzen, drückte Stücke wie *Bring It Up* von James Brown, *For What It's Worth* von Buffalo Springfield und *Mustang Sally* von Wilson Pickett, und wir saugten die Musik in uns auf, wurden selbst zu Musik, verstanden die Texte als raffiniert getarnte Botschaften, deren Code nur von uns und ähnlich tickenden Leuten zu entschlüsseln war; wir waren so voll von positivem Lebensgefühl, dass wir beinahe platzten. Später fanden wir eine Bar, die bis vier Uhr morgens geöffnet hatte, tranken Unmengen Coca-Cola, erörterten mit dem heiligen Ernst junger Weltverbesserer alle wichtigen Themen – das Gesellschaftssystem der Zukunft, wo kriegen wir Haschisch her?, die Hippie-Invasion in San Francisco, die freie Liebe, vorrevolutionäre Situation in den westlichen Metropolen, noch mal freie Liebe, dann, direkter, öffentliches Ficken als bewusstseinserweiternde Provokation, und schließlich hatten wir beide eine Erektion, sahen uns nach Mädchen um, waren aber keine da, also redeten wir weiter, bis der Laden zumachte, dann schliefen wir am Strand, und als wir gegen Mittag erwachten, bot ich Michel an, ihm das Ticket für die Fähre zu bezahlen.

Damals war ich noch ziemlich naiv, und im Nachhinein wundert es mich, dass ich diese Zeit trotzdem ohne große Blessuren überstanden habe. Die Kohle, mit der ich losgetrampt war, hätte normalen Leuten nicht einmal für eine ordentliche Grillparty gereicht; seit ich Michel kannte, hatte ich die Hälfte davon verjubelt, und nun reichte es gerade für One-Way-Tickets nach Dover. Die Briten ließen jedoch keine Langhaarigen ohne Rückfahrkarte in ihr kulturloses Scheißland und verfrachteten uns mit der nächsten Fähre zurück nach Ostende.

»Wir trampen nach Brüssel«, schlug Michel, mit den Augen rollend, vor. Er war nicht nur stets guter Laune, sondern sprühte außerdem vor Optimismus. Er hatte schon viele Städte gesehen und war dort immer zurechtgekommen. Ich nickte begeistert, hätte aber auch genickt, wenn er Amsterdam oder Casablanca vorgeschlagen hätte. Das letzte Geld gab ich für Kuchen, Pommes frites mit Mayonnaise und Zigaretten aus, dann marschierten wir, energiegeladen und unglaublich freiheitsbewegt, zur Autobahn, die gleich am Ortsende anfing, und als wir dort ankamen, wurde uns schlecht beim Anblick des Elends. Unser Optimismus zerplatzte wie eine wunderschöne Seifenblase. Mindestens hundert Tramper standen aufgereiht am Straßenrand, die meisten von ihnen, soweit sie männlichen Geschlechts waren, kurzhaarig, zudem anständig angezogen, also gegenüber den Hippies und Gammlern beim Trampen im Vorteil, sahen aber beschissen aus, waren auch mehrheitlich beschissen spießig und rümpften über Typen wie uns die Nasen. Einige Mädchen setzten bedenkenlos ihre Lockmittel ein – aus normalen Röcken wurden Miniröcke, wer mit entsprechender Oberweite ausgestattet war, öffnete die oberen Knöpfe der Bluse. Es war verständlich und völlig legitim, denn niemand wollte hier wochenlang rumstehen. Mit den schlimmsten Befürchtungen trotteten wir an den Wartenden vorbei, um uns gemäß der Tramperregel ans Ende der Schlange zu stellen. Schon bald würde die nächste Fähre eine weitere Ladung Tramper ausspucken. Es half uns auch nicht, dass die meisten der hilfsbereiten Autofahrer die Tramperregel ignorierten und Leute aus der Mitte oder gar vom Ende der Schlange in ihre Karren einsteigen ließen, wobei es sich bei den Bevorzugten durchweg um jene frivolen Mädchen handelte.

Als die Dämmerung einsetzte, hatte sich das Bild kaum verändert, und da jeder wusste, wie aussichtslos das Trampen bei Nacht war, marschierten die meisten zum Bahnhof, in der Hoffnung, noch einen Zug nach Brüssel oder Antwerpen zu erwischen. Von ihren Eltern mit Geld vollgestopfte Ärsche, die eigentlich nur aus Spaß trampten und Leuten wie uns das Leben erschwerten. Außer uns versuchten noch zehn weitere Unverdrossene ihr Glück mit dem hochgereckten Daumen. Michel besaß im Gegensatz zu mir die Gabe, aus allem das Beste zu machen. »Wenn wir innerhalb der nächsten Stunde nicht mitgenommen werden, gehen wir einfach ein paar Kilometer und schlafen auf einer Wiese. Es ist Sommer und schön, in der freien Natur zu schlafen. Wir haben noch Zigaretten, können uns, in den Schlafsäcken liegend, über alles mögliche unterhalten oder uns ehrfürchtig vorstellen, wie wir auf einer Wiese dieses Planeten liegen, der sich ständig mit hohem Tempo um seine eigene Achse dreht, während er dabei ist, die Sonne zu umkreisen, die wiederum, mit ihren ganzen Planeten und deren Trabanten und dem Asteroidengerümpel im Schlepptau, das Zentrum der Galaxis umkreist. Irre, was? Und das Schärfste ist: Unsere Galaxie bewegt sich mit irrer Geschwindigkeit durchs All und wird eines Tages mit der Andromeda-Galaxie kollidieren. Angesichts dieser Dimensionen ist die Strecke Ostende–Brüssel so kurz, dass es sich eigentlich gar nicht lohnt, sich damit abzugeben.«

Bevor ich eine unfeine Antwort knurren konnte, hielt dieser Kleinbus vor uns. Für einen Augenblick dachte ich an eine typische Tramper-Halluzination. Ein bunt angemalter alter Mercedes-Kleinbus, bis auf den Fahrer und einen Beifahrer leer. Die beiden Typen trugen schulterlange Haare und schmutzige Feinrippunterhemden, streckten die Köpfe aus den Seitenfenstern und forderten uns alle fröhlich zum Einsteigen auf. Es wurde zwar eng in dem Wagen, zumal einige Tramper gewaltige Rucksäcke mit sich führten, doch irgendwie passten wir alle hinein.

Durchdringender Schnapsgeruch – und jedem von uns wurde bald klar, dass unsere Retter ziemlich betrunken waren. Während der Chauffeur seine Fahrkünste vorführte, beruhigte uns sein Freund, dessen Englisch, bedingt durch den Alkohol, ein wenig breiig wirkte. Es sei nur ein kurzer Weg: die nächste Abfahrt, dann noch zwei Kilometer.

»Und was wartet dort auf uns?«, fragte jemand. Ich hielt die Frage für durchaus angebracht. Der Beifahrer schmunzelte. Er sagte, dort sei ihr Anwesen, wir könnten dort alle zusammen eine Party feiern. Wer schlafen wolle, könne seinen Schlafsack in einem leeren Schuppen ausbreiten, und am nächsten Morgen werde der Fahrer uns alle nach Brüssel bringen.

Zwei kanadische Studentinnen und ein irischer Straßenmusikant meldeten Bedenken an, ließen sich aber mangels besserer Optionen schnell umstimmen. Nach zwei Beinahe-Unfällen erreichten wir das Anwesen – einen eingezäunten Autofriedhof mit drei verwahrlosten Wellblechschuppen, einem aufgebockten Wohnwagen, einem Grillplatz und einem kläffenden Schäferhund, der sich, nachdem wir ausgestiegen waren, als äußerst freundliches Tier erwies. Stolz präsentierten die beiden Belgier ihr trostloses Grundstück, dann bereiteten sie die Party so routiniert vor, als würden sie jeden Tag ein Dutzend Tramper bewirten.

»Pass auf«, raunte ich Michel zu, »gleich werden sie Geld von uns verlangen – und wer nichts hat, wird vom Schrottplatz entfernt oder an den Hund verfüttert.«

Mein neuer Freund lächelte so weise, wie es nur Narren und alte Philosophen können, und sagte: »Mach dir keine Gedanken. Hier herrschen gute Vibrations. Der Geruch der Autowracks lässt in mir schöne Gefühle wachsen, Erinnerungen an meine Kindheit. Ich bin auf einem Autofriedhof großgeworden.«

»Das hast du mir aber verschwiegen.«

»Wir kennen uns doch erst seit ein paar Stunden.«

»Na und? Das ist doch von immenser Bedeutung. Auf einem Autofriedhof aufgewachsen. Da rauschen einem doch sofort irre Assoziationen durchs Gehirn. Das ist ja so was von gleichnishaft ...«

»Nun beruhig dich mal wieder.«

Schon loderte ein Lagerfeuer, Bänke, Getränke, Baguettes, Käse, Wurst, Gurken, Tomaten und Kekse wurden angeschleppt; die beiden Gastgeber arbeiteten emsig wie Ameisen, der Schweiß spritzte geradezu aus ihren Poren, doch sie grinsten dabei wie kleine Jungs, die sich endlich bewähren dürfen.

Gerührt setzten wir uns um das Feuer, tranken Bier und Rotwein, machten uns ausgehungert über das Essen her, ich schämte mich im Stillen für zwei Minuten wegen meiner Vorurteile, der Ire packte seine Gitarre aus, stimmte die Saiten und erfreute uns mit Stücken wie *San Francisco*, *Sloop John B.* und *If I Were A Carpenter*. Nicht nur seine Stimme erinnerte an Van Morrison, sondern auch der darin mitwehende Swing, und ich fragte Michel, ob nur die gälischen Kelten dieses mit dem schwarzen Blues verwandte Musikgefühl hätten, oder ob es bei den Bretonen ähnliche Sänger gäbe. Michel starrte mich verblüfft an, richtete seine Ohren auf den Iren. »Stimmt«, sagte er, »diese Stimme swingt. Aber das liegt daran, dass Van Morrison und unser Sänger hier sich mit amerikanischer Musik beschäftigt haben. Die üblichen irischen Lieder sind entweder melancholische Hirten- oder Fischerlieder, und wenn schnell gespielt wird, handelt es sich meistens um lustige Sauflieder, passend zu rothaarigen Hinterwäldlern.«

»Du meinst, es gibt keine Seelenverwandtschaft zwischen Iren und Schwarzen?«

»Ich meine, jeder, der sich in schwarze Musik verliebt, besitzt Soul. Schwarzes Musikempfinden steckt im Blues, im Rock'n'Roll und im Jazz sowieso.«

Es freute mich, das zu hören. Mich freute auch die Situation, in der ich mich gerade befand. Auf dem Schrottplatz herrschte eine entspannte Atmosphäre, das brennende Holz knisterte und knackte, Funken flogen wie kleine Feuerwerkskörper durch die Nachtluft, ein Amerikaner berichtete über Haight Ashbury, wo er im Frühjahr einige Wochen gewesen war, Michel und ich beeindruckten die zwei Kanadierinnen mit Tramperstorys, auf allgemeinen Wunsch spielte der Ire noch einmal *San Francisco*, einige Leute sangen inbrünstig mit, und das Ganze wurde nun doch ein wenig klebrig, mit quasireligiösem Touch, war aber völlig okay, weil es keinen Prediger gab, der uns etwas einreden wollte, und weil über uns keine Fahne flatterte, der wir Gefolgschaft leisten sollten.

Vor Eifer glühend, entzündeten die Belgier mehrere schultütengroße Joints, richtige Kunstwerke, die sie herumreichten.

»Haschisch, Mann, das kommt genau zur rechten Zeit«, stöhnte Michel, der offenbar mehr Erfahrung mit dem Zeug hatte als ich. Bis dahin hatte ich so was erst ein paarmal geraucht und war noch nicht über die Phase der Lachanfälle hinausgekommen. Wahrscheinlich, dachte ich ergeben, werde ich mich gleich wieder, vom Lachen geschüttelt, am Boden wälzen, während mich die Erfahrenen verächtlich anstarren – oder sie ignorieren mich einfach für den Rest des Abends, weil sie mich für infantil halten, aber scheiß der Hund drauf. Ich musste jetzt schon, nach den ersten zwei Zügen, kichern wie ein Quartaner, der dem Chemielehrer Hundescheiße auf die Stuhllehne geschmiert hat.

Die Mädchen aus Kanada lehnten ebenso energisch ab wie das Juso-Pärchen aus Offenbach. Die beiden Italiener, über die ich mich wunderte, weil sie nur Italienisch sprachen und dennoch eine gute Zeit in London gehabt hatten, nahmen höflich ein paar Züge, inhalierten jedoch nicht. Für den mittlerweile stockbesoffenen Iren war es das erste Haschisch seines Lebens. Er füllte seine Lungen mit dem Rauch, als befände er sich in einem idiotischen Wettbewerb. Wir merkten bereits, bevor er es erwähnte, dass ihm der Stoff nicht bekam, da er in der Mitte von *I'm Looking Through You* abrupt stoppte, sich verwirrt umsah und dann in einen tieftraurigen irischen Folksong verfiel, in dem es um Verlorenheit und Tod ging.

Michel wollte unbedingt mit mir wetten, dass der Ire innerhalb der nächsten fünf Minuten »I don't feel good« sagen würde. »Das ist Quatsch«, sagte ich, »weil keiner von uns beiden eine Uhr besitzt.« Von der Weisheit meiner Antwort war ich ganz ergriffen, doch just in diesem Moment endete das Lied mit einem Misston, der Ire sagte »I don't feel good«, dann erbrach er Unmengen von Bier, Brot und Wurst, stöhnte ausgiebig, kroch, Rucksack und Gitarre mit sich schleifend, aus dem Schein des Lagerfeuers, kramte abseits seinen Schlafsack hervor und legte sich darauf – zum Sterben, wie er vermutete.

»Kein Problem!«, riefen die Belgier unisono, holten in einem Affentempo aus ihrem Wohnwagen zwei beeindruckend große Lautsprecherboxen und einen Plattenspieler, legten die LP *Are You Experienced?* auf, und schon dröhnte *Manic Depression* stereophon kilometerweit durch die Nacht. Mich erstaunte nur ganz nebenbei, dass ihre fahrbare Behausung an das Stromnetz angeschlossen war, denn ich hatte genug damit zu tun, die Wirkung des Haschischs auf die Reihe zu kriegen. So stoned war ich noch nie zuvor gewesen – und so intensiv hatte ich Musik noch nie erfahren. Ich wollte nichts weiter, als diesen Sound mit geschlossenen Augen genießen. Aber da nun alle, bis auf die Kanadierinnen und die Italiener, über Jimi Hendrix sprachen, drängte es mich, ebenfalls einen klugen Satz zu dem Thema beizusteuern. Zuerst musste ich allerdings meinen Mund befeuchten, nahm einen guten Schluck aus der Rotweinflasche, die auf wundersame Weise den Weg zu mir gefunden hatte, und schrie in die Runde: »Gott ist tot, es lebe Jimi Hendrix!«

Wieso glotzten die mich so an? Nicht alle, aber die meisten. Gläubige Christen, wie sich herausstellte. Empörte Christen. Sogar die Italiener hatten offenbar den Sinn meines kurzen Satzes verstanden, redeten gestikulierend auf mich ein, und ich hoffte vergebens, ein mir bekanntes Wort, wie etwa Pizza oder Lollobrigida, zu erhaschen; der Amerikaner, mir bis dahin, schon weil er in Haight Ashbury gewesen war, sehr sympathisch, verstieg sich zu der Behauptung, die Existenz Gottes sei wissenschaftlich erwiesen, was ich keinesfalls akzeptierte und entsprechend scharf zurückwies. Selbst unsere Gastgeber, die sich, vermutlich aus Denkfaulheit, als Agnostiker bezeichneten, sagten oder vielmehr lallten dem Amerikaner ins Gesicht, das sei totaler Unsinn. Nun versuchten die Kanadierinnen *Foxy Lady* zu übertönen, indem sie mich mit alttestamentarischer Strenge verdammten. Was mich sehr betrübte. Ein sexuelles Abenteuer mit den beiden properen Mädels – das hatte ich mit Michel besprochen – wäre der Höhepunkt dieser Nacht gewesen. Wie es aussah, war diese Chance vertan. Ich hatte es vergeigt und ersparte mir, einsichtig, wie ich war, die Peinlichkeit des Zurückruderns. Statt dessen verfolgte ich, teils angewidert, teils fasziniert, Michels Annäherungsversuche. Der Typ, der sich mir in den stundenlangen Gesprächen in Kneipen, auf der Fähre und an der Pommes-Frites-Bude als Verächter jeder Religion und aller religiösen Empfindungen offenbart und den Glauben an einen Gott als eine Mischung aus Angstschweiß und Selbstbetrug abgetan hatte, was ich für einen ziemlich treffenden Spruch gehalten hatte, redete jetzt mit den beiden Zicken auf unglaublich schleimige Weise über seine religiöse Erweckung vor einem Jahr im Berliner Bahnhof Zoo auf der Herrentoilette. Der neben ihm pinkelnde Priester sei von einem Heiligenschein über dem Kopf in ein unwirkliches Licht getaucht worden, plötzlich habe ein Gospelsong von Mahalia Jackson den Raum erfüllt, und so weiter. Aber ich wusste ja um die Macht der Libido, die einen Mann im Handumdrehen in einen sabbernden Pinscher verwandeln konnte, und ärgerte mich ein wenig, weil ich nicht selbst auf die Schleimtour gekommen war. Andererseits – was blieb mir auch anderes übrig? – lobte ich mich wegen meiner unbeirrbaren Offenheit.

Der Ire tauchte wieder auf. Wie ein Monster aus einem Jack-Arnold-Film taumelte er aus der Dunkelheit ins flackernde Licht des Feuers, wankte auf mich zu, um mich zu beschimpfen. Meinetwegen fühle er sich so schlecht, wegen meiner beschissenen Vibrations. Die hingehaltene Rotweinflasche beruhigte ihn ein wenig, und als sich herausstellte, dass die beiden Jusos zwei Monate – auf Heinrich Bölls Spuren – in Irland gewesen waren, kümmerte er sich nicht mehr um mich und meine beschissenen Vibrations.

Als *Red House* lief, setzte ich mich zu den Belgiern und sagte fachkundig: »Jimi Hendrix hat den Blues entstaubt«, erntete für diesen Spruch aber nur Verachtung. Wer die Sachen von Elmor James oder Champion Jack Dupree für verstaubt halte, sei ein Hohlkopf ohne Gefühl.

Ich bedankte mich für diese Information, dann wanderte ich zu den etwas abseits sitzenden Franzosen, wollte nur mal ein paar neutrale Worte wechseln, etwas von mir geben, das nicht auf eine Wand von Empörung, Verachtung oder, noch eine Spur gemeiner, völliger Nichtbeachtung knallen würde. Aber keine Chance. Die Jungs schüttelten, stoned und von Jimi Hendrix verzaubert, ihre Matten zur Musik und bearbeiteten imaginäre Gitarren. Ich könnte mich dazusetzen und ebenfalls meine Matte schütteln, dachte ich kurz und erfreute mich für einen Moment an der Erkenntnis, dass meine Matte auch wieder lang genug war, um geschüttelt werden zu können;

ich glotzte, um auf dem neuesten Stand zu sein, zu Michel und den Kanadierinnen hinüber, öffnete eine neue Rotweinflasche, mit der ich mich in eines der Schrottautos, einen 61er Opel Rekord, verkroch. Es war angenehm, so abgeschottet und doch beteiligt, auf dem Beifahrersitz an der Rotweinflasche zu saugen, eine gute Entscheidung. *All Tomorrow's Parties* von Velvet Underground wehte wehmütig zu mir herüber, der Geruch brennender Holzscheite trieb, vermischt mit den Ausdünstungen der Schrottautos, über den Platz; die Sterne glitzerten gleichmütig am dunklen Himmel, der Ire und das Juso-Pärchen sangen traurige irische Lieder – und alles zusammen ergab eine wunderbare Nacht. Für einen Moment dachte ich daran, mir einen runterzuholen, begnügte mich aber mit einem weiteren Schluck aus der Flasche, war in der Stimmung, ein Gedicht über diesen zauberhaften Schrottplatz zu schreiben, hätte es auch getan, wenn mein Kugelschreiber nicht in den Tiefen meines Seesacks verborgen gewesen wäre; ich öffnete ohne große Erwartungen das Handschuhfach und fand darin mehrere gebrauchte Kondome, was mich keineswegs befremdete, sondern eher erfreute, weil sie nach meiner Meinung perfekt in das Gesamtbild passten, das Gesamtkunstwerk quasi abrundeten. *All Tomorrow's Parties*, das Lagerfeuer, die Sterne, also Underground, Folklore und sexuelle Begierde – oder so ähnlich, auf jeden Fall extrem bildhaft, so intensiv, dass es mich erschauern ließ. Irgendwann legte ich meinen Schlafsack neben den Opel und kroch hinein.

Als *She Belongs To Me* von Bob Dylan lief, verabschiedeten sich die Kanadierinnen von Michel und trugen ihre turmhohen Rucksäcke in den Schuppen. Michel rollte grollend seinen Schlafsack neben mir aus. Er war empört, weil die Chicks ihn durchschaut und als haltloses Tier bezeichnet hatten. Nebeneinander liegend und auf die Sterne starrend, rauchten wir noch eine Zigarette.

»Wenn die Belgier uns morgen nach Brüssel fahren«, sagte ich, »könnten wir gegen Abend in Duisburg sein.«

Was, um alles in der Welt, sollen wir denn in Duisburg?«

»Der größte Binnenhafen Europas. Dort könnten wir einige Tage arbeiten und es danach noch einmal mit London versuchen.«

»Du weißt genau, dass man im Hafen arbeiten kann?«

»Hat mir Roland erzählt.«

»Welcher Roland?«

»Den hab ich in München kennengelernt. Kommt, glaube ich, aus Nürnberg.«

»Etwa Kaftan-Roland? Trägt immer einen blauen Kaftan?«

»Genau den meine ich.«

»Den hab ich mal in Berlin getroffen.«

Wir blickten uns vielsagend an und freuten uns, so kosmopolitisch zu sein, dufte Typen, Entdecker einer unbekannten Welt voller Schönheit.

Die Belgier pinkelten das Lagerfeuer aus, die Musik brach ab, der Schrottplatz wurde still und dunkel.

Vampire im Kühlschrank

Aus den Fenstern der anderen Wohnungen dringt, wie jeden beschissenen Abend, so lange er zurückdenken kann, ein Lärm-Gewitter: das Gebrüll sich streitender Nachbarn, der Mischmasch aus Techno-Musik, Hip-Hop und Heavy Metal, das Schreien vernachlässigter Kinder und die offenbar zu einem Teil der Natur gewordene Geräuschkulisse aus tausend Fernsehgeräten.

Unwillig erhebt sich Patrick Wirsing, um sein Fenster zu schließen. *Fuck, ey*, knurrt er wie jeden Abend um diese Zeit vor sich hin. Schon an seinen Bewegungen erkennt man, dass er ein Problemkind ist. Es sieht irgendwie spastisch aus, wenn er versucht, die Körperhaltung und Gestik von nicht minder gestörten, aber dennoch erfolgreichen Typen wie Eminem oder 50 Cent zu imitieren. Es sieht vor allem traurig aus – noch trauriger als bei anderen pubertären Hip-Hop-Fans, weil die anderen ihre Posen, ihre Mimik, ihre Floskeln womöglich intensiver vorm Spiegel einüben. Und wenn Patrick etwas sagt, was leider oft geschieht, handelt es sich vorwiegend um vulgäres Gestammel. Die Anzahl der ihm zur Verfügung stehenden Wörter ist äußerst begrenzt und obendrein mit amerikanischen Derbheiten durchsetzt. *Fuck, ey!* steht in puncto Häufigkeit an der Spitze, gefolgt vom guten alten *Motherfucker*, von *shit, ey, yo, Alter* – natürlich darf auch *bitch* nicht fehlen, *cock*, *gun* und so weiter. Darin unterscheidet er sich eigentlich nicht von seinen Kumpels, doch deren Auftreten wirkt einfach souveräner, irgendwie cooler. Im Gegensatz zu einigen seiner Kumpels ist er kein harter Typ, kein Drecksack, keiner, dem es Spaß macht, Schwächere zu demütigen. Aber es gibt keine Alternative, er spielt natürlich mit, reißt genauso die Klappe auf, beteiligt sich am hämischen Gelächter der anderen, kämpft täglich mit der Angst, selbst zum Opfer zu werden. In dieser Gegend wird man schnell zum Opfer.

Seit einem Jahr raucht der 15-jährige Patrick Gras – zu Hause aus der Bong, der gläsernen Wasserpfeife, unterwegs in Form von Joints. Er hat seine eigene Wasserpfeife, denn die seiner Eltern ist ihm zu versifft und außerdem ständig belegt. Üblicherweise raucht er morgens auf dem Weg zur Schule den ersten Joint und quält sich dann mit rot geäderten Augäpfeln durch den Unterricht – falls er sich nicht, stoned und ohnehin angewidert vom Unterricht, den meisten Mitschülern und allen Lehrern, kurzerhand entschließt, die Route zu ändern und den Vormittag am S-Bahnhof oder in einem Einkaufszentrum zu verbringen. Was auch nicht ungefährlich ist. Da lungern die richtig Bösen herum, abgewichste Typen, die schon als Zehnjährige mit Klappmessern gespielt haben. Patrick besitzt auch ein Messer, spielt aber nicht damit, wenn andere dabei sind. Das könnte einem, der wirklich geil darauf ist, endlich mal zuzustechen, als Anlass genügen.

Zu Patricks Entschuldigung muss allerdings erwähnt werden, dass er sich in den Händen von Problemeltern befindet, deren ohnehin leistungsschwache Hirne allmählich vom Alkohol zerfressen werden. Sie sind, wie es sich für perspektivlose Prolls in einer tristen Umgebung gehört, ziemlich fett, arbeitslos, stecken praktischerweise immer in Jogging-Anzügen und Turnschuhen und verdienen mit Schwarzarbeit etwas Geld nebenher, das sie in ihrer Stammkneipe und in einer Spielhalle verpulvern. Wenn sie nicht ausgehen, sitzen sie träge, meistens stoned, Fleisch oder Chips mampfend, kettenrauchend und Alkohol trinkend, vorm Fernseher und zappen sich durch etwa hundertzwanzig Sender. Sie haben sogar selbst einmal an einem Casting für eine Trash-Sendung teilgenommen – Motto: Du kriegst keinen mehr hoch – das find ich scheiße – und sind fast genommen worden, aber ein Ehepaar aus Wuppertal hat noch beschissener ausgesehen und auch wegen der deftigeren Sprache gewonnen. Typische, die Klischeevorstellungen voll bedienende Bewohner der Trash-Welt. Um das Klischee abzurunden, trägt der Vater einen fettigen Vokuhila und ist reichlich tätowiert, während Mutter sich mit signalrotgefärbtem Igel-Haarschnitt originell findet. Ihre Stammkneipe, das Astra-Eck, hat noch nie bessere Tage gesehen, war schon immer ein Hort der Verlorenen und ist neuerdings eine Gaststätte für Kettenraucher und natürlich für Alkoholiker und solche, die es werden wollen, also alles andere als ein Ort, an dem Zukunftsträume blühen. Mehr so ne Art Vorhof zur Hölle.

Patrick besitzt einen eigenen Fernseher. Jeden Abend sitzt er stoned in seinem vermüllten Zimmer und zieht sich den ganzen Dreck rein, der von den Privatsendern ausgespuckt wird. Horrorfilme, Actionfilme, am liebsten aber Vampirfilme. Seine DVD-Sammlung besteht ausschließlich aus Streifen, in denen literweise Blut vergossen wird. Im richtigen

Leben ist alles verdammt kompliziert. Er hat sich ein paarmal geprügelt, und das dabei vergossene Blut ist jedesmal sein eigenes gewesen, denn er ist eher schmächtig, beherrscht die Kampftechnik nicht und zögert zu lange, da es für ihn noch immer nicht selbstverständlich ist, einem anderen kurzerhand die Faust ins Gesicht, das Knie in die Eier zu rammen. Selbst seine Kumpels machen sich einen Spaß daraus, ihn zu verarschen, alle Mädchen blicken ihn an, als wäre er ein besonders ekliges Insekt. Da kann er noch so laut und männlich *fuck, ey!* oder *ich fick deine Schwester, Alter, schwör ich!* brüllen. Der harte Sound kommt einfach nicht rüber, und wer nicht hart ist, hat in diesem Umfeld einen schweren Stand. Weichei wird er selbst von den Kumpels genannt. Da draußen, schon gleich vor der Wohnungstür, erscheint ihm die Welt immer bedrohlicher. Irgendwas stimmt mit seinem Leben nicht. Er versucht, wie die coolen Vorbilder zu leben, aber jeden Tag begleitet ihn Trostlosigkeit wohin er auch geht. Die beschissene Wohnung, denkt er, warum lebe ich in einer Wohnung, die nichts mit den Wohnungen im Fernsehen zu tun hat? Im Fernsehen leben Typen wie ich in bunten Wohnungen, und selbst die beschissenen Wohnungen haben in der Glotze so was wie, na ja, wie Stil, sogar die Grautöne sind dort interessant, während sie hier, in dieser grauen Wohnung, einfach nur scheiße aussehen.

Sein Zuhause, klar – und früher sind darin auch Winkel gewesen, in denen er sich wohlgefühlt hat. Früher hat er sich ohnehin nichts anderes vorstellen können. Aber seit einiger Zeit weiß er, dass er in einem Dreckloch wohnt, dass seine Alten der totalen Verwahrlosung entgegentreiben, dass seine Zukunftsaussichten von Grautönen bestimmt sind. Was er denn einmal werden wolle, hat ihn neulich, als er mal wieder in der Schule gewesen ist, einer der Lehrer-Ärsche gefragt. Dämliche Frage. »Gar nichts«, hat er geantwortet.

Heute werden sie wieder hackevoll nach Hause kommen, denkt er lakonisch, der Alte wird wieder irgendwas umstoßen und dafür von seiner Frau zur Sau gemacht werden, aber scheiß drauf, *fuck, ey*, wenig später werden sie um die Wette schnarchen.

Patrick ist so stoned, dass seine Lider wie eine Zementverschalung auf den hervortretenden geröteten Augäpfeln liegen. Die Wirkung von sechs Flaschen Bier harmoniert angenehm mit der des THCs und lässt die Ängste auf erträgliche Größe schrumpfen, die Gedanken werden unscharf, wie von einem Weichzeichner manipuliert, der Stress in der Schule und auf der Straße wird ausgeblendet. Aber Kohldampf. Er hat den Ton des Fernsehers abgestellt, das spritzende Blut, die sekundenschnell verwesenden Leichen registriert er so teilnahmslos, als zöge ein Werbespot an ihm vorbei. Kohldampf. Das bedeutet, er muss sich erheben und zum Kühlschrank bewegen. Der Scheißkühlschrank stammt nicht aus einem Film, er ist real und brandgefährlich. Seit einiger Zeit spielen sich darin seltsame Dinge ab. Er hat es gehört und gesehen. Eine Brutstätte des Bösen, stets prall gefüllt mit Wurst, Fleisch, Heringssalat und all dem anderen Scheiß, den Sonderangeboten von Penny. Und meistens klebt in einer der hinteren Ecken ein faulendes, stinkendes Stück Fleisch wie ein Symbol der Verdammnis.

Heute fällt dem Ehepaar Wirsing der Heimweg besonders schwer. Wegen der unerwarteten Freigiebigkeit eines Gastes, der seinen Lottogewinn – Systemspiel, vier Richtige, 428 Euro – schon aus Freundschaft mit dem Wirt umgehend in Schnaps umgesetzt hat. Korn ohne Ende. Korn ist ein ehrlicher Schnaps. Klar und herb. Wenn man dabei bleibt, wird man schön besoffen, kriegt aber keinen Kater. Ein paar Biere gehören natürlich auch dazu. Wie's der Teufel will, kommt der Türke Mehmet in die Kneipe, strahlt wie die Sonne über Antalya, verkündet, vor Rührung schluchzend, er sei Großvater geworden, gibt ein paar Lokalrunden aus. Ouzo. Weil es keinen Raki gibt. Der Ouzo wird selbstredend gern genommen, wenn ihn einer ausgibt, zerstört aber die vom Korn aufgebauten Strukturen und haut mächtig in die Birne.

»Mit Patrick ham wir echte Probleme«, lallt Frau Wirsing.

»Wem sagst du das«, lallt ihr Mann gedankenschwer zurück. »Der kleine Scheißer kifft sich so dermaßen zu, da kannst du nur abkotzen. Aber das gibt sich. Ich war ja in dem Alter genauso.«

»Ja und? Was willst du damit sagen?«

»Was soll das nun wieder heißen? Glaubst du, ich hör den Vorwurf in deiner Stimme nicht? Aber bitte, streiten wir uns eben. Dann mach ich dir auch ein paar Vorwürfe. Wie du willst. Zum Beispiel liegt der Schweinenacken immer noch im Kühlschrank. Fast zwei Kilo. Wenn du den morgen nicht kochst, kannst du ihn in die Tonne treten. Der riecht jetzt schon ziemlich streng. Kein Wunder, dass der Junge Angst vor dem Kühlschrank hat, wenn darin dauernd Sachen vergammeln, schmierig werden und komische Farben annehmen.«

»Ein junger Mann, der Angst vorm Kühlschrank hat, ist in meinen Augen schwer gestört. Kein Wunder bei dem Vater.«

Obwohl der Heimweg, grob geschätzt, nicht länger als 100 Meter ist, liegt die Hälfte noch vor ihnen.

Was soll's – die Wirsings haben Zeit, es ist nicht kalt, es gibt viel zu bereden.

Dass er Probleme hat, weiß Patrick seit einiger Zeit. Er kann sie nur nicht benennen. Vielleicht, denkt er manchmal, hat es was damit zu tun, dass mir Gangsta-Rapper allmählich auf den Sack gehen. ›Get Rich Or Die Trying‹. Sind das nicht alles nur Sprüche? Was hab ich überhaupt mit diesen Typen zu tun? Goldkettchen, fette Autos, geile Bräute, Villa mit Swimmingpool. *Fuck, ey*. Soll jeder, der nicht gut genug rappen kann, Gangster werden? Sind das etwa Vampire? Aliens? Die Armee der Finsternis? Keine Ahnung – aber etwas Böses braut sich zusammen. Dass mich die Lehrer, wenn sie mich mal zu sehen kriegen, merkwürdig anstarren, geht mir am Arsch vorbei, aber neuerdings scheint mich jeder anzuglotzen, als habe man mich zum Opfer bestimmt. Alle wissen, dass ich auf einem blutbefleckten Altar geopfert werden soll, nur mir sagt man es erst, wenn es so weit ist. Vielleicht sollte ich ihnen mit einem Amoklauf in der Scheißschule zuvorkommen. Hm, das wäre cool, all die Motherfucker würden sich eingestehen müssen, dass Patrick Wirsing eine richtig coole Sau ist. Tagesschau, in jeder Zeitung mein Gesicht, voll krass, ey. Dazu brauch ich aber 'ne Kanone. Hab ich aber nicht. Irgendwas war doch ... Ach ja, Kohldampf, ganz vergessen. Und Durst. Mit greisenhaften Bewegungen erhebt er sich. Sind noch Bockwürste im Kühlschrank, denkt er, eingeschweißte Würste, ich kann nichts Angebrochenes mehr essen. Aber schon die Hand in den Kühlschrank zu schieben, kotzt mich an, weil ich immer was Ekliges berühre und damit rechnen muss, von einer bösen Macht ganz und gar hineingezogen zu werden.

Er öffnet den Kühlschrank, abwehrbereit, auf alles gefasst – und dennoch weht ihm fauchend das Grauen, wie von einem kräftigen Gebläse angetrieben, ins Gesicht, nimmt ihm den Atem, nicht mal zu einem Aufschrei ist er fähig. Der Kühlschrank ist so was von belebt, ist vollgestopft mit kleinen, blutbesudelten Vampiren, die nur darauf warten, aus ihrer engen Behausung herauszukommen, um dann zu wachsen, sich auf ihn zu stürzen und ihre Zähne in seinen Hals zu graben – er kennt das alles zumindest so ähnlich aus den Filmen, wo er vom Grauen immerhin durch die Mattscheibe getrennt ist, aber jetzt hat er unmittelbaren Kontakt zum Bösen. *Fuck, ey!* Mit einem Schlag wird er munter und handelt hektisch, einer Eingebung folgend, knallt die Kühlschranktür zu, reißt den Stecker aus der Wand, schiebt keuchend den Kühlschrank durch die Küche …

Das Ehepaar Wirsing hat gerade einen schweren Ehestreit nur deshalb beendet, weil er gestrauchelt ist und sie mitgerissen hat. Albern kichernd erheben sie sich wieder, was gar nicht so einfach ist, zünden sich Zigaretten an und stellen verblüfft fest, dass sie sich vor ihrem Haus befinden. Das Küchenfenster ist erleuchtet.

»Unser Sohn macht sich über den Kühlschrank her«, brummelt sie befriedigt triumphierend. »Hat also doch keine allzu große Angst davor.«

»Woher willst du wissen, was er in der Küche macht?« Herrn Wirsings Zeigefinger zielt nach oben. »Ich glaube nicht, dass er gerade isst.«

Mit offenen Mündern und zurückgelegten Köpfen starren sie auf das Küchenfenster im zweiten Stock, durch das sich ein rechteckiger Gegenstand den Weg nach draußen sucht, kippt und fällt, ein großer, schwerer Gegenstand.

»Was, zum Teufel ...«

In diesem Moment wird Patrick Wirsing zur Vollwaise. Ob sich dadurch sein Lebensweg entscheidend ändert, bleibt abzuwarten, denn er wird die verdammten Schuldgefühle nicht los. Auf jeden Fall ist die Wohnung nun frei von Vampiren und Dämonen. Immerhin etwas.

SHOWDOWN

»Der gute alte Tresen.« Krahlmeyers Hand streichelte, von Ehrfurcht geleitet, über das Holz. »Wie oft hab ich hier schon mein Glas abgestellt, meine Kippe in den Ascher gedrückt, Reden gehalten.«

Remmer nickte. »Bin verdammt froh, dass der neue Wirt den Charakter der Kneipe beibehalten will. Okay, ich meine, ein bisschen was muss hier schon getan werden. Das musst du zugeben. Espresso-Maschine, Computerkasse. Kann ich nur begrüßen. Das mit dem Fernseher konnten wir ihm ja ausreden. Hat inzwischen selbst gemerkt, dass die Stammgäste hier keinen Bock auf Fußball haben.«

Beide nickten einträchtig, grinsten sich an, hoben ihre Biergläser mit angewinkelten Armen, so auf die militärische Art, prosteten sich zu und tranken mit offensichtlichem Genuss.

»Ah«, stöhnte Remmer zufrieden. »Darauf hab ich den ganzen Tag gewartet, hab aber an die Flaschen in meinem Kühlschrank gedacht. Gut, dass du mich angerufen hast. Geht doch nichts über ein gezapftes Bier.« Remmer war wie sein Freund Anfang 50, aber im Gegensatz zu Krahlmeyer noch immer schlank, achtete auf sein Äußeres und wirkte in dieser Kneipe schon beinahe overdressed. Ihre Freundschaft reichte bis weit in die Kindheit zurück. Hamburg-Hamm. Ein riesiges Areal mit unzähligen Backstein-

Mietshäusern, von denen eins wie das andere aussah, ein bisschen Rasen dazwischen. Arbeiterwohnungen. Abends flimmerte das bläuliche Licht der Fernsehapparate hinter den Fenstern, an den Wochenenden wurden die Opels, Fords und VWs gewaschen, die Frauen schleppten prallgefüllte Tüten aus den Supermärkten. Krahlmeyer und Remmer gehörten zu den wenigen, die es aufs Gymnasium schafften. Sie studierten beide Chemie und wurden schließlich mit gutbezahlten Stellen belohnt. Krahlmeyer arbeitete nun schon seit über zwanzig Jahren bei Beiersdorf, Remmer hatte vor elf Jahren die Tochter eines wohlhabenden Mannes geheiratet, dessen mittelständisches Pharmaunternehmen gute Umsätze machte. Der alte Herr hatte seinem Schwiegersohn zwar einen Teil der Geschäftsleitung übergeben, hielt das Heft aber noch immer fest in der Hand. Krahlmeyer hatte relativ jung geheiratet, ein Haus in Glinde gebaut, einem kleinen Ort vor den Toren Hamburgs. Günstiges Bauland, natürlich nicht so edel wie Poppenbüttel oder Sasel. Vor fünf Jahren hatte er zum zweiten Mal geheiratet – eine 14 Jahre jüngere Frau aus Moldawien. Er hatte sie durch eine auf osteuropäische Frauen spezialisierte Agentur kennengelernt. Süße Frau. Gut aussehend, sanft, fleißig, allerdings mit einem inzwischen zehnjährigen Sohn, der dankbar für Krahlmeyers Wohltaten war, sich unauffällig verhielt und daher nicht weiter störte.

Also, heraus damit, alter Junge«, sagte Remmer in seiner hemdsärmeligen Art. »Was hast du auf dem Herzen, wo tut's weh?« Schon als Kind war Remmer der lockere Typ gewesen, selbstbewusst, den Ton angebend.

Krahlmeyer druckste herum, trank noch einen Schluck, wischte den Schaum von der Oberlippe.

»Um offen zu sein: Ich bin ziemlich verzweifelt. Es gibt Hinweise auf die, na, wie soll ich sagen, hört sich ein bisschen altmodisch an, auf die Untreue meiner Frau.«

Remmer kniff die Augen zusammen. »Im Ernst? Nun mal langsam, mein Lieber. Ehe du dich verrückt machst, solltest du dich ganz sachlich fragen: Ist das nur ein Gefühl, das möglicherweise in mir entstanden ist, weil ich zu viel arbeite, weil sie immerhin 14 Jahre jünger ist, weil sie eigene Sorgen hat und vielleicht deshalb im Moment etwas in sich gekehrt wirkt, oder gibt es konkrete Anhaltspunkte, etwa Indizien oder gar Beweise? Vorsicht, Porzellan ist schnell zerschlagen.«

»Siehst du«, sagte Krahlmeyer, einen dankbaren Blick aufsetzend. »Schon diese wenigen Worte haben mir geholfen.«

»Dafür sind Freunde doch da.« Lachend klatschte Remmer eine Hand auf Krahlmeyers speckigen Rücken. »Wenn's im Bett nicht mehr so gut läuft – ich kenne einen sehr gepflegten Puff. Heute wird das zwar nichts mehr, weil ich nicht so viel Zeit habe, aber wir können uns ja nächste Woche mal gemeinsam die Mädels ansehen. Sind ein paar schöne Exemplare aus Osteuropa dabei.«

»Ich habe, wie du weißt, für Nutten nicht so viel übrig.«

Wieder dieses ungehemmte Remmer-Lachen. »Ja, ja, du hast schon immer Angst vor Frauen gehabt. Dich musste man sozusagen zum Jagen tragen. War es nicht so? Mal ehrlich.«

»Das ist Unsinn. Ich besitze nur nicht so viel Selbstverliebtheit wie du.« Wie immer das alte Muster, dachte Krahlmeyer, er greift an, ich muss mich verteidigen.

»Selbstverliebtheit?« Remmer kniff die Augen zusammen. »Das meinst du jetzt aber nicht negativ, oder? Ich war schon immer von mir überzeugt. So was nennt man gesundes Selbstbewusstsein. Davon besitze ich so viel, dass ich mir immer gewünscht habe, ich könnte dir was davon abgeben. Es hat mich immer geschmerzt, dass du so wenig davon hast. Versteh mich bitte nicht falsch. Du weißt ja, das stimmt, darüber haben wir ja früher schon geredet. Bei dem Vater war das ja kein Wunder. Der Diktator. Deine Worte. Aber ich habe auch meine Schwächen, so ist das nicht.«

»Ist mir gar nicht aufgefallen. Du und Schwächen?« Krahlmeyer wunderte sich genauso wie Remmer über seinen Sarkasmus. Eine neu erworbene Eigenschaft? Mal sehen, ob ich davon noch mehr auf Lager habe, dachte er, und plötzlich störte ihn das zu dick aufgetragene Rasierwasser des Freundes, teures Zeug, aber zu viel davon. Auch eine von Remmers Schwächen: von allem zu viel.

Der brummte gerade jovial: »Ist schon okay, wenn du jetzt ironisch wirst. Das hat sich wahrscheinlich blöd angehört. Ich habe auch meine Schwächen. Hört sich so anbiedernd an. Wenn sich mein Schwiegervater endlich aus dem Betrieb zurückzieht, was vermutlich in den nächsten zwei Jahren passieren wird, dann bin ich der Chef, dann bin ich eine wichtige Persönlichkeit – wirtschaftlich, politisch, kulturell – in dieser Stadt. Aber das eine schwör ich dir: An unserer Freundschaft wird sich nichts ändern. Im Gegenteil. Falls du Interesse an einer beruflichen Verbesserung haben solltest – wir werden schon eine passende Stelle für dich finden.«

Wie alte, verkratzte Super-8-Filme liefen in Krahlmeyers Kopf einige Jugenderlebnisse ab. Remmer stets im Mittelpunkt, unverschämt-charmantes Grinsen, große Klappe, schon damals Chefallüren, Zukunftspläne, in denen er als Präsident, Generaldirektor, Leadsänger die Hauptrolle spielte und seinen Freund mehr oder weniger mit nach oben zog, eher mitleidig als überzeugt. Das Arschloch Remmer hatte ihm damals die erste richtige Freundin ausgespannt, genau, fast vergessen, Irene – die ersten richtigen Küsse, zum ersten Mal die Hand unter einer Bluse, zwischen den Beinen eines Mädchens, bis der Sack auftauchte und sie entjungferte, angeblich ein Freundschaftsdienst, weil das Entjungfern »ziemlich arbeitsaufwendig« sei.

»Es gibt Hinweise«, sagte Krahlmeyer unvermittelt, »die ich nicht einfach ignorieren kann. Einmal sind es so klassische Indizien wie Streichholzbriefchen mit dem Namen einer Bar und verdammt teure Handschuhe, die ich ihr nicht gekauft habe, und dann senkt sie beim Telefonieren oft die Stimme und beendet das Gespräch rasch und mit Floskeln, wenn ich ins Zimmer komme – sofort ist die Atmosphäre mit Spannung aufgeladen.«

Wieder die zusammengekniffenen Augen, wie Humphrey Bogart als Privatdetektiv. Das hatte Remmer sich als Jugendlicher angewöhnt, wegen Bedeutungsschwere und so, und leider beibehalten. Plötzlich fand Krahlmeyer alles an seinem Freund aufgesetzt, billig, berechnend. Remmer winkte scheinbar gelangweilt ab. »Das sind doch typische Eifersuchts-Symptome, hast du sie schon mal zur Rede gestellt? Ich wette, alles wird sich in Wohlgefallen auflösen. Aber klar – du warst schon immer misstrauisch. Selbst mir gegenüber.«

»Was Frauen angeht, allerdings. Ich sage nur: Irene.«

Das Remmer-Lachen, und wieder die auf Krahlmeyers Rücken klatschende Hand. »Mann, dass du das noch mit dir rumträgst. Erlebnisse aus der Kindheit. Das scheint echt an dir zu nagen. Mein Gott, ja, ich war damals unsensibel. Hab ich doch zugegeben. Ich dachte damals, Mensch, der Typ kommt einfach nicht in die Gänge, der traut sich nicht, zeigst ihm mal, wie das gemacht wird. War echt nicht irgendwie link von mir gemeint. Komm, darauf geb' ich jetzt einen aus.« Er drehte sich um, zeigte dem Wirt ein Siegerlachen, bestellte zwei Malt Whiskys, »aber was richtig Gutes«, und als er sich wieder seinem Freund zuwandte, klebte immer noch dieser triumphierende Ausdruck in seinem gepflegten Gesicht. *I Feel Fine* lief grade. Aber nicht von den Beatles, sondern eine verdammt gute Blues Version von Rudy Rotta. »Erstaunlich, was man mit Beatles-Stücken alles machen kann«, sagte Remmer, der sich unter anderem auch als Beatles-Experten wähnte.

»Die Beatles waren die Größten«, glaubte der Wirt einflechten zu müssen.

»Waren sie nicht. Sind immer noch die Stones.« Krahlmeyer hatte sich entschlossen, so wenig Harmonie wie möglich aufkommen zu lassen. Remmer blickte ihn skeptisch an, wollte schon souverän kontern, nahm stattdessen das Whiskyglas und prostete Krahlmeyer zu. »Auf die ewige Jugend. Zumindest die Erinnerung daran kann uns niemand nehmen.«

Krahlmeyer nippte an seinem Whisky. Ganz schön scharf. Er konnte nicht verhindern, dass sich sein Gesicht verzog. Das hatte Remmer natürlich mitbekommen. Und musste es gleich zum Thema machen. Natürlich lachend. »Mit scharfen Sachen hattest du schon immer Schwierigkeiten, was, Alter? Warst immer der Milde. Die meisten Mädchen dachten ja, du seiest schwul. Wusstest du das? War echt so. Birgit Pohl zum Beispiel. Der hatte ich das erzählt.« Sein Lachen wurde lauter. »Ich war nämlich scharf auf sie. Und wenn ich scharf sage, dann meine ich scharf. Kindereien.«

Krahlmeyer schien gar nicht hingehört zu haben. Und wenn doch, so war er härter im Nehmen, als sein Freund vermutete. Er sagte nur mit unpersönlich klingender Stimme: »Neulich wurde sie von einem Lexus SUV nach Hause gebracht. Von so einem Wagen, wie du einen hast. Sie behauptete, einer ihrer Tanzpartner vom Tangokurs hätte sie gefahren, weil der Kurs diesmal so lang gedauert hätte. Ich habe mich erkundigt. Heute. Kein Teilnehmer dieses Tanzkurses besitzt einen Lexus.«

»Mein Gott! Heißt das, du spionierst deiner Frau nach?« Auf Remmers Gesicht lag jetzt ein Ausdruck von Besorgnis, der echt zu sein schien. »Das solltest du wirklich nicht tun, alter Junge, damit kann man seine Ehe zerstören.« Intensiver Blick in Krahlmeyers Augen, dann kurzes Auflachen. »Moment mal. Von so einem Wagen, wie ich einen habe? Ich muss zugeben, dass es nicht viele von der Sorte in Hamburg gibt. Gehöre ich etwa zu den Verdächtigen? War der Lexus auch weiß? Allerdings ist weiß in diesem Jahr die Modefarbe bei Autos.«

»Er war weiß. Das Nummerschild konnte ich nicht erkennen.«

»Schade. Damit wäre ich jetzt entlastet. Aber ich hoffe ohnehin, dass du nicht wirklich glaubst, ich sei der Liebhaber deiner Frau. In diesem Fall müsste ich mir echte Sorgen um dich machen.« Remmer schlürfte an seinem Whisky und ließ dabei seinen Blick wohlwollend durch die Kneipe schweifen, wie einer, der sich sicher fühlt. Remmer fühlte sich in jeder Gesellschaft sicher und hätte es vermutlich auch in der Politik zu etwas gebracht. »Deine Frau habe ich zuletzt vor drei Monaten gesehen. Auf der Silvesterparty. Sehr attraktiv, ohne Zweifel. Aber erstens deine Frau, also tabu, und zweitens ein Risiko, das selbst ein gieriger Typ wie ich nicht eingehen würde. Wenn meine Frau etwas in der Hinsicht auch nur vermuten würde, hätte ich umgehend ein Dutzend Privatdetektive an den Fersen und könnte den Traum vom Chefsessel in die Mülltonne werfen. Sie lässt mir ja einiges durchgehen …« Sein Grinsen ließ offen, was er damit meinte, »… aber keine Affären.« Er schob seinen Oberkörper noch näher an Krahlmeyer heran. Remmer hatte die unangenehme Eigenschaft, an seine Gesprächspartner anzudocken. Es hatte etwas Erdrückendes – als wolle er sich sein Gegenüber einverleiben. Eine nonverbale Drohung sozusagen. Er schluckte den Rest des Whiskys, tätschelte Krahlmeyers Rücken und schnurrte vertraulich: »Glaub mir, bei all meinen Fehlern, so blöd bin ich nicht.« Ein wenig steif erhob er sich von seinem Hocker, reckte sich und sagte: »Ich geh mal vor die Tür, eine rauchen. Bestell doch noch zwei Bier.«

Wieder einmal fiel Krahlmeyer, der seit Ewigkeiten nicht mehr rauchte, die relativ klare Luft in der Kneipe auf. Früher war man immer völlig verräuchert nach Hause gekommen. *The One That Got Away* von Pink. Wunderschön. Der neue Wirt hatte auch neue Musik mitgebracht. Als sich das Handy bemerkbar machte, rauschte ein Adrenalinschwall durch Krahlmeyer. Seine Finger zitterten leicht beim Aufklappen des kleinen Geräts. Es war nicht sein Handy. Es gehörte seiner Frau. Eine SMS-Botschaft: »Sei vorsichtig, dein Mann ahnt etwas.«

Das neue Bier stand vor ihm, und ihm ging durch den Kopf, dass der Wirt eine neue Fassbierkühlung versprochen hatte. Rom ist auch nicht an einem Tag erbaut worden, sagte sich Krahlmeyer, trank von dem Bier und fand es kühl genug. Dann zog er sein eigenes Handy aus der Tasche, und während er eine SMS eintippte, staunte er wieder einmal darüber, dass die Buchstaben, die er hier in ein winziges Gerät drückte, sozusagen durch die Luft flogen, um sich an einem ganz anderen Ort auf einem fremden Display niederzulassen. Noch einmal mit dem Finger ganz leicht gedrückt – und die Message abgeschickt. Remmer kam zurück, grinsend. »Na, du hast schon vorgetrunken? Macht nichts. Allerdings geht die Runde dann auf dich.« Er nahm einen kräftigen Schluck, hauchte ein langgezogenes, Wohlbefinden signalisierendes »Ah« in den Raum, als er das Glas wieder abstellte, sprach betont locker weiter, ein wenig zu locker, was ihn als nur mittelmäßig begabten Schauspieler auswies. »Wir müssen unbedingt wieder mal zusammen fernsehen, ein schönes Fußballspiel oder so was, ein paar Flaschen Wein dabei vernichten, am besten bei mir. Ich hab jetzt einen riesigen Bildschirm …«

»Hast du auch einen guten Anwalt?«

»Hab ich. Brauchst du einen? Doch nicht wegen deiner Frau? Alter Junge, ich bitte dich als Freund: Mach keinen Fehler. Sprich mit ihr.«

»Du wirst einen Anwalt brauchen.« Krahlmeyer strahlte auf einmal eine Kälte aus, die Remmer frösteln ließ. »Deine Frau wird sich von dir scheiden lassen, alter Junge.«

Das war der Moment, in dem Remmer die Angst kennenlernte. Nach außen hin gab er sich immer noch als coole Sau, die alles im Griff hat, doch Krahlmeyer sah genau hin und entdeckte die Risse in der gepflegten Fassade. »Wie kommst du denn auf so einen Unsinn?« Remmer schob den Kopf vor. »Ich meine, für originelle Witze warst du ja nie bekannt. Eher für traurige Scherze. Was soll das, alter Junge?«

Krahlmeyer fühlte sich zunehmend besser. Er war klüger als dieser Angeber, mit dem er sich in den letzten Jahren eigentlich nur noch getroffen hatte, weil er zu feige gewesen war, seinem ehemaligen Freund zu sagen, dass er ihn längst verabscheute. Auf dieser Silvesterparty hatte er sogar gehofft, dass seine Frau, deren sexueller Heißhunger ihm zunehmend widerlich war, mit dem grinsenden Beau anbändeln würde. Er hatte es sogar gefördert und die Gelegenheit arrangiert. Er hatte sich mit Remmers Frau verbündet. Die saß jetzt, in diesem Moment, bei seiner Frau und bereitete sie auf die Scheidung vor. Seine Stimme war nicht nur fest, sie klang eiskalt und stählern. Ein großartiges Drama. Er war der Held, der Drachentöter. Zum ersten Mal in seinem Leben stimmte die Realität mit seinen Vorstellungen überein – was das Privatleben anging. Beruflich hatte immer alles gestimmt. Seine beruflichen Vorstellungen waren stets nüchtern und – zumindest im Vergleich mit Remmers Träumen – bescheiden gewesen. Langsam, jede Silbe genießend, sagte er: »Deine Frau hat vorhin eine SMS von mir bekommen ...«

»Woher hast du die Handy-Nummer meiner Frau? Wieso schickst du ihr Botschaften per Handy? Hast du dich in sie verknallt?« Unechtes Grinsen. Beide wussten, dass der letzte Satz aus der Not geboren war. Die Risse in Remmers Fassade wurden tiefer, der Verputz blätterte in unglaublichem Tempo ab, und dahinter pulsierte Erregung. Krahlmeyer sprach ungerührt weiter. Schließlich gab nun er den Ton an. »Wir stehen seit einigen Wochen in Verbindung, alter Junge. Eine Zweckgemeinschaft sozusagen. Ich will meine Frau loswerden. Sie passt nicht zu mir, ich passe nicht zu ihr. Du bist nicht der erste, mit dem sie mich betrügt. Wusstest du, dass sie früher in einem Puff gearbeitet hat? Aber ist auch egal, auf jeden Fall will deine Frau verhindern, dass du dich in dem Chefsessel breitmachst. Weißt du, warum? Weil sie einen neuen Freund hat, einen soliden, vielleicht nicht ganz so spritzigen, aber verantwortungsbewussten Mann kennengelernt hat. Mich. Ich habe sie besucht, ihr gesagt, was du mit der Frau deines Freundes treibst – und, na ja, wie das Leben so spielt, wir sind uns näher gekommen. Ich habe übrigens das Handy meiner Frau dabei. Was das bedeutet, kannst du dir ja vorstellen. Morgen wird dir dein Schwiegervater mit vermutlich sehr drastischen Worten die Kündigung auf den Schreibtisch werfen. Bin mal gespannt, ob du den Fernseher mit dem riesigen Bildschirm behalten darfst.« So, dachte Krahlmeyer, schmeckt also Rache. Nicht schlecht, kommt ein wenig spät, aber nicht zu spät. Hat nun mal lang gedauert, bis die Gelegenheit günstig war.

Remmer hatte schon die ganze Zeit gebebt. Kontrollverlust. Er rammte sein Bierglas in Krahlmeyers Gesicht. Es zerbrach, und eine Scherbe bohrte sich in ein Auge. Krahlmeyer brüllte vor Schmerz und Entsetzen, hielt sich die Hände vors Gesicht, Blut bahnte sich seinen Weg zwischen den Fingern hindurch, ein paar Gäste hielten Remmer fest, der ebenfalls brüllte. »Du kleines Würstchen! Mein Anwalt macht dich fertig!«

Krahlmeyer hätte auf eine Reaktion dieser Art vorbereitet sein müssen. Ein grober Fehler, mehr als nur ein Kratzer im Lack seines schönen Plans. Denn sein ehemaliger Freund war früher öfter und geradezu lustvoll ausgerastet, hatte es manchmal darauf angelegt, sich provozieren zu lassen, ein ziemlich guter, ein rücksichtsloser Fighter. War zwar alles schon lange her, doch das Potential war offensichtlich – trotz des vornehmen Äußeren – noch ziemlich virulent. Zu einem klassischen Drama gehört eben auch Blut – und nicht unbedingt ein Happy-End. Krahlmeyer büßte sein linkes Auge ein, was er noch akzeptiert hätte – ein hoher, aber nicht zu hoher Preis. Doch wie manche Frauen so sind – die noch nicht geschiedene Frau Remmer, sehr eigen, wenn es um Äußerlichkeiten ging, konnte sich mit dem Glasauge nicht anfreunden und wollte keinen Mann mit Glasauge in ihrer Villa, geschweige denn auf dem Chefsessel. Ihr Vater sah das übrigens genauso.

Remmer hatte Glück, wie man im Nachhinein sagen kann. Er verlor zwar seine Stelle, kam aber bei der Scheidung finanziell gut weg, lernte bald darauf eine gleichaltrige Witwe mit Vermögen kennen, heiratete sie und bestieg den Chefsessel in deren Firma. Krahlmeyer wurde nur Alkoholiker. Er hatte sich inzwischen an scharfe Sachen gewöhnt.

Die Nacht, in der ich meinen ersten Protestsong schrieb

31. Dezember 1965. Noch ein paar Stunden, dann würde sich ein verdammt gutes Jahr verabschieden und auf dem riesigen Jahresfriedhof begraben werden. Nicht alle teilten meine positive Bewertung dieses Jahres, das war mir klar, und tatsächlich hatten sich ja auch eine Menge schlimmer Sachen abgespielt – und damit meine ich nicht nur den Scheiß, der in Vietnam ablief, obwohl das eigentlich schon gelangt hätte, um jedem sensiblen Zeitgenossen jeden Morgen beim Überfliegen der Zeitung den Rest des Tages zu vermiesen, ganz zu schweigen von der Bundestagswahl im September, bei der es die SPD schon wieder nicht geschafft hatte. Alles schlimm genug, aber es gab außerdem noch die schrecklichen Qualen, denen damals alle jungen Männer ausgesetzt waren, die versuchten, ihre Haare bis zur Schulter oder noch länger wachsen zu lassen. Jeder der anfangs lächerlich wenigen Jünglinge, die sich entschlossen hatten, künftig den Friseur zu meiden, sah sich von da an zu seiner Verwunderung mit ungeahnten Problemen konfrontiert und staunte nicht schlecht angesichts des Wirbels, den er mit der an sich harmlosen Friseurbesuchs-Verweigerung verursachte. Abgesehen davon, dass in den meisten Fällen die Väter von ihrem

Recht auf Kinderunterdrückung rücksichtslos Gebrauch machten, was aus den meisten Langhaarigen im drei- bis viermonatigen Rhythmus wieder Kurzhaarige werden ließ, erlebten die solchermaßen an ihrer Selbstverwirklichung Gehinderten in den kurzen Langhaarphasen verblüffende Offenbarungen aus den Reihen der Erwachsenen. Und ich, Kochlehrling im dritten Lehrjahr, und auf Grund meiner Unentbehrlichkeit als zweiter Koch in der Küche des Hotels in der Burg Staufenberg nur noch unter großen Anstrengungen zu einem Friseurbesuch zu bewegen, also mit relativ langen Haaren herumlaufend, spürte solche Erlebnisse zwangsläufig noch viel intensiver. Vor kurzem hatte mir ein drollig aussehender, etwas nachlässig gekleideter Greis zugezischt, Typen wie ich gehörten ins KZ. Da war ich total geplättet. Na, ich dachte, der Alte hat 'ne Macke, senil, scheiß drauf, ein Nazi-Fossil. Danach saß ich in einer Gießener Kneipe – Gießen ist meine Heimatstadt –, bestellte ein Bier und musste mich, bis ich das Glas geleert hatte, von ein paar Wichsern anpissen lassen, so in der Art von »na, Susi, hast du deine Tage?« und so ähnlich, nicht sehr originell, aber extrem aggressiv. Was lief hier ab? Wie war es möglich, dass die riesige Mehrheit der Erwachsenen auf Langhaarige männlichen Geschlechts so hasserfüllt reagierte? »Es ist eine kulturelle Auseinandersetzung«, meinte mein Freund Catcher. »Die langen Haare sind für die Alten gleichbedeutend mit schrecklicher Musik, Sozialismus, sexueller Freiheit und Aufmüpfigkeit, also Dingen, die ihnen in ihrer Jugend verwehrt worden sind. Sie wähnen dahinter wahlweise eine in Moskau angezettelte Zersetzungskampagne, das Virus der amerikanischen Dekadenz oder eine neuartige jüdische Unterwanderungsstrategie.«

Das leuchtete mir ein, ich ahnte, dass wir erst am Anfang einer spannenden Entwicklung standen und war neugierig auf das kommende Jahr, aber trotzdem dachte ich mit Vergnügen an die letzten zwölf Monate zurück. Mann oh Mann, was sich da alles ereignet hatte! Ich war endlich 18 geworden, schaffte inzwischen acht Flaschen Bier, ohne besoffen zu sein, hatte eine Menge großartiger Songs kennengelernt. Von morgens bis in die Nacht spielte die Jukebox in meinem Kopf *Satisfaction* von den Rolling Stones, *I'm Down* von den Beatles, *Like A Rolling Stone* von Bob Dylan, um nur drei Titel zu nennen. Überhaupt dieser Bob Dylan, ja?, von dem ich schon so viel gelesen hatte, die Ikone der Protestsänger, war für mich eine ebenso wichtige Entdeckung wie zwei Jahre zuvor die *Beatles*. Ich hatte mir die LP *Highway 61 Revisited* zugelegt und jedes einzelne Stück in mich aufgesogen – lebenswichtige Nahrung für mein Gehirn. Protestsongs waren zumindest bei Leuten meines Schlags ziemlich angesagt. Irgendeine Zeitschrift hatte sogar einen Protestsong-Wettbewerb ausgeschrieben. Es ging nur um einen Text in deutscher Sprache, nicht um die Musik – und ich brütete schon seit einiger Zeit vor einem leeren Blatt Papier, um einen ebenso wuchtigen Text wie den von *Eve Of Destruction* hinzukriegen.

Aber nicht heute, an Silvester. Heute standen ganz andere Sachen auf meiner Liste – so profane Sachen wie Party, Saufen und Ficken. Speziell die Sache mit dem Ficken war nämlich bisher alles andere als zufriedenstellend für mich verlaufen, obwohl ich mich keineswegs scheute, meine Paarungsbereitschaft bei jeder mehr oder weniger passenden Gelegenheit kundzutun. Vielleicht, dachte ich, klappt es ja in dieser Nacht. Die Chancen waren meiner Ansicht nach günstig wie nie, denn Bärbel Strauch, mit der ich ein-, zweimal rumgeknutscht hatte und deren Eltern momentan im Schwarzwald Urlaub machten, gab eine Party. Sie wohnte in Staufenberg, jenem Dorf bei Gießen, das von der gleichnamigen Burg überragt wurde, die jetzt ein Hotel beherbergte, in dem ich Koch lernte und ein Zimmer bewohnte, wenn auch nur im ehemaligen Gesindehaus, aber mit traumhaftem Blick auf das Lahntal und die Schienen, auf denen D-Züge in Richtung Hamburg, in Richtung München, auf jeden Fall weg von hier fuhren.

Am Abend holte mich Holli, der einen rostigen VW-Käfer besaß, in der Burg ab. Als ich einstieg, saßen schon Catcher und Eddie, an Bierflaschen nuckelnd, im Auto. Wir wollten nach Gießen fahren, um die ersten Stunden in einem Beatschuppen, dem *Scarabée*, zu verbringen, um dort gewissermaßen vorzuglühen und erst kurz vor Mitternacht auf der Party zu erscheinen. Das hielten wir für einen raffinierten Plan, da wir davon ausgingen, dann als freudig begrüßte Gäste sofort im Mittelpunkt zu stehen. »Oh, dufte, seid ihr doch noch gekommen«, würden nach unserer Einschätzung alle – und besonders laut Bärbel Strauch – rufen und begierig unsere Erlebnisse erfahren wollen.

Sibirische Kälte. Der jüngst gefallene Schnee glitzerte im Scheinwerferlicht, hier und da wurden Kracher gezündet, vor einigen Häusern lagen tote Weihnachtsbäume mit Resten von Lametta im braungewordenen Geäst.

Im *Scarabée*, einem Kellergewölbe, herrschte ein unglaubliches Gedränge, was einerseits Wärme und Nähe schaffte, andererseits ziemlich nervte, weil man nur unter Aufbietung des gesamten Durchsetzungsvermögens zum Tresen gelangte und deshalb sparsam mit dem Bier umgehen musste, wenn man nicht gleich mehrere Flaschen kaufte, was nicht ratsam war, da man stets damit rechnen musste, einen verdurstenden Bekannten zu treffen.

An der Musikauswahl gab es nichts auszusetzen: *Get Off Of My Cloud* von den Stones, *Hang On Sloopy* von den McCoys, *In The Midnight Hour* von Wilson Pickett. Allerdings war der Laden so voll, dass man beim besten Willen nicht tanzen konnte. Man konnte aber auch nicht umfallen, was es einigen, die bereits volltrunken waren, ermöglichte, weiterhin, wenn auch mental eingeschränkt, am Geschehen teilzunehmen. Einen Sitzplatz zu ergattern, lag außerhalb aller Möglichkeiten und war zumindest von mir auch gar nicht beabsichtigt, denn ich hatte kein Interesse daran, ständig den Arsch von irgendwem im Gesicht zu spüren.

Die vier Typen am Tresen kannte ich. Oberprimaner und an den Wochenenden Musiker. Aus drei Gründen freute ich mich, sie zu treffen: Sie waren eine der bekanntesten lokalen Beatbands, hatten letztes Jahr in einer Hamburger Kneipe gemeinsam mit Tony Sheridan Bier gesoffen, besaßen natürlich auch sein Autogramm, mit dem sie sich bei jeder Gelegenheit wichtig machten, und einer von ihnen schuldete mir zehn Mark. Sie lehnten mit den Rücken am Tresen, hatten die Ellbogen lässig aufgestützt, was ziemlich gut aussah, und ließen sich tatsächlich zu einer kurzen Unterhaltung mit uns herab. Anfangs hielten sie uns in ihrer Verblendung für Fans. Sie konnten natürlich nicht wissen und sich womöglich auch nicht vorstellen, dass wir – zumindest Catcher und ich – daran arbeiteten, selbst bewundert und von Fans wenn nicht verfolgt, so doch verehrt zu werden, möglichst von weiblichen Fans, obwohl das gar nicht so einfach war, da wir weder singen noch ein Instrument spielen konnten, nicht so lange Haare wie die vier Musikanten hatten und auch sonst keine herausragenden, auf Mädchen elektrisierend wirkenden Eigenschaften besaßen. Immerhin waren wir frei von Pickeln, im Gegensatz zum Leadsänger der Band.

Das Gespräch verlief schon wegen des hohen Geräuschpegels um uns herum und wegen des Gedränges eher oberflächlich, aber doch intensiv genug, um in einen Streit zu münden, der nichts mit den zehn Mark zu tun hatte, die ich nebenbei einforderte, sondern durch den damals häufigen Beatles-Rolling-Stones-Antagonismus angefacht wurde. Normalerweise lachte ich nur höhnisch, wenn jemand behauptete, die Stones seien den Beatles haushoch überlegen, weil ich ja wusste, dass das Blödsinn war, aber diesmal versetzte mich diese Äußerung in Rage. Warum, weiß ich nicht mehr. Vielleicht reizte mich die herablassende Art der vier Freizeitmusiker. Oder ich war neidisch auf ihre richtig langen Haare. Womöglich brachte mich die Erkenntnis, dass ich meinen Zehner vergessen konnte, in Wallung. Auf jeden Fall blähte ich mich gewaltig auf, beleidigte die gesamte Band, so gut ich konnte – und zehn Minuten später standen wir alle kampfbereit auf der Straße. Ich bereute bereits, die Aufforderung, vor die Tür zu gehen, nicht, versöhnlich lachend, zurückgewiesen zu haben. Die Vorstellung, bei dieser Scheißkälte mit aufgeplatzter Oberlippe im Dreck zu landen, beunruhigte mich schon deshalb, weil ich in den vergangenen zwölf Monaten mehrmals, mit Platzwunden versehen, im Dreck gelandet war, wenn auch bei angenehmeren Temperaturen. Aber vielleicht, hoffte ich, gibt's auch nur ein lustloses Wortgeplänkel, und dann verziehen sich alle wieder ins Warme.

Kurz darauf fuhren wir mürrisch zurück nach Staufenberg. Ich drückte ein Taschentuch auf die blutende Stelle über dem Auge, Eddie hielt ein Taschentuch unter seine Nase, Catcher befühlte das Horn an seiner Stirn. Holli hatte nichts abgekriegt, hütete sich jedoch, darüber groß zu reden, was wir vernünftig fanden, denn Holli hatte sich während der zweiminütigen Schlacht nicht gerade mit Ruhm bekleckert. Wir hatten Durst und schlechte Laune. Heute würden wir uns besaufen. So viel stand fest.

Obwohl wir zwei Stunden früher als geplant auf der Party erschienen, standen wir gleich im Mittelpunkt, wenn auch nicht aufgrund einer etwaigen, von uns ausgehenden Faszination, sondern wegen unserer Wunden, die offenbar leuchteten und blinkten wie Verkehrsampeln. Ich hatte das Gefühl, jeder, der mich ansah, interessiere sich nicht für mich, die einmalige Person, den zukünftigen deutschen Protestsong-König, sondern nur für die blutverkrustete Augenbraue. Selbst Bärbel Strauch, die ich ja flachlegen wollte, sah in mir nur einen Haufen Körperzellen mit blutverkrusteter Augenbraue. Wie viele Leute? Fast vierzig. Die meisten kannte ich nicht, aber mir gefiel die Stimmung. Es herrschte eine entspannte Atmosphäre, auch wenn alle die Verantwortung spürten, die auf Bärbel lag, deren Eltern zum ersten Mal ohne sie, aber dafür mit erheblichen Bedenken in den Schwarzwald gefahren waren. Man konnte die Last der Verantwortung auf Bärbels Schultern geradezu sehen. Ihre Miene sagte hin und wieder, dass ihr eine Party mit fünf engen Freunden weniger Sorgen bereitet hätte. Ich beruhigte sie: »Es wird keine größeren Schäden geben.« Mit fester Stimme. Und schon während ich diesen Satz aussprach, ahnte ich, wie substanzlos dieses

Versprechen war. Mit einem einzigen Satz kann man seinen Ruf komplett vernichten. Immerhin galt ich – von meinen Eltern, meinen früheren Lehrern und dem Küchenchef abgesehen – als gedankenschwerer, tiefsinniger Mensch. Bärbel hatte allerdings genau diesen Satz hören wollen, obwohl sie normalerweise intelligent und aufgeweckt war. Sie hatte mir Gedichte von Gottfried Benn vorgelesen, mit mir über die Bombardierung der vietnamesischen Städte geredet und mich aufhorchen lassen mit ihrer Klage über den Hausarzt, der ihr die Pille verweigert habe. Nun strich sie zärtlich mit ihrer Hand über meine Wange und fragte fürsorglich: »Soll ich dir das Blut abwaschen?«

»Oh ja!«, jubelte ich. Plötzlich hielt ich die Wunde für eine glückliche Fügung des Schicksals und hätte am liebsten noch ein paar weitere und vor allem eindrucksvollere Schrammen oder besser noch tiefe Schnitte, eine Schusswunde oder so was gehabt, vielleicht hätte ich auf Krücken, mit nur noch einem Bein, ankommen …, ach, nein, zu viel des Guten. Ich war auch so der blutende, vom Schlachtfeld heimgekehrte Ritter in den Armen der Königstochter, und wie es aussah, würde sie noch heute Nacht die meine werden.

Im Moment lief *Dizzy Miss Lizzy* von den Beatles, die meisten Leute tanzten, und der zweihundert Jahre alte Fußboden zitterte, während Bärbel im Bad einen Waschlappen auf meine Braue tupfte, sehr fürsorglich, ganz sanft, so mütterlich-bestimmt. Anschließend küssten wir uns, wenn auch zaghaft und nervös. Sie drängte, beherrscht von der Angst vor Brandlöchern und Scherben, hinaus zu den anderen, vergaß jedoch nicht, mir noch einen schmachtenden Blick zu schenken.

Okay, sagte ich zu mir, das Ding ist geritzt. Mit einem großen Glas Weinbrand-Cola gesellte ich mich zu einer Diskussionsrunde, die sich mit der Bundestagswahl im September beschäftigte. Jeder der Anwesenden hatte damals auf den Sieg Willy Brandts gehofft, und nun, über drei Monate danach, herrschte immer noch Ratlosigkeit. Ich gab ein paar kluge Sätze von mir, erntete zustimmendes Nicken, und je mehr ich trank, desto brillanter wurde meine Rhetorik, selbst mein Aufruf zur Revolution hier und jetzt kam bei einigen gut an. Ich war sehr zufrieden mit mir, füllte hin und wieder mein Glas, legte ein paarmal Platten auf, wanderte durch die Wohnung; wenn langsame Stücke wie *You've Lost That Lovin' Feelin'* von den Righteous Brothers oder *Colours* von Donovan liefen, tanzte ich eng umschlungen mit Bärbel, wir knutschten ausgiebig, und ich konnte es kaum erwarten, mit ihr allein zu sein, sie nackt zu sehen und – na ja.

Irgendwann, während ich einigen Leuten ausschweifend erzählte, dass ich im Frühjahr, nach Beendigung meiner Lehre, den bereits gekauften Seesack packen würde, um durch Europa zu trampen, stellte ich bei mir die ersten Anzeichen starker Betrunkenheit fest. Schlampige Aussprache, unkontrollierte Gestik, Verlust des Schamgefühls und so weiter. Mir fiel natürlich auf, dass keine Sau über meine schweinischen Witze lachte, die ich von einem Aushilfskellner gehört und gut gefunden hatte. Mir fiel auch auf, dass Bärbels Augen, anfangs besorgt beobachtend, mittlerweile kühl oder gar eiskalt wirkten. Ich fragte mich, ob ich daraus irgendwelche Schlüsse ziehen könne oder sogar müsse, blieb mir allerdings die Antwort schuldig, wegen des stockenden Denkprozesses. Von nun an, sagte ich mir, einsichtig geworden, spielst du einfach prophylaktisch den Nüchternen – wird ja wohl nicht so schwer sein.

Um Mitternacht versammelten sich einige Leute auf der Straße, um dem meiner Ansicht nach kindischen Bedürfnis nachzugeben und Feuerwerkskörper anzuzünden. Bärbel ließ sich von mir ohne bemerkenswerte Anteilnahme küssen. »Ein neues Jahr«, lallte ich. »Soeben wurde das Tor zu einem neuen, wahrscheinlich phantastischen Jahr aufgestoßen, Bärbel, vielleicht zu unserem Jahr, Bärbel, alles ist möglich, wir leben in einer großartigen Zeit.«

Sie nickte, nicht ganz bei der Sache und wohl auch nicht völlig überzeugt, schraubte sich aus meiner Umarmung und eilte zu einer Bierlache, um sie aufzuwischen. Sie ist ziemlich angespannt, stellte ich fest. Na ja, gleich, irgendwann, wenn die Gäste weg sind …

»We've got to get out of this place …!«, sangen die Animals, und ich grölte begeistert mit, brannte dabei mit der Zigarette ein Loch in die Gardine. Scheiße. Aber kaltblütig löschte ich den Schwelbrand, indem ich Weinbrand-Cola darauf kippte. Allerdings stolperte ich dabei und riss den Couchtisch um. Danach war ich eine halbe Stunde damit beschäftigt, zerbrochenes Glas, Salzgebäck und den Inhalt mehrerer Aschenbecher vom Fußboden aufzulesen, wenn auch sehr oberflächlich, aber ich fand es dennoch entwürdigend, eine halbe Stunde auf den Knien herumrutschend zu verbringen. Vermutlich begrub ich zu diesem Zeitpunkt die Hoffnung auf Sex in Bärbels Bett, denn ich füllte mein Glas erneut mit einer strammen Mischung.

Holli knutschte mit einem drallen, mir unbekannten Mädchen, und ich dachte noch, schau an, der gute alte Holli, hat sich richtig was zum Festhalten ausgesucht. Catcher verabschiedete sich mit düsterer Miene. Ich wusste, dass er den ganzen Abend an Rache für die erlittene Schmach vor dem *Scarabée* gedacht hatte und sich vermutlich gleich in seinem Zimmer einen schrecklichen Plan zur Vernichtung dieser – Originalton Catcher – »Schrammelkapelle« ausdenken würde.

Tired Of Waiting For You von den Kinks. Das Stück hatte Bärbel, mit einem vielsagenden Blick in meine Richtung, aufgelegt. Dann umarmte sie Eddie, dann küsste sie ihn, was ihm sichtlich peinlich, wenn auch nicht gerade unangenehm war. Er grinste mich fragend an, ich zuckte die Achseln. Es war mir mittlerweile scheißegal, wie er das deuten würde. Sie rieben sich aneinander. Ich dachte, hey, das geht ja … Bald darauf verschwanden sie im Schlafzimmer. Ich überlegte minutenlang, ob ich ihnen folgen sollte, um sie richtig zur Sau zu machen und Eddie die Freundschaft zu kündigen, aber das war alles mit großem Energieaufwand verbunden und ohnehin sinnlos, weil die ganze Welt sowieso ein einziges Jauchefass war, was ich nicht nur täglich den Zeitungen entnehmen konnte, sondern selbst erfahren musste, auf dieser Party, unter Gleichgesinnten. Was hieß schon Gleichgesinnten? Niemand war in der Lage, mich zu verstehen. Wer hatte schon den 18-jährigen Wolfgang Borchert verstanden, den jungen Arthur Rimbaud, den pubertierenden Franz Kafka? Mir wurde mit einem Mal klar, dass ich ein stolzes, hoch aufragendes Gewächs auf kargem, kaltem, nur von Flechten und Moosen bedeckten Boden war. Der Protestsong! Ich beschloss, mein Zimmer im Gesindehaus der Burg Staufenberg aufzusuchen, um den ultimativen Protestsong zu schreiben, eine Flut von wuchtigen Anklagen, natürlich ungemein lyrisch, assoziativ wie die Texte von Bob Dylan, düster wie William S. Burroughs, sehnsüchtig wie Rilke. Wieso Rilke? Scheiß auf Rilke. Abgesehen von der Schönheit seiner Sätze trieft das Zeug aus allen Strophen von faulendem Schleim aus Katholizismus und Erlösungssehnsucht. Nicht meine Welt. Ich sah ihre harten Kanten, wusste um ihre Verlorenheit.

Die meisten Gäste waren schon gegangen. Somit hatte ich ein freies Blickfeld und erkannte selbst in betrunkenem Zustand, dass die Wohnung einen sehr unordentlichen, wenn nicht sogar verheerenden Anblick bot. Sie sah aus wie ein Schlachtfeld. Merkwürdigerweise schien sich Bärbel damit abgefunden zu haben. So gut kannte ich sie ja nicht. Womöglich existierte in ihrem Unterbewusstsein ein anarchistisches Potential, das heute, zum Jahreswechsel, an die Oberfläche gedrungen war, ein revolutionäres Element: die Verwüstung der elterlichen Wohnung als Hinweis auf die Leiden der Vietnamesen. War mir aber, offen gesagt, scheißegal.

Eine Stunde oder vielleicht auch zwei blieb ich noch, mit einem Ohr den Geräuschen aus dem Schlafzimmer lauschend, mit dem anderen Ohr den Bericht eines Mädchens, das in Swinging London gewesen war, aufnehmend. Ich mischte mich ein und sagte, nach London wolle ich auch unbedingt, ganz klar, Ehrensache, und nannte all die anderen Städte, etwa zweihundert, die ich nach meiner Lehre besuchen würde. Meine Zigarette fiel auf den Teppich, verursachte jedoch nur einen kleinen Brandfleck, da ich mich blitzschnell und geschmeidig nach ihr bückte.

»Ey, leg dich doch auf das Sofa und versuch zu schlafen«, riet mir Holli, der sich, einen Arm um das dralle Mädchen gelegt, verabschiedete.

Ich glotzte ihn verständnislos und mit einer Spur von Missgunst an. »Wieso soll ich mich auf das Sofa legen und schlafen? Leg du dich doch auf das Sofa und schlaf.« Ich hätte jetzt auch gern das dralle Mädchen im Arm gehabt. Holli wohnte zwar noch bei seinen Eltern, hatte aber einen eigenen Eingang und würde wahrscheinlich seine neue Freundin mitnehmen, um mit ihr all die Sachen zu machen, die mir vom Schicksal hartnäckig verwehrt wurden.

»Du bist besoffen«, brummte Holli nur. Das fand ich als Begründung armselig, was ich ihm natürlich mit schneidender Stimme entgegenhielt. Außerdem fiel mir wieder ein, wie halbherzig er sich an dem Kampf vorm *Scarabée* beteiligt hatte, und schrie ihm noch zehn oder zwanzig Beleidigungen hinterher.

Da der Schnee jetzt gefroren war, brauchte ich für den Heimweg eine halbe Ewigkeit. Mein Zimmer empfing mich eiskalt. Was blieb mir anderes übrig, als den Ölofen vollzutanken und anzuschmeißen. Viel Arbeit für diese Tageszeit, meine ohnehin miese Laune wuchs dabei zu einer riesigen Wolke aus Weltschmerz und Wut. Gute Basis für einen knallharten Text, überlegte ich pragmatisch, öffnete die mitgenommene Rotweinflasche, legte die LP *Highway 61 Revisited* auf den Plattenteller, führte den Tonarm vorsichtig zum Anfang von *Desolation Row*, dann ließ ich ihn doch an der falschen Stelle runter, wollte ihn wieder hochheben, bekam dabei einen Schluckauf, die Nadel kratzte durch das Vinyl wie eine Pflugschar. Mit bloßem Auge konnte ich erkennen, dass *Desolation Row* von mir vernichtet worden war. Noch schlimmer kann es heute nicht kommen, dachte ich traurig. Doch aus diesem schrecklichen Erlebnis keimte umgehend die Hoffnung, alle Schicksalsschläge dieser Nacht würden meine Seele öffnen, die Kreativität beflügeln, denn das Leiden gehörte ja zum Künstler und seinem Schaffen, war ja quasi der Brennstoff. Ich nahm, von einem Energieschwall angetrieben, einen großzügigen Schluck Rotwein aus dem einzigen Glas, das ich besaß, einem schlanken Bierglas, in dem sich, wie ich zu spät bemerkte, noch ein Rest schalen Biers befunden hatte, setzte mich an den Tisch, schmiegte meine Finger um den Kugelschreiber – vor mir lag das aufgeschlagene Heft, die blanken Seiten sahen verlockend aus.

Ich brauchte gar nicht lange zu überlegen, es war phantastisch: Als hätte ich einen Damm gesprengt, sprudelten, rauschten die Ideen heran, formten sich zu Sätzen, Reimen – und ich schrieb den Text in einem Rutsch zu Ende. Unglaublich lyrisch, filigran und dennoch hart, schonungslos, manchmal sehnsüchtig süß, zum Teil dreckig wie Großstadt-Blues. Prima! Vollkommen!

Triumphierend und gleichzeitig gerührt las ich das Stück noch einmal. Und noch einmal. Ich liebte mich. Alle Hoffnung, die ich in mich gesetzt hatte, war mit diesem Gedicht erfüllt worden. Der neue Rimbaud, der deutsche Bob Dylan und so weiter. Vor allem fühlte ich mich nun rechtschaffen müde. Der Text hatte meine ganze Energie in sich aufgenommen, und so sollte es ja auch sein. Wo stand mein Bett? Ach, da drüben, wo es immer stand, Gott sei Dank. Auf der Bettkante sitzend, entledigte ich mich zufrieden meiner Kleider, warf die Schuhe von mir, warf das Hemd von mir, und das Hemd landete auf dem Tisch und riss – was mir entging – mein einziges Glas um, der Rotwein ergoss sich, um das Maß vollzumachen, über den Text …

Na ja, als ich gegen Mittag erwachte, war von dem Text außer ein paar vereinsamt und ihres Sinnes beraubt herumstehenden Buchstaben nichts mehr vorhanden. Er war untergegangen in einer rotbraunen Masse. In meinem verkaterten Gehirn herrschte das Chaos. Sogar den Inhalt des Textes hatte ich komplett vergessen. Dunkle Traurigkeit umhüllte mich, als ich kapierte, dass der beste Protestsong aller Zeiten für immer verschwunden war. Sollte ich mich für meine Nachlässigkeit verachten? Oder weiterhin stolz auf mein Werk, den besten Protestsong aller Zeiten, sein. Denn es hatte ihn ja gegeben. Ich erinnerte mich genau an die Verzückung, in die ich beim Lesen geraten war. Ich liebte mich immer noch, wusste aber auch, dass ich ein ernstes Wörtchen mit mir zu reden hatte.

Eine Bullenhitze. Der Ofen wummerte vor sich hin, Ölgeruch lag in der Luft. Mit faultierhaften Bewegungen schälte ich mich aus der Decke, stellte die Flamme klein, öffnete das Fenster, kroch wieder ins Bett und beschloss, bis zum Frühjahr darin zu bleiben.

Urlaub, ganz locker

»Echt wie im Traum, Alter, weißt du, so spacemäßig, voll der Trip, ey.« Lupo kann es noch immer nicht fassen, leibhaftig in dieser exotischen Gegend zu sein, stolziert immer wieder mit mondbleichen dürren Beinen, die wie abgenagte Knochen aus den Bermudashorts ragen, über das Hotelgelände, setzt sich ab und zu, glücklich wie ein beschenktes Kind, an den Strand, lässt den Sand zwischen den Fingern auf seine Knie rieseln oder wirft flache Kieselsteine aufs türkisfarbene Wasser und freut sich, wenn sie mehrere Male hüpfen, bevor sie versinken, zeigt beim Lachen das kariöse Gebiss und bedankt sich so oft, dass es Konrad allmählich peinlich wird.

Angenehmes Resort, malerisch an einem endlos langen Strand gelegen, Palmen, komfortable Bungalows, akzeptable Küche, gute Drinks und vor allem Songs aus der Zeit, als Lupo und Konrad noch jung genug waren, um die Gedanken an Krankheit, Tod und Verwesung erfolgreich verdrängen zu können, was den angenehmen Nebeneffekt hat, dass hier fast ausschließlich zur Musik passende Gäste logieren. Die meisten von ihnen sind alt genug, um die Woodstock-Zeit mit intensiven persönlichen Erfahrungen zu verbinden. An der Theke gibt es Gras aus Thailand und Laos pur oder in Keksen, die obendrein gut schmecken und schon deshalb gefährlich sind.

»In nicht allzu ferner Zeit«, hat einer der Manager, sympathischerweise seinen beruflichen Interessen zuwiderhandelnd, mit einem Anflug von Traurigkeit gesagt, »wird es eine Landebahn für die großen Düsenflugzeuge geben. Dann wird Phu Quoc Island seinen Charme verlieren, und Leute wie ihr werden sich eine andere unberührte Insel suchen.«

Ungewollt hat er damit natürlich seine Gäste kritisiert, aber jeder, der einigermaßen durchblickt, erkennt den Wahrheitsgehalt dieser Aussage. Es ist schon früher so gewesen, dass die Beatniks und Hippies sich in vieler Hinsicht als Vorreiter, Trendsetter, Avantgarde erwiesen haben. Mode, Musik, Malerei, Literatur, Marokko, Goa, Ibiza, Ko Samui. Und nach ihnen sind die anderen gekommen, haben versucht, durch die Augen der Beatniks und Hippies zu sehen, was naturgemäß unmöglich gewesen ist, haben nun, an diesen ehemals magischen Orten, ihre ganze Oberflächlichkeit und ihr Konsumbewusstsein abgeladen, viel Geld dorthin gespült und, natürlich ungewollt, aber zwangsläufig, die Gehirne der Einheimischen vergiftet. Typische Kollateralschäden des globalen Tourismus.

Aber wie auch immer – noch, im Jahr 2005, gilt die kleine, westlich des Mekong-Deltas gelegene Insel als Geheimtip. Man kann sie lediglich per Schiff oder mit einem Propellerflugzeug von Saigon aus erreichen. Die wenigen Autos lassen jeden vom Verkehrsinfarkt und Motorenlärm gezeichneten Westler bewegt aufseufzen, die Straßen sind ungeteert, rote dirt roads, die überwiegend durch Waldgebiete führen.

Konrad bezahlt alles – Flug in der Business Class, Hotel, Kost, Getränke und so weiter. Selbst Lupos Freizeitkleidung hat er bezahlt, denn sein Freund ist seit jeher zumindest nach europäischen Maßstäben ein armer Hund. Die beiden kennen sich schon eine Ewigkeit – wenn man davon ausgeht, dass die Woodstock-Zeit eine Ewigkeit her ist. Früher trugen sie schulterlange Haare und die dazu passenden Klamotten, experimentierten bis zum Abwinken mit Drogen aller Art, wohnten sogar mal zusammen mit anderen Chaoten in einer Kommune. Doch das war nur von kurzer Dauer, weil einer der Kommunarden im Suff die Wohnung unter Wasser setzte, was vermutlich die Freundschaft zwischen Lupo und Konrad rettete, denn zu diesem Zeitpunkt war bereits klar, dass Lupo, der eigentlich Peter heißt, die nötigen Voraussetzungen für das Zusammenleben mit anderen Menschen fehlen. Während sich für Lupo der Sinn seines Daseins darin erschöpfte, stoned und besoffen am Tresen zu stehen und Scheiße zu labern, oder auf seiner Matratze zu liegen und Musik zu hören oder fernzusehen, krempelte Konrad nach einer ausgedehnten Indienreise die Ärmel hoch, um seine anfangs zart knospenden und dann auf einmal wie Unkraut wuchernden Existenzängste durch Geldverdienen auf ein erträgliches Maß zu stutzen. Er hatte sich alles genau überlegt, und sein Plan funktionierte. Es war so einfach, seine Variante des seit Jahrtausenden von risikofreudigen Händlern betriebenen Im- und Exportgeschäfts. Er kaufte einen alten Bundeswehr-LKW, belud ihn mit Secondhand-Klamotten, die er zentnerweise aufkaufte oder umsonst bekam, weil die Menschen in der westlichen Überflussgesellschaft einfach Platz für neue Klamotten brauchten; in Afghanistan waren die Händler scharf auf die gebrauchten Jeans, Pullover, Jacken, Mäntel und Schuhe. Wenn er alles verkauft hatte, packte er den Laster mit afghanischen Westen, Jacken, Hemden, Kaftans, Wasserpfeifen und all dem anderen in

Europa begehrten Kram bis zum Limit voll und bot die exotischen Waren in einem bunt bemalten Laden in Hamburg-St. Georg an. Das Zeug ging weg wie geschnitten Brot. Danach machte er sich noch einige Male auf den beschwerlichen langen Weg nach Osten und verband seine Abenteuerlust mit dem Geschäft. Als die Nachfrage nach Orient-Artikeln allmählich einschlief – genau zu dem Zeitpunkt, als es gefährlich wurde, durch den Iran und Afghanistan zu fahren –, hatte er wieder den richtigen Riecher, eröffnete eine der ersten Videotheken, und kurz darauf verkaufte er Futons, dann die dazu passenden Unterlagen aus edlen Hölzern, die Bettwäsche, andere japanische Möbel, entsprechendes Geschirr, alles im Trend und für betuchte Kunden. Vor einigen Jahren verwandelte er ein heruntergekommenes Haus in Altona in ein kühl gestyltes Hotel für junge Leute. Viel Arbeit, 'ne Menge Stress, ganz klar, und manchmal möchte er alles hinschmeißen und so leben wie früher. Macht er natürlich nicht, weil es ein geiles Gefühl ist, das Vermögen wachsen zu sehen – ein verdammt geiles Gefühl. Vor einigen Monaten ging es ihm ziemlich dreckig – wegen der Scheidung. Aber er hat sich von den miesen Gefühlen nicht unterkriegen lassen. Jetzt fühlt er sich wieder okay – zumindest einigermaßen gut, blickt wieder nach vorn, hat ja auch reichlich zu tun.

Lupo, na ja, hat sich nicht groß verändert. Immer noch die alte Lederjacke, Jeans, Stiefel; die stark gelichtete, mittlerweile ergraute Matte hängt, zu einem dünnen Pferdeschwanz gebündelt, traurig von seinem Hinterkopf. Aus Hamburg ist er nie rausgekommen. Hartz-IV-Empfänger, klar. Konrad schiebt ihm öfter Jobs zu, einfache Sachen, im Lager, im Hotel, bezahlt gut, steckt ihm auch manchmal einen Schein in die Tasche, aus Freundschaft. Vier-, fünfmal im Jahr treffen sich die beiden in einer der 70er-Jahre-Kneipen, die relativ unverändert überlebt haben, ziehen sich auf dem Klo fette Kokslinien in die Nase, trinken wohlig erschauernd so altmodische Sachen wie Bacardi-Cola und quatschen stundenlang über die alten Zeiten. Zu Konrads engstem Freundeskreis gehört Lupo allerdings nicht. Er wird nicht zu den Partys oder in Restaurants eingeladen, geht nicht mit in die Sauna oder gar zum Tennisspielen. Dazu ist er nun doch nicht repräsentativ genug. In Konrads Eigentumswohnung in Winterhude war er dreimal kurz, auf einen Espresso, um etwas abzuholen, musste vorher die Schuhe ausziehen, und fühlte sich in diesem erlesenen Interieur so unsicher wie ein Blinder im Porzellanladen, fehl am Platz wie ein Igel unter Kuscheltieren. Es gibt dort auch keinen, der seinen Berichten – von Saufabenden mit Steve Marriott von den Small Faces, mit den Roadies von Vanilla Fudge oder mit von ihren Idolen verschmähten, an ihrer Daseinsberechtigung zweifelnden und in diesem Zustand leicht flachzulegenden Groupies – mehr als ein blasiertes Lächeln schenkte. Wenn er sich allein mit Konrad trifft, ist die Tapsigkeit, mit der er sich durchs Leben schleppt, der er eine Menge Ärger und komische Erlebnisse verdankt, alles andere als störend, denn sie gefällt dem zu Geld gekommenen Freund, und Lupo, der das weiß, hat nichts dagegen, den Clown zu spielen, ja er blüht auf, wenn Konrad amüsiert über ihn lacht, bemüht sich ständig, ihm zumindest ein Schmunzeln zu entlocken und fühlt sich durch das Lachen belohnt. Manchmal arrangiert er sogar Szenen, die seine Ungeschicklichkeit manifestieren, in der Hoffnung auf ein Lachen, auf eine fröhliche Miene im Gesicht seines cleveren Freundes. So pisst er sich in dessen Beisein auf dem Kneipenklo scheinbar schusselig auf die Stiefel, lässt die Asche seiner Zigarette ins Bierglas fallen, kriegt einen Schluckauf, wenn er gerade trinken will und verschüttet so sein Getränk – Clownsnummern, nicht originell, aber gut für einen Lacher.

Zwei Wochen Vietnam. Zum ersten Mal blitzte die Idee kurz nach der Scheidung durch Konrads Kopf. Danach beherrschten ihn wieder die schwarzen, von Verlust und Kränkung geprägten Gedanken. Ihm war klar, dass er sich psychisch in einem dunklen, tiefen Tal befand. Mit dieser Frau, die ihm eines Tages sagte, sie könne es nicht länger ertragen, mit einer Geldzählmaschine verheiratet zu sein, hatte er 35 Jahre seines Lebens verbracht, mit dieser klugen, warmherzigen Frau, die nicht bereit war, ihre moralischen Grundsätze den Gesetzen des knallharten Unternehmertums anzugleichen. Die Aufteilung des Vermögens ging ohne Peinlichkeiten über die Bühne. Klara hatte jeden Cent verdient, Konrad war immer noch wohlhabend, keiner der beiden war jemals gierig gewesen. Dann folgte die Phase der Leere. Tatsächlich: Mit einem Mal leerte sich Konrads Leben. Der Inhalt seines Lebens floss einfach ab wie das Badewasser nach dem Öffnen des Abflusses. Ihn verfolgte die Vorstellung von einem sich bis in alle Ewigkeit ausdehnenden Universum, in dem irgendwann alle Sterne erloschen sein würden, in dem es dann keinen Ort der Wärme mehr gäbe. Von morgens bis zum Einschlafen fehlte ihm etwas, das den Tagen Substanz verlieh. Obwohl es ihm auch als 60-Jährigem nicht schwer fiel, mit Frauen zur Sache zu kommen, wähnte er sich in einer Blase, abgeschirmt von Zuneigung, ummantelt von Einsamkeit.

Als er Lupo in eine Kneipe bestellte – Lupo war immer verfügbar, wenn man ihn in einer Kneipe sehen wollte –, erschien die Vietnam-Idee erneut. Aber diesmal war es kein Blitz, sondern, wie eine Dia-Projektion, ein sekundenlanges Bild. Zwei Wochen Vietnam. Etwa mit Lupo? Genau – mit Lupo. Konrad wusste nicht genau, warum er dieses ausgezehrte Knochengerüst dabeihaben wollte. Hatte er tatsächlich die Absicht, zwei Wochen lang nur über alte Zeiten zu reden? War es vielleicht so etwas wie ein schlechtes Gewissen, oder gar der Wunsch, sich am Staunen, am Glücksgefühl des Freundes zu erfreuen, gewissermaßen dessen Ergriffenheit zu genießen? Schon möglich. Konrad kennt sich gut genug, um zu wissen, dass er auch bei scheinbar altruistischen Handlungen sein eigenes Wohlbefinden im Auge hat. Es würde ihm gefallen, dem einfach gestrickten Schnarcher zu zeigen, wie man sich auf der teureren Ebene der Welt bewegt, ihm seine, Konrads, Weltläufigkeit, Lässigkeit und, natürlich, Großzügigkeit zu demonstrieren.

Anfangs fand er Lupos Naivität, seine Ungeschicklichkeit und sein permanentes Erschauern ganz amüsant und sogar rührend. Zum Beispiel die Sache mit den Klamotten. Lupo, in Jeans, Lederjacke und Boots, kämpfte zwei Tage gegen die Hitze, bis er endlich seinen bleichen, von den ersten Altersflecken gezeichneten Körper aus dem Kneipen-Kampfanzug schälte, in die neue, von Konrad gekaufte Freizeitkleidung stieg – weites T-Shirt, Bermudas, Sandalen – und sich sehr schnell darin wohlfühlte. Neue Badehose, neue Sonnenbrille, alles vom Feinsten. Lupo rauchte schon zum Frühstück den ersten Joint, kannte bald jeden in der Anlage, quatschte jeden voll, der ihm in die Quere kam und fand alles geil. In dieser Welt hatte er sich nie zuvor bewegt.

Ein Resort für 68er. Das ist natürlich ein weiterer Kick, den Konrad ebenso wie Lupo und all die anderen Gäste verspürt. Amerikaner, Australier, Briten, Deutsche, Franzosen. Von den Amerikanern hatten einige damals im Mekong-Delta gekämpft, andere waren zur selben Zeit in Chicago und Washington DC auf die Straße gegangen, um gegen diesen Krieg zu demonstrieren. Die Vietnam-Veteranen in diesem Resort gehören nicht zu den Cowboys, die es richtig fanden, in Südostasien amerikanische Interessen durchzusetzen. Sie waren Wehrpflichtige, die zumindest damals überhaupt nicht verstanden, welche Rolle ihnen in den Strategiespielen der Politiker zugedacht war, die aber bald erkannten, dass ihre Anwesenheit von der Bevölkerung dummerweise mit Tod und Verwüstung in Verbindung gebracht wurde. Nein, es gibt kein Harmonie-Defizit, alle sind sich zumindest oberflächlich einig. Man fühlt sich sofort an *Hotel California* erinnert. Und dieses Stück wird natürlich, wie auch *San Francisco*, *Born To Be Wild* und *Riders On The Storm,* sehr häufig, wenn nicht gar jeden Tag mehrmals gespielt, und überhaupt haben die meisten hier seit Jahren oder Jahrzehnten nicht mehr so intensiv die alte Musik empfunden, das alte geile Feeling in den Körperzellen gespürt, dieses Prickeln, wenn John Lennon singt, »All we are saying is – give peace a chance!«, verwundert die Gänsehaut registriert, wenn Jim Morrison »There's danger on the edge of town« singt und dabei noch immer so authentisch klingt wie damals.

»Wenn dieser Ort auch kein Jungbrunnen ist«, sagt Konrad, »so aktiviert er jedenfalls die angenehmsten Emotionen. Dieses Love-and-Peace-Feeling, wie naiv auch immer, hat nicht nur uns, sondern auch das öffentliche Bewusstsein verändert. Irgendwann war es in Deutschland nicht mehr möglich, auf politischer und gesellschaftlicher Bühne mit dem Ritterkreuz geschmückt herumzulaufen.«

»Das kannst du laut sagen.« Lupo nickt beipflichtend, mit ernster Miene. Er fühlt sich ernstgenommen und glaubt, bei solchen Gesprächen gehöre eine ernste Miene einfach dazu.

Im Moment sitzen sie in Rattansesseln auf der Veranda ihres Bungalows, mit Drinks, Zigaretten und einem Joint bewaffnet, starren versunken auf das Farbenspiel des Sonnenuntergangs, ein paar Schönwetterwölkchen, vom schwindenden Sonnenlicht rosa angestrahlt, segeln schwerelos hoch oben und verstärken den Breitwandfilm-Eindruck.

»Wie im Paradies, Alter. Hier musst du dir 'ne richtig fette Hütte kaufen.«

»Ich gehöre nicht hierher.«

»Wieso nicht, hä? Das ist doch Freak Island hier.«

»Ich bin, wie du wissen solltest, schon lange kein Freak mehr.«

»Dann zieh doch so ein Resort auf. Ich manage den Laden. Vorher bespiele ich etwa hundert CDs mit der geilsten Musik von damals, dann mach ich hier den Tresen und so. Kann ich doch alles. Weißt du ja.«

»Das wäre so, als würde ich mein Geld ins Klo kippen und runterspülen.«

»Das war jetzt echt gemein von dir.« Lupo zieht eine Schnute, was Konrad ziemlich kalt lässt. Nach den ersten Tagen und mindestens 30 Stunden unermüdlichen Kramens in der Vergangenheit passiert es nun häufiger, dass Konrads Höflichkeit einem von Missmut genährten Sarkasmus weicht, in dem ab und zu so etwas wie Herablassung aufblitzt. Doch als die Farben immer intensiver werden und die Nacht sich in den Wipfeln der Palmen auszubreiten beginnt, hat

Lupo das Gekränktsein bereits abgeschüttelt – auch aus pragmatischen Gründen, selbstverständlich, gelernt ist gelernt, aber vor allem weil es in seinem Wesen liegt, zumal wenn er stoned ist, die Dinge von der angenehmen Seite zu betrachten. »Wenn man einfach so wie diese Wölkchen da oben herumziehen könnte!«, seufzt er. »Vielleicht sind die Wolken die Seelen der Verstorbenen – und die eine da, die dicke in der Mitte, ist vielleicht meine Mutter, die mich beobachtet, wie ich hier cool auf der Veranda sitze, voll stoned an einem geilen Drink lutsche und an sie denke. Wär doch geil, oder? Sag mal, Alter, wär doch voll abgefahren, oder?«

Konrad antwortet nicht, und Lupo, nach einem kräftigen Schluck, quasselt weiter: »Alter, denk mal, du könntest nach deinem Tod ganz cool und voll relaxed überall hinsegeln, dir alles ansehen, worauf du Bock hast, ey. Durch Dächer und Wände kannst du natürlich hindurchsehen, kannst dir von da oben alle neuen Kinofilme reinziehen. Und wenn du Bock auf schöne Bilder hast – zack! –, glotzt du in die Hamburger Kunsthalle. Oder wenn du Tiere geil findest, guckst du durch die Erde in einen Fuchsbau oder so. Wär doch geil, oder? Dann hätte alles einen Sinn, und unsere Existenz wäre nicht auf die lächerlich kurze Lebenszeit beschränkt.«

In Konrads Grinsen zuckt Bosheit. »Es wäre sicher klasse und voll in deinem Interesse, wenn deine Mutter an deinem Fenster vorbeischwebte, um dich dabei zu beobachten, wie du dir voll stoned eine Porno-DVD reinziehst und dir dabei einen runterholst. Und während des Wichsens Salzstangen knabberst, wobei sich die Krümel auf deinem entblößten Bauch verteilen und sich kurz darauf mit deinem Sperma vermischen.«

Trotz der Dunkelheit sieht man, wie Lupos Gesicht sich rötet. »Ja, verdammt, das wär mir peinlich«, gibt er bedrückt zu. »Aber ich kann mir vorstellen, dass es genau so abläuft, dass die Seelen der Verstorbenen unter uns weilen. Natürlich nicht als Wolken. Ich weiß, woraus Wolken bestehen, bin ja nicht blöd. Nein, sie sind unsichtbar, können durch Wände schweben und kriegen unsere geheimsten Handlungen mit, sind zwangsläufig voll enttäuscht von uns. Mein Gott, dann würde ich in den Augen meiner verstorbenen Verwandten als die größte Sau der Familie dastehen, als Wichser, der sich jede Woche in der Videothek die übelsten Pornos ausleiht, der in der Nase bohrt und die Popel an die Unterseite des Sofas klebt, der ins Waschbecken pinkelt und in der dreckigsten Badewanne westlich der Alster badet. Mensch, Konrad, was wissen wir denn?« Er setzt sich aufgewühlt aufrecht, gestikuliert erregt, seine Augen sind groß wie Radkappen. »Wir wissen doch nichts!« Nun wird er zu laut. »Vielleicht gibt es tatsächlich einen Gott, weißt du, genau den Typen, der alles sieht und überhaupt alles mitkriegt! Alter, ich wär völlig aufgeschmissen! Bei den Scheißstrafen, die da in der Bibel erwähnt werden! Die Scheißregeln in der Bibel haben ja mit unserer Gesellschaft nicht das geringste zu tun! Und ausgerechnet hier, im Paradies, kommt mir diese Erkenntnis! Das ist typisch für diesen Gott, dass er mir nicht mal die zwei Wochen gönnt! Mit dieser Scheißoffenbarung hätte er ja wohl noch 14 Tage warten können! Oder? Gegen diesen Gott war ja sogar Mussolini ein Liberaler!«

Konrad zuckt mit den Achseln und rät ihm, nicht blind an so was zu glauben, sondern einen konkreten, wissenschaftlich fundierten Hinweis auf die Existenz Gottes und eventuell damit verbundene herumflatternde Seelen abzuwarten. »Und so lange es diesen Hinweis nicht gibt, mein lieber Lupo, kannst du deine Nasenpopel weiterhin deponieren, wo es dir gefällt, sofern ich nicht damit in Berührung komme.« Konrad lächelt, kommt sich klug vor und gefällt sich in seiner Überlegenheit. Manchmal stört ihn das Infantile an seinem Freund, aber in solchen Momenten gefällt es ihm wieder, denn es beleuchtet den Unterschied zwischen ihnen beiden, es erklärt sozusagen das Gefälle und liefert die Erklärung für Konrads Wohlstand und Lupos Armut.

Als der Horizont völlig schwarz geworden ist, nicken sich die beiden zu und gehen ins Freiluftrestaurant. Der Kellner führt sie, dezent lächelnd, zu einem Tisch, zündet das Windlicht an, überreicht ihnen die Speisekarte, weiß schon, dass sie als Aperitif einen Mojito wählen. Die beiden grüßen die anderen Gäste rundum, wechseln ein paar Worte, wie immer auf die alten Zeiten anspielend, sich einträchtig anlachend, widmen sich der Karte. *American Pie* läuft gerade. Lupo horcht entzückt auf. »Weißt du noch? Don McLean. Muss 1971 oder '72 gewesen sein. Hat ja sonst weiter keinen Hit gehabt, der Bursche. Genau wie Barry McGuire. Schade eigentlich.«

Sie bestellen die Meeresfrüchte-Platte, nippen an ihren Drinks, und Lupo wird zu Konrads Entsetzen nicht nur nachdenklich, sondern kramt weiter in seinen Erinnerungen. »Alter, kannst du dich noch an Werner erinnern? Den Langen. Ehemaliger Stammgast im *Holzwurm*. Der die gesamten Dialoge aus *Meuterei auf der Bounty* auswendig konnte. Weißt du?«

»Ja, ich weiß«, nuschelt Konrad so unbeteiligt wie möglich.

»Das musst du dir mal reinziehen, ey. Wie lang ist der Film? Drei Stunden?«

»Keine Ahnung. 180 Minuten vielleicht.«

»Immerhin. Wie er den fiesen Käpt'n – nicht Marlon Brando, den anderen, den Schinder – imitieren konnte, weißt du noch, ey? Das war klasse.«

»Ich erinnere mich. Leider.«

»Und *Easy Rider* konnte er auswendig. Ich hab mich immer fast bepisst, wenn er den Dings, den Jack Nicholson, imitierte. Ich glaube, er war mal Schauspieler. Oder?«

»Weiß ich nicht mehr.«

»Doch, doch, ich glaube, das war er. Auf jeden Fall ist er schon lange tot.«

»Das erzählst du mir jedes Jahr um die Zeit.«

»Hat sich totgesoffen, der Blödmann.« Lupo schüttelt, ehrlich betrübt, den Kopf. »Ja, ja, die Guten werden zu früh dahingemäht.«

Angewidert starrt Konrad ihn an. »Was soll das denn? Der Typ ist viel zu spät dahingemäht worden. Wenn er ein Jahr früher dahingemäht worden wäre, hätte ich ihm nicht die 50 Mark geliehen, auf die ich heute noch warte.«

Nun ist es an Lupo, angewidert zu sein. »Mann, Alter, überleg mal, was du da sagst. Es geht hier um einen Menschen. Und da denkst du an deine Scheiß-Kohle.«

Auch wenn es Konrad nicht gefällt, breitet sich eine unbestimmbare Gereiztheit in ihm aus. »Versuch doch einfach mal nachzudenken. Hätte ich in all den Jahren nicht stets auf meine Scheiß-Kohle geachtet, würdest du heute nicht hier sitzen und es dir gutgehen lassen. Und überhaupt: Was war denn an dem Spinner so gut? Das würde mich mal interessieren.«

»Na, immerhin war er ein aufrechter Linker. Kam, glaube ich, aus der Frankfurter Hausbesetzer-Szene.«

Konrad lachte höhnisch auf. »Vor allem war er ein versoffener Tresensozialist. Hat immer gern das Geld der anderen sozialisiert.«

»Bei dir geht's nur ums Geld.«

»Du begreifst gar nichts.« Es ärgert Konrad, von dem erfolglosen Tagedieb als Raffer hingestellt zu werden. »Seit Jahren läufst du herum und erzählst jedem, du hättest es zu nichts gebracht, weil du nie käuflich gewesen seist, weil du dich nie hättest verbiegen lassen und lieber arm, aber authentisch leben wolltest. Es ist mir bis heute unbegreiflich, dass du all die Jahre hindurch mit diesem Blödsinn hausieren gehst.« Er steigert sich in den Ärger hinein. »Ich muss dir das endlich mal sagen: Manchmal wirkt es verdammt lächerlich, wenn du, an einem Tresen stehend, von deinem Rückgrat, das keiner habe brechen können, faselst.«

Lupos Augen verengen sich zu schmalen Schlitzen, sein Mund zieht sich zusammen, wird zur Schnute, die üblicherweise anzeigt, dass er getroffen ist.

Genau zur rechten Zeit serviert der Kellner das Essen, und sie widmen sich wortlos dem Fisch, den Shrimps und Muscheln, trinken Bier dazu, vermeiden es, sich anzusehen. Am Nebentisch fällt eine amerikanische Lehrerin, die zum ersten Mal seit 20 Jahren Gras geraucht hat, vom Stuhl, wird natürlich sofort von allen umsorgt, bekommt Orangensaft mit Wodka eingeflößt, und einer sagt, das habe er auch schon erlebt, worauf alle anderen wissend mit dem Kopf nicken und schmunzeln und an die gute alte Zeit denken, während gerade der Soundtrack von *Good Morning, Vietnam* läuft, im Moment das Stück *Nowhere To Run* von Martha Reeves & The Vandellas, was alle wohlig seufzen lässt. Die Lehrerin, auf ihren Mann gestützt, bleich und peinlich berührt, obwohl ihr alle schwören, dass nichts daran peinlich sei, entfernt sich in Richtung Bett.

»Und was Werner angeht«, murmelt Lupo, der sich offenbar auf Streit eingestellt hat und einen trotzigen Blick in Konrads Augen bohrt, »der war ein verdammt Guter. Hat tierische Ahnung von Rock-Musik gehabt. Konnte die Biografien von 200 Musikern aus dem Stegreif aufsagen – wer mit wem zu welcher Zeit zusammen gespielt hat und so weiter. Echt irre! Oder weißt du, wie … äh, zum Beispiel der Drummer der Keef-Hartley-Band hieß?«

Konrad freut sich über diese Gelegenheit, herablassend sein zu können. »Keef Hartley selbst war der Drummer, mein Schatz.«

»Is wahr? Da kannst du mal sehen. Ja, jetzt, wo du es sagst. Auf jeden Fall war Werner ein Original – mit seiner Wildleder-Fransenjacke, der Wildlederhose und den Wildlederstiefeln. Immer dieselbe Uniform. Darauf konnte man sich verlassen. Und dann die kaputten Zähne, und dass er immer die Filmdialoge zum Besten gab und so …«

Allmählich steigt in Konrad Ekel hoch, seine Anspannung wächst, was ihn einerseits stört und andererseits aufputscht. »Ach«, sagt er spitz, »man muss also nur seine Zähne vermodern lassen, täglich dieselben stinkenden Klamotten anziehen und jeden Abend dieselben abgedroschenen Phrasen aus seinem übelriechenden Mund fallen lassen, um ein Original zu sein? Und als aufrechter Linker gilt man schon, wenn man regelmäßig nach Kneipenschluss auf dem Heimweg die Internationale grölt? Entschuldige mal, Lupo, aber ist das nicht unterstes Niveau, so die Dieter-Bohlen-Schiene?«

»Mann, ey, du musst ständig den abgewichsten Miesmacher raushängen lassen«, faucht Lupo. »So warst du schon immer. Und das wird von Jahr zu Jahr schlimmer. Ich find's scheiße, dass du über einen Toten einen ganzen Kübel voll Jauche kippst. Vielleicht ist ja was dran an dem, was du sagst. Aber es kommt immer so total verächtlich rüber. Seit deiner Scheidung von Klara ist alles nur noch schlimmer geworden, und ich frage mich echt, ob du mich zu dieser Reise eingeladen hast, weil du ein armes Arschloch brauchst, an dem du dich abreagieren kannst.« Er atmet schwer, presst die Zähne zusammen, wendet den Blick von seinem Gegenüber und schaut traurig und verloren zu den Nachbartischen, an denen viel gelacht wird, an denen man aufhorcht und fiebrig die alten Zeiten beschwört, als *Let It Bleed* von den Rolling Stones erklingt; er würde sich gern dazu setzen, die Leute fragen, ob sie noch wüssten, was sie an dem Tag gemacht haben, als die Nachricht von Martin Luther Kings Ermordung um die Welt ging, würde gern mit ihnen über die besten Songs des Jahres 1969 reden. Aber Lupo klebt auf seinem Stuhl, fühlt sich unbehaglich, kann noch nicht mal den Blick geradeaus richten, weil er dann direkt in das verkniffene Gesicht seines Gönners sehen müsste.

So abgewichst ist Konrad nicht, dass ihm der Wahrheitskern in Lupos Vorwurf entgangen oder gleichgültig wäre. Er gehörte jedoch nie zu den Leuten, die fähig oder willens waren, sich bedingungslos zu öffnen, dem Gegenüber die eigenen Schwächen zu offenbaren. Er war keiner der Hippies, die mental mit den anderen verschmelzen wollten. Die Angst, sich eine Blöße zu geben, verbirgt er seit Jahrzehnten hinter Sarkasmus und Arroganz. Härte demonstrieren, Unnahbarkeit zum Ideal erheben. Er versucht nun ziemlich hölzern, die Kurve zum Einlenken zu kriegen. Natürlich meint er mit Einlenken etwas anderes als sein Freund, der womöglich gar nicht sein Freund ist, sondern tatsächlich nur eine Rolle für ihn zu spielen hat.

Aber *Let It Bleed* kommt gut. Geiler Text. »Yeah, we all need someone we can lean on – and if you want it, you can lean on me …!«

»Entschuldige, Lupo«, brummt er. Seine Stimme klingt versöhnlich. »Ich bin seit der Scheidung nicht mehr derselbe Mensch. Dass Klara sich in den letzten Jahren so weit von mir entfernt hat, hab ich, ehrlich gesagt, nicht gemerkt.«

»Du hast dich von ihr entfernt.«

»Ja, meinetwegen. Jedenfalls bin ich zur Zeit ziemlich dünnhäutig. Und wenn ich dann ein Loblied auf den beknackten Werner höre, reagiere ich genervt. Es liegt mir fern, dich anzupissen.«

Erleichtert reckt Lupo seine Hand über den Tisch, und Konrad schlägt ein. Alles paletti, kann ja mal vorkommen, trotzdem ein schöner Abend, schon wegen der Musik, des warmen Windes, der mit den Palmwedeln spielt, und überhaupt, weil alles so friedlich ist, wie es unter ehemaligen Hippies sein sollte.

Dennoch dauert es ein paar Tage, bis die alte Unbefangenheit zurückkehrt, bis sich Lupo wieder traut, die Luftgitarre ungehemmt zu spielen und seine naiven Statements zu verkünden. Noch zwei Tage an diesem Bilderbuchstrand, dann werden sie die Insel verlassen, in Saigon noch zwei Nächte im 5-Sterne-Hotel *New World* verbringen und anschließend den langen Rückflug antreten.

Konrad liegt auf einem überdimensionalen Badehandtuch, braungebrannt, hat soeben das Buch *Zähne zeigen* von Zadie Smith beiseite gelegt, kann sich nicht konzentrieren, sollte eigentlich entspannt sein, ist es aber nicht. Im Jetstream seines Unterbewusstseins rauscht ständig, wie schon seit Wochen, diese Unzufriedenheit, aus der dann konkrete, Stress produzierende Gedanken emporsteigen, die nur vordergründig mit seiner prekären wirtschaftlichen Situation zu tun haben. Inzwischen ist ihm klargeworden, dass es um etwas anderes geht. Ihm fehlt etwas. Nicht die Bewunderung, mit der er im Geschäft und von seinen Freunden gewohnheitsmäßig übergossen wird. Vielleicht vermisst er einfach nur Zuneigung. Selbst Lupos Bewunderung, die er früher genossen hat, ist rissig geworden und einsturzgefährdet. Sein Freund sieht neuerdings viele Dinge mit anderen Augen. Ihn, Konrad, zum Beispiel, aber auch Zusammenhänge, die Lupo früher gar nicht wahrgenommen hat. Nachdem er sich allein aus dem Resort gewagt hat und öfter in der winzigen Hauptstadt Duong Dong herumgelaufen ist, macht er sich Gedanken über die Würde des einfachen Lebens. Plötzlich ist er der Meinung, die westliche Gesellschaft sei völlig hohl, und ein Leben am Tresen oder vorm Fernseher sei, nun, nicht gerade verachtenswert, aber verschwendete Zeit. Um mit sich zufrieden sein zu können, müsse man sich um die Menschen, die man liebe, kümmern – so wie es die Leute hier täten.

Da kommt er gerade, schwitzend und schnaufend, lässt sich neben Konrad nieder, sagt, er habe vor drei Tagen in der Stadt eine Frau kennengelernt und seitdem mehrmals besucht, sie sei sehr jung, Anfang 20, unverheiratet, arbeite als Bedienung im Café ihrer Eltern. Ganz süß. Und so bescheiden. Es sei unglaublich, wie einfach diese Menschen lebten, wie sehr sie sich über kleine Geschenke freuen könnten. In ihrer knappen Freizeit habe die Frau Englisch gelernt und ihm daher viel über Vietnam erzählen können.

»Du willst mir aber nicht sagen, dass du dich verliebt hast.« Konrad winkelt Arme und Beine an, drückt seinen immer noch schlanken Körper in Sitzposition, streicht mit einer Hand den Sand von seinen Waden, trinkt den Rest der warmgewordenen Cola, zündet sich eine Zigarette an und grinst. Dieses Grinsen ist unbeabsichtigt, ohne seinen Willen aufgetaucht und hängt ein wenig verloren unter seinen überheblich blickenden Augen. Er lässt es wieder verschwinden. Es ist ihm unangenehm, eine unwillkürliche Wahrhaftigkeit, die er seinem Begleiter eigentlich ersparen wollte – nach dem schmerzhaften Abend neulich. Konrad hofft, dass der Freund es – in seinem Überschwang – nicht bemerkt.

Aus Lupos Gesicht strahlt eine ungeheure Entschlossenheit, und auch die Ernsthaftigkeit ist neu, beziehungsweise jetzt erst sichtbar. Zudem hat die Sonne innerhalb weniger Tage die dürre Made in einen braungebrannten Strandläufer verwandelt. Der Clown ist jedenfalls nicht mehr erkennbar.

»Ich hab dein überhebliches Grinsen wohl bemerkt, Alter. Schade, jammerschade.« Er beugt sich ein wenig vor, scheint völlig nüchtern zu sein, starrt fest in Konrads Augen. »Allmählich glaube ich, dass du trotz deiner Kohle sehr unglücklich bist. Aber egal. Ich will dir einen Deal vorschlagen. Wenn ich ab jetzt nur noch das Notwendigste esse und trinke und auch sonst auf jeden Luxus verzichte, würdest du mindestens 1 000 Dollar sparen. Und um diese 1 000 Dollar bitte ich dich nun, damit ich sie diesen Leuten, meiner neuen Liebe und ihrem Anhang, geben kann. Für dich ist dieser Betrag ein Klacks, für diese Menschen bedeutet er, dass sie einen neuen Kühlschrank und eine anständige Kücheneinrichtung kaufen können. Es würde sozusagen ihre Existenz sichern – und dir gäbe es vielleicht das Gefühl, etwas wirklich Sinnvolles getan zu haben.«

Abgesehen vom ungewohnten Auftreten des Hartz-IV-Empfängers ärgern Konrad diese Sprüche, die er für unbedacht und anmaßend hält. Was der sich denkt – 1 000 Dollar ein Klacks. Was weiß der von Geld? Trotz breitet sich in ihm aus, ein starkes Gefühl, das den ganzen Vorrat an Vernunft überlagert. Eine Stimme in ihm sagt eindringlich, es sei ein Fehler gewesen, sich neulich bei Lupo zu entschuldigen, was offensichtlich den jahrzehntelang funktionierenden Hierarchie-Konsens, die Basis ihrer Freundschaft, zum Einsturz gebracht, ihn also gewissermaßen auf die Höhe des Versagers hinuntergestürzt hat. Gleiche Augenhöhe. Völlig absurd. So kann das nicht laufen. Er sagt sehr kühl: »Ein solches Geschäft ist doch nicht überlebensfähig. Das ist so, wie ich dir neulich gesagt habe: ins Klo gekipptes und runtergespültes Geld. Tut mir echt leid, aber für mich ist alles für die Katz. Wer den Existenzkampf als Unternehmer bestreiten will, muss erstens mit harten Bandagen kämpfen und zweitens mit der Pleite rechnen. Verstehst du nicht, dass diese 1 000 Dollar den Konkurs nur hinausschieben?«

Lupo verhält sich völlig ungewohnt, er hängt nicht mehr an Konrads Lippen. Dessen Ansichten, bis vor einigen Tagen noch absolute Weisheiten in Lupos Ohren, stoßen auf einmal gegen eine Wand. Vielleicht ist es wirklich Liebe, vielleicht nur große Zuneigung, jedenfalls hat der zutiefst menschliche Ausdruck, den er in den Augen der schuftenden, einfachen Leute gesehen hat, ihn tief berührt. Es ist diese Offenheit, die im Westen vermieden wird, weil sie dort schon lange als Ausdruck der Schwäche, der Unbeholfenheit und karrierefeindlichen Rückständigkeit diffamiert wird, eine Form der Naivität, die in westlichen Talk- und

Casting- und Kuppel-Shows keinen Platz hat und schon deshalb zum Aussterben verurteilt ist. Lupo hat das intuitiv verstanden. Die Begegnung mit dieser Familie hat ihm ein Tor zu einer unbekannten, faszinierenden Welt geöffnet. Er wirkt auf einmal, auf Konrads Badehandtuch sitzend, mit der Sonne im Rücken, hart wie ein Stein, weiß natürlich, dass Härte nicht zu dem von Konrad gewünschten Lupo-Bild passt und damit die Aussicht auf 1 000 Dollar deutlich verringert, doch er hat nicht die Absicht, wieder zum weichen, rückgratlosen, ab und zu witzigen, stets verfügbaren Bedarfsfreund zu werden.

»Du verstehst viel weniger, als du glaubst«, sagt Lupo mit noch nicht ganz auf die neue Rolle eingestellter und deshalb unsicherer Stimme. »Die einzigen Einheimischen, mit denen du Kontakt hast, sind die Angestellten hier auf dem gut abgeschotteten Gelände. Wenn du auch Leute außerhalb des Resorts kennengelernt hättest, könntest du dir womöglich vorstellen, dass die Existenz einer Familie von einem Kühlschrank abhängen kann. Also mach's mir nicht so schwer, lass mich nicht um das Geld betteln.«

Eine leichte Brise, vor dem Horizont drei Fischerboote, blauer, ungetrübter Himmel – nur Konrads Miene verdunkelt sich. Missmutig starrt der erfolgreiche Unternehmer an Lupo vorbei. Eine Säule seines Weltbilds erwies sich vor einigen Wochen als instabil, fiel bei der Scheidung einfach in sich zusammen. Und nun reißt dieser undankbare Loser, der von ihm jahrelang unterstützt wurde, alle Eigenschaften, die ihn für Konrad akzeptabel machen, ohne die er für ihn wertlos ist, kurzerhand von sich, der Wichser. Glaubt, sich verliebt zu haben. Was weiß der schon von Liebe. Hat seit 20 Jahren keine Frau mehr geküsst – geschweige denn penetriert.

»Du bekommst das Geld von mir«, sagt er schließlich. »Aber danach haben wir nichts mehr miteinander zu tun. Das ist der Preis.« Plötzlich ist er hochgradig angespannt. Er hofft, dass Lupo der alten Freundschaft den Vorzug gibt. Und wenn er sich gegen das Geld entscheiden sollte, würde Konrad ihm dennoch die 1 000 Dollar geben, sie würden Versöhnung feiern, vielleicht sogar gemeinsam mit der vietnamesischen Familie – und alles wäre wieder wie früher.

Lupo blickt ihn verunsichert an. Man kann den Kloß in seinem Hals und den Sturm in seinem Kopf erahnen. Er gibt sich einen Ruck. »Also gut. Eigentlich ist alles ganz einfach. Die Leute brauchen das Geld, du brauchst meine Freundschaft offensichtlich nicht. Ich nehme folglich die Kohle.«

Nun ist es gesagt. Konrad wünscht einen Augenblick lang, er hätte diese Konsequenz nicht gefordert, aber dann begreift er, dass sein alter Saufgefährte sich längst für die Fremden und gegen ihn entschieden hat. Mit steinerner Miene erhebt er sich, eilt zum Bungalow, öffnet den Safe, zählt 1 000 Dollar ab, stapft durch den Sand zurück zu seinem Badehandtuch und drückt Lupo die Scheine in die Hand. »Da! Das war's dann. Selbstverständlich kannst du bis zum Heimflug weiterhin auf meine Kosten essen und trinken, das Zimmer im *New World* ist ja auch schon gebucht. Du musst dir also keine Sorgen machen. So kalt, wie du mich siehst, bin ich nämlich nicht. Du brauchst dich auch nicht weiter zu bedanken. Die Peinlichkeit kannst du dir und mir ersparen. Aber komm nie wieder angeschissen.« Noch in diesem Moment hofft er, dass Lupo mit ausgestreckten Armen ausrufen würde, so habe er das doch nicht gemeint. Aber der dürre Loser ist kaum noch wiederzuerkennen.

»Na«, antwortet Lupo kühl, »ich bedanke mich trotzdem. Mir war einfach diese Familie wichtiger als deine Spielchen mit mir.« Dann geht er mit ausholenden Schritten den Strand entlang in Richtung Stadt.

Am nächsten Tag ist Konrads Zorn der Ernüchterung gewichen. Der Gedanke, verraten und betrogen worden zu sein, zerfasert nach und nach, bis – etwa gegen Mittag – nichts mehr davon übrig ist. Er hätte jetzt nichts gegen einen klaren Gedankenfluss, in dem die Ratio das Hauptelement wäre. Doch da tut sich nichts. In seinem Kopf ist nur eine dunkle, bedrückende Wolke. Aber eines ist klar: Er hat sich in dem Loser die ganzen Jahre getäuscht. In dem dürren Trinker-Kiffer-Faulpelz steckt mehr Substanz, als man vermuten würde. Hat sich gestern tadellos gehalten, der Bursche, denkt Konrad, und widerwillig hegt er Bewunderung für dessen Standhaftigkeit. Ist ja klar, denkt er weiter, denn ich hätte mich niemals über 40 Jahre mit jemandem abgegeben, der nur eine hohle Nuss ist.

Er hat alleine gefrühstückt. Dass die beiden sich am Vortag – nach Lupos Entscheidung – aus dem Weg gegangen sind und kein Wort miteinander gewechselt haben, ist so verständlich wie unvermeidlich gewesen. Wahrscheinlich wird es auch so bleiben, denkt Konrad, dem die Palmen, der Strand, das Meer und die Exotik nichts mehr bedeuten. Der Rest des Urlaubs wird eine Qual sein, denkt er. Während des Mittagessens überlegt er, es könne ein Zeichen von Überlegenheit sein, wenn er locker auf Lupo zuginge, ihm anböte, auf einer anderen, wenn auch nicht mehr so vertraulichen Ebene miteinander zu kommunizieren. Aus ihrer Freundschaft sei ja nicht automatisch Feindschaft geworden. Was wäre dagegen einzuwenden, mal abends bei einem Drink über alte Zeiten zu quatschten?

Da kommt Lupo – und Konrad zögert nicht, geht auf ihn zu, versucht, möglichst unbefangen zu wirken; seine Freundlichkeit wirkt zwar hölzern, das Lächeln sieht aus wie eingemeißelt, aber man erkennt den Willen zur Versöhnung. So weich war Konrad noch nie zuvor.

Der ehemalige Freund scheint recht entspannt zu sein, was beide mit einem gewissen Erstaunen registrieren; Lupo hört sich Konrads Friedensangebot aufmerksam an, die Begegnung der beiden wird filmreif von dem Stealer's Wheel-Song *Stuck In The Middle With You* untermalt, er ist braungebrannt, die in einem Mundwinkel klemmende Zigarette verleiht dem schmalen Gesicht einen Hauch von Verwegenheit, und seltsamerweise fällt Konrad zum ersten Mal auf, dass in diesen Augen der warme Glanz der Aufrichtigkeit wohnt.

Lupo schüttelt den Kopf, mit bitterem Lächeln, entschieden. »Ich möchte mit dir nicht mehr über alte Zeiten sprechen. Am liebsten würde ich mit dir gar nicht mehr sprechen.« Er hat vor nichts mehr Angst, weil er offenbar auf dieser Insel etwas gefunden hat, das ihm Kraft eingeflößt hat. Vor allem will er nie wieder Konrads Clown sein.

Sie verbringen die letzten Tage wortkarg, nicht feindselig, sondern sich gegenseitig respektierend, ja, Konrad respektiert Lupo tatsächlich. In Hamburg trennen sie sich mit kurzem Nicken. Es ist kalt, Nieselregen wird bis unter das Vordach geweht. Typisch Hamburg. Lupo schlägt den Kragen seiner Lederjacke hoch, Konrad steigt in ein Taxi. Sie winken sich noch einmal zu, die Gesichter sind versteinert. Sie werden sich niemals wiedersehen.

Strange Days in Oberhessen

Vier Uhr morgens. Draußen verwandelte sich die Dunkelheit allmählich in heller werdendes Grau. Die Bedienung hatte bereits die Stühle hochgestellt und abgerechnet, an der Theke saß noch ein Gast, der sich gemeinsam mit uns die letzten zwei Stunden gelangweilt hatte, weil wenig los gewesen war und auch kein interessantes Gespräch stattgefunden hatte, woran vermutlich wieder einmal der zur Zeit und eigentlich zu jeder Zeit arbeitslose Schauspieler Benno Kruse schuld gewesen war, der in seinem Suff einen zweistündigen Monolog über die Mittelmäßigkeit der deutschen Fernsehfilm-Regisseure aus sich heraus hatte fließen lassen, bis er endlich, nachdem ich ihm gesagt hatte, er könne nicht wieder anschreiben lassen, beleidigt hinausgeweht war. *Soft Parade* von den Doors lief gerade, ich war von den heutigen Einnahmen enttäuscht, wieder einmal unzufrieden mit dem intellektuellen Niveau der Gäste und außerdem mit Gläserpolieren beschäftigt. Die Tür ging auf – ich hatte also vergessen abzuschließen –, ein Mann betrat unsicher, verlegen lächelnd, die Kneipe. Offenes, auf den ersten Blick sympathisches und obendrein Lebenserfahrung ausstrahlendes Gesicht. Deshalb sagte ich eher halbherzig, hier sei Feierabend. Er sei von dem Doors-Song angelockt worden und wolle sich nur das gerade laufende Stück anhören, antwortete er, und dabei ein Bier oder einen Bourbon auf Eis trinken. Amerikanischer Akzent. Als Doors-Fan und in dem – wusch – aufflammenden Wunsch, selbst an einem Bourbon auf Eis zu nippen und eventuell noch ein kurzes anregendes Gespräch führen zu können, gab ich ’ne Runde aus. Ich wurde nicht enttäuscht. Der Amerikaner hatte skurrile Geschichten auf Lager. Zum Beispiel diese:

1969 war ich Soldat, stationiert in einem winzigen hessischen Dorf namens Kirch Göns. Ich komme, nebenbei bemerkt, aus New York City und dachte in der ersten Zeit, man hätte mich auf dem Mars abgesetzt. Einige meiner Kameraden, die aus noch kleineren Nestern stammten, hatten mit der Größe dieses Scheißkaffs keine Probleme, was sie jedoch nicht so ohne weiteres zugaben. Sie fluchten genau wie ich auf die Scheißgegend und quatschten jeden Tag zehnmal davon, wie paradiesisch es in den good old USA wäre – selbst Typen, die in ihrem beschissenen South-Dakota-Drecknest nichts weiter als dumpfe Penner unter dumpfen Pennern gewesen waren, hielten ihre verklemmte, puritanische Heimat plötzlich für das Paradies, kriegten aber jedesmal einen Ständer, wenn sie deutsche Mädchen in Miniröcken sahen, die so kurz waren, dass ihre Trägerinnen in South Dakota oder Oklahoma wohl vergewaltigt oder gelyncht worden wären. Die meisten Amerikaner wussten über die Welt außerhalb der USA so gut wie nichts, machten sich darüber auch keine Gedanken, weil es ihnen scheißegal war, wie und wo die anderen, die von Gott benachteiligten Nicht-Amerikaner, lebten. Deshalb begegnete man Typen wie mir, die in der Lage waren, Deutschland auf einer Weltkarte zu finden, mit Misstrauen. Aber wir alle – oder fast alle –, egal woher wir kamen, welche Bildung und welche Hautfarbe wir hatten, waren uns einig in der Furcht, nach Vietnam beordert zu werden. Außer ein paar Schwachköpfen, die sogar zu blöd waren, um die rechts-tendenziöse Army Zeitung *Stars and Stripes* zu kapieren, hatte niemand ein Interesse daran, in einem Land, dessen Bewohner uns nichts getan hatten, herumzuballern und womöglich erschossen zu werden, denn mittlerweile hatte es sich sogar bis Iowa und Montana herumgesprochen, dass in diesem Krieg nicht die Freiheit der westlichen Welt – oder gar der Vietnamesen – verteidigt wurde, sondern dass in Südostasien ein unglaubliches Gemetzel, vor allem unter der Zivilbevölkerung, stattfand. Es gab in der Kaserne ein paar Jungs, die in Vietnam gewesen waren und dick auf die Kacke hauten, cool und breitbeinig wie John Wayne herumliefen, wahrscheinlich weil sie glaubten, man erwarte dieses Verhalten von ihnen. Meiner Meinung nach hatten sie alle einen Dachschaden und merkten gar nicht, dass ihre zynischen Sprüche sie als bis ins Mark verhärtete psychische Wracks entlarvten; sie wurden aber von den kriegsgeilen Schwachköpfen mit den Igelfrisuren und kläglicher Allgemeinbildung, die sich im Affentempo die Sprache der Vietnamkämpfer aneigneten, vorbehaltlos verehrt, ließen sich in den traurigen Dorfbars von ihren Bewunderern Drinks spendieren und gaben bereitwillig ihre schäbigen Erlebnisse mit vietnamesischen Mädchen, mit dem Tod und mit der Zerstörung vietnamesischer Dörfer zum Besten. Sie nahmen jede Droge, die ihnen in die Finger kam und wurden auch darin für einige zu Vorbildern. Aber selbst der Drogenkonsum geriet bei diesen Narren – im Gegensatz zu uns verweichlichten Hippie-Freunden mit unserem Love-and-Peace-Geschwafel

– zu einem martialischen Akt. Sie inhalierten den Haschischrauch durch Gewehrläufe, rammten so beiläufig Kanülen in ihre Venen, als wäre das für echte Männer eine Selbstverständlichkeit, und was sie sich in die Blutbahn drückten, war ihnen scheißegal, wenn es im Kopf nur anständig knallte.

Im Dorf hatten einige clevere Bauern ihre Scheunen zu Bars umbauen lassen, in denen Animierdamen und Nutten der unteren Liga auf GIs warteten, und in einer dieser Kaschemmen, in der Nähe des Bahnhofs, saß ich manchmal, trank Bier, warf Geld in die Musikbox, träumte bei *I Heard It Through The Grapevine* von Marvin Gaye oder *Get Back* von den Beatles mit offenen Augen vor mich hin, ohne von den traurigen Frauen belästigt zu werden. Ich hatte ihnen gleich zu Anfang klargemacht, dass ich nicht zu den Leuten gehörte, die es geil finden, von einem breiten Arsch auf ihrem Schoß zerquetscht und von weichen Riesentitten erstickt zu werden. Der Spruch kam zwar nicht sehr gut an, verschaffte mir aber die nötige Distanz. 1969 sprach jeder in der Kaserne von Drogen. Die einen angewidert, die anderen, zu denen ich gehörte, eher sehnsüchtig. Im etwa 50 Kilometer entfernten Frankfurt gab es alles, was das Herz begehrte, aber man war immer auf jemanden angewiesen, der ein Auto hatte, wenn man seine Zeit nicht in einem Bummelzug verschwenden wollte. Butzbach, eine Kleinstadt, nur wenige Kilometer von der Kaserne entfernt und vor allem für sein riesiges Gefängnis bekannt, war für mich so spannend wie Schuheputzen. Da hatte die Universitätsstadt Gießen, 15 Kilometer nördlich und mit dem Zug in 20 Minuten erreichbar, schon mehr zu bieten. Dort gab es zwei amerikanische Kasernen, zwei amerikanische Wohnsiedlungen, die üblichen Bars für gelangweilte Amerikaner, aber auch ein paar akzeptable Tanzschuppen – und wie sich bald herausstellte, waren die einheimischen Hippies eifrige Haschischkonsumenten. Man traf die Gießener Dealer im Park, in einem schmalen Tanzschuppen namens *Harlem*, in einer sehr spärlich möblierten Kommune. Die deutschen Hippies und Beatniks unterschieden sich kaum von ihren amerikanischen Brothers und Sisters. Sie liebten die richtige Musik, lagen politisch auf meiner Wellenlänge, alle Mädchen nahmen die Pille. Offenbar musste man kein Amerikaner sein, um die Dinge richtig zu sehen. Vor allem fiel mir auf, dass diese deutschen Langhaarigen politisch verdammt gut informiert waren. Nachdem ich ein gutes Stück Haschisch gekauft hatte, fing ich an, Deutsch zu lernen, was von meinen Kameraden mit Verwunderung aufgenommen wurde. Sie kamen mit ihrem Amerikanisch bestens zurecht, denn fast alles, was Amerikaner brauchen, gab es in der PX, dem Army-Kaufhaus. In den beschissenen Ami-Bars sprach selbst die dümmste Nutte aus einem gottverlassenen Eiffel-Kaff genügend Englisch, um zu ihrem Geld zu kommen. Wer, aus welchen idiotischen Gründen auch immer, in der Stadt etwas typisch Deutsches kaufen wollte, fand immer jemanden, der ihn verstand – und ihm so einen Scheiß wie eine Kuckucksuhr aus dem 300 Kilometer entfernten Schwarzwald, einen Bierhumpen aus dem ebenso weit entfernten München oder gar das Schloss Neuschwanstein in Porzellan andrehte.

Wir – also meine beiden Kumpels Earl und Doug und ich – wollten aus dieser Enge heraus und freundeten uns mit einigen deutschen Hippies an. Meine erste deutsche Freundin, Gabi, befand sich leider nicht in dieser Szene, sondern arbeitete als Animierdame in einer Bar, die von Gastarbeitern und schwarzen GIs besucht wurde. Gabi sagte, ich könne sie dort problemlos besuchen. Die meisten Gäste seien zwar ziemlich fertig, aber viel zu kaputt, um sich zu so anstrengenden Sachen wie etwa Schlägereien aufzuraffen. In meinen Augen war diese Bar mit dem schönen Namen *Montmartre*, die sich in einem verkommenen Haus zwischen den von den Bomben verschont gebliebenen Resten der allmählich verrottenden Altstadt befand, der trostloseste Ort, den ich jemals gesehen hatte. Das mag auch daran gelegen haben, dass ich gerade LSD genommen hatte, ein ziemlich gutes, aber sehr grünstichiges Zeug, das einem in einer Regennacht und in solchen abgewrackten Kneipen verdammt düstere Gedanken zurechtmixt. Vom Zahn der Zeit zernagtes Mobiliar, vom Alkohol zermürbte Gäste, die bis auf zwei verbissen um Fröhlichkeit bemühte Sizilianer vom Blues gezeichnet waren. Die Musikbox war vollgepackt mit Soul. Und natürlich gab es in diesem Scheißladen auch Schlägereien. Hätte mich sehr gewundert, wenn das nicht der Fall gewesen wäre. Aber Moose, ein riesiger Schwarzer, der jede freie Minute an dem schmierigen Tresen verbrachte, weil er mit der Wirtin liiert war, beendete jeden Streit innerhalb von dreißig Sekunden – auf eine derbe, aber effektive Art, indem er die Köpfe der Kontrahenten zusammenstieß. Ich saß meistens neben ihm. Er mochte mich. Warum, weiß ich nicht. Er kam wie ich aus New York City, aber das hatte nichts zu bedeuten, denn sein Stadtteil Harlem war eine völlig andere Welt als die Gegend, aus der ich komme, die bürgerliche Seite von Brooklyn. Wahrscheinlich fand er mich sympathisch, weil ich eigentlich nicht in diesen Laden passte, was man schon an meiner Hippie-Kleidung erkennen konnte. Obwohl ich Soul verdammt gut fand und diese Kneipe schon deshalb ertragen konnte, fuhr ich damals hauptsächlich auf die Doors ab. Ihre Scheibe *Strange Days*, wenn auch schon anderthalb Jahre alt, war nach meiner Ansicht eines der größten Werke der Rock-Musik, schon weil die Texte, intelligent und düster, so perfekt zu dem fetten Sound passen.

»Strange days have found us,
strange days have tracked us down ...«

Zur Zeit gab es in Gießen so gut wie kein Haschisch, und selbst in Frankfurt wurde es schwierig, korrekten Shit zu kriegen. Earl, Doug und ich hatten schon vor einiger Zeit überlegt, selbst zu dealen, den Jungs in der Kaserne den Weg zu ersparen. Nicht ständig, denn das Risiko erwischt zu werden und danach im Mannheimer Army-Gefängnis zu verrotten, war verdammt hoch. Nur einmal pro Monat, kurz nach pay-day. Gabi hatte sich um einen heimwehkranken Türken gekümmert, ihm die Tränen von den Wangen gewischt, sich ein paar teure, aber alkoholfreie Drinks von ihm spendieren lassen, und als er gegangen war, schlenderte sie, gekonnt die Hüften schwingend, mit geheimnisvollem Marlene-Dietrich-Lächeln in meine Richtung, küsste mich und raunte: »Ich hab 'ne gute Neuigkeit für dich.« Sie sah umwerfend aus, eine Lichtgestalt inmitten von Aussatz, Verfall und Hoffnungslosigkeit.

»Du willst mich heiraten?«

Sie schüttelte lächelnd den Kopf. »Nein, das ist es nicht.«

»Moose will mich heiraten?«

Der schwarze Riese war gerade auf dem Scheißhaus. Sonst hätte ich mir diesen Scherz nicht erlaubt. »Moose hat was damit zu tun«, sagte Gabi. »Er ist von zwei Afrikanern angesprochen worden, die drei Kilo Shit verkaufen wollen, aber niemanden in der Drogenszene kennen. Moose kennt zwar einige schwarze GIs, die Shit rauchen, hält sie aber nicht für vertrauenswürdig. Und da dachten wir an dich.«

Ich war mir nicht sicher, ob ich sie richtig verstanden hatte. »Du meinst, ich soll drei Kilo Haschisch kaufen? Und was hat Moose damit zu tun?«

»Er ist, wie du weißt, in den *Rivers Barracks* stationiert. Er hat sich überlegt, dort einen Teil an seine Soul-Brothers zu verdealen.«

»Aber er raucht das Zeug doch gar nicht. So läuft das nicht. Moose ist allgemein bekannt als schwermütiger Alkoholiker, der in einer der miesesten Spelunken der Stadt ...«

»Pass auf, was du sagst.«

Mit schweren Schritten näherte sich der schwermütige Alkoholiker, pflanzte seinen Arsch auf den Barhocker, trank von seinem Bier, starrte mich an, als hätte ich, kurz bevor er zum Pissen gegangen war, mit ihm geredet und meinen Satz nicht beendet.

Um irgendwas zu sagen, fragte ich: »Was soll das Kilo kosten, Moose?«

»Zweitausend.«

»Dollar?«

»Mark.« Er schien es als persönliche Beleidigung aufzufassen, dass die Afrikaner von D-Mark gesprochen hatten. »Scheiß-Mark. Die Wichser sind schwärzer als ich, aber sie sprechen ein beschissenes Englisch, haben was gegen Dollars, wissen nicht, wer die Impressions sind und halten die Black Panthers für eine Jazz-Band. Da kommst du ins Grübeln. Wenn meine Vorfahren nicht als Sklaven nach Amerika verkauft worden wären, hätt ich jetzt wahrscheinlich auch so'n beschissenes Englisch drauf und wär genauso unwissend wie die beiden Hinterwäldler aus – wie heißt die Scheißgegend? –, aus Nigeria. Dann wüsste ich wahrscheinlich nicht mal, wer Bessie Smith war, gottverdammt. «

Eigentlich stand mir nicht der Sinn nach einer Diskussion mit dem schwermütigen Alkoholiker, aber diesen Unsinn konnte ich nicht widerspruchslos hinnehmen. »Mensch, Moose, es sind Afrikaner. Sie sind in einer völlig anderen Kultur aufgewachsen, sie wollen deutsches Geld, weil sie hier in Deutschland vielleicht ein Auto oder eine Waschmaschine kaufen wollen, was weiß ich; und Englisch ist nicht ihre Muttersprache.«

»Das hab ich gemerkt. Ich hab sie in ihrer Affensprache reden gehört. Dagegen klingt ja sogar Deutsch zivilisiert. Außerdem ist das mit der Waschmaschine völliger Blödsinn. Das hast du dir jetzt ausgedacht.«

Allmählich schlug mir dieser Idiotendialog aufs Gemüt. Es war undenkbar, mit einem Scheiße brabbelnden Alkoholiker ins Drogengeschäft einzusteigen. »Du solltest Deutsch lernen, Moose, dann würdest du feststellen, dass es eine schöne, ausdrucksvolle Sprache ist.«

Er glotzte mich mit vorgeschobener Unterlippe an, als hätte ich mich soeben als Geistesgestörter zu erkennen gegeben. »Warum zum Teufel sollte ich Deutsch lernen? Ich brauche es hier in Deutschland nicht – und wenn ich die verfluchte Army hinter mir habe, werde ich wieder in Natchez/Mississippi den Lieferwagen meines Onkels Moses fahren. Glaubst du etwa, da würde mir Deutsch irgendwas bringen? In Natchez weiß wahrscheinlich keiner außer mir, dass in Deutschland Deutsch gesprochen wird.«

»Moose, 2000 Mark sind bedeutend weniger als 2000 Dollar. «

»Sag ich doch. Der Dollar ist besser.«

Ich hob beide Hände – und zwar erstens, um mich geschlagen zu geben, und zweitens, um eine Trennwand anzudeuten, fragte aber, der Informationsgeilheit nachgebend, woher der Shit sei.

»Roter Libanese, oder wie der Scheiß heißt. Die beiden sind Seeleute und haben das Zeug in Beirut gekauft und mit an Bord genommen.«

»Hast du den Stoff getestet?«

»Seh ich aus wie ein gottverdammter Hippie?«

Meine angeborene Höflichkeit sowie der Respekt vor seinen fußballgroßen Fäusten ließen mich zu dieser, wohl eher rhetorisch gemeinten Frage schweigen. Als er sagte, er könne sich mit 4 000 Mark beteiligen, wurden meine Vorbehalte hinweggespült, meine Skepsis, ansonsten immer zur Stelle, hatte offenbar Feierabend. Ich willigte also ein, sagte ihm aber, dass meine Freunde Earl und Doug dabei sein würden, weil ich keine 2 000 Mark besäße und sowieso vorgehabt hätte, mit den beiden zu dealen. Misstrauen mischte sich in seinen Blick. Er hatte in seiner Heimat keine allzu guten Erfahrungen mit Weißen gemacht. Nach einer Minute des Schweigens nickte er. »Okay, Kleiner, ich vertraue dir. Enttäusch mich nicht!«

Ich war nur im Vergleich zu ihm klein. Earl und Doug hingegen konnte man wirklich als klein bezeichnen. Earl war klein, schmal und unruhig, stammte aus Boston, war sehr belesen, auch wenn er, bedingt durch seine innere Unruhe, kein Buch zu Ende geschafft hatte – außer *On The Road* von Kerouac und *Howl* von Allan Ginsberg. Doug war sogar noch kleiner, ein wenig rundlich und sehr ruhig. In seiner Heimat Colorado gab es kaum eine Kneipe, in der er nicht mit seiner Gitarre aufgetreten war, ein paar Countrysongs gespielt und mit dem Cowboyhut Geld gesammelt hatte. Er besaß eine gute Stimme, hatte anfangs Sachen von Hank Williams und Hank Locklin vorgetragen, später war er auf Bob Dylan, die Byrds und Buffalo Springfield gestoßen, und das war für ihn wie eine Erleuchtung gewesen – musikalisch wie politisch.

Während ich ihnen die Sache erzählte, schienen die Projektoren in ihren Köpfen bunte Filme abzuspulen: Abenteuer, andererseits großes Risiko, Haschisch rauchen, als coole Dealer Mädchen beeindrucken und ficken, andererseits möglicherweise im Army-Gefängnis von Mannheim selbst gefickt werden; genug Geld, um nach Schweden abzuhauen oder wahlweise einen gebrauchten Mercedes-Benz zu kaufen, andererseits vielleicht gelinkt werden. Nachdem wir den letzten Krümel Shit geraucht und dazu *Strange Days* gehört hatten, machten sie jedenfalls mit – womöglich besiegt von Jim Morrisons Überzeugungskraft:

»We're getting tired of hangin' around,
waiting around,
with our heads to the ground.«

Ich weiß es nicht, war auch scheißegal, jedenfalls wollten wir das Ding durchziehen. Strange days waren für Acid-Freaks sowieso normal.

Wir trafen uns ein paar Tage später mit den Afrikanern in der Bar *Montmartre*. Es war zwei Uhr nachts, die Außenbeleuchtung war bereits erloschen, die Tür wurde von innen verschlossen, nachdem der letzte Gast in die kühle Herbstluft getaumelt war. Frieda, seit 16 Jahren Inhaberin dieser Spelunke, stellte, von Moose und Gabi unterstützt, die Stühle auf die Tische, löschte alle Lichter bis auf die Lampen überm Tresen und zündete eine Kerze an, »wegen der Gemütlichkeit«. Ich schätzte sie auf Mitte 50, aber ebenso gut hätte sie eine Endvierzigerin mit verlebtem Gesicht sein können. Blond gefärbte, toupierte Haare, die wie ein Bienenkorb auf ihrem Kopf hockten, mit Haarspray zementiert, eine seit Jahren im Straßenbild glücklicherweise so gut wie ausgestorbene Frisur; ihre Speckrollen kamen in dem engen Samtkleid mit Leopardenmuster voll zur Geltung. Im grün-rot-weißen Licht der Musikbox, die gerade von ihr mit Münzen gefüttert wurde, sah sie aus wie eine Figur aus *Naked Lunch*.

Mustang Sally von Wilson Pickett lief als erstes. Ich saß mit Earl, Doug und den beiden Afrikanern vorm Tresen, und vor uns stand eine Flasche Bourbon. Wir hatten unsere Gläser gut gefüllt, meine Kumpels und ich grinsten, Friedlichkeit signalisierend, die Afrikaner an, doch deren Mienen waren versteinert, strahlten Misstrauen und Verwunderung aus. Ihre Augäpfel waren mit roten Äderchen marmoriert. Sie schluckten den Whiskey routiniert. Zwei lange, tiefschwarze Männer aus Lagos, bekleidet mit langen weißen Trenchcoats, Jeansjacken, blauweiß gestreiften Matrosen-T-Shirts, Blue Jeans und weißen Cowboystiefeln. Sie gaben sich supercool, konnten aber ihre Anspannung nicht verheimlichen.

»Kommen noch mehr Leute zu unserer Party?«, fragte einer von ihnen sichtlich genervt. Moose stand nun mit Frieda und Gabi, sozusagen als Gastgeber, hinter der Theke. »Mach dir keine Gedanken«, sagte er. »Das sind meine Partner. Wir tun euch nichts.«

Der andere lachte breit und spöttisch. »Wir tun euch auch nichts.«

»Wer ist diese nach Sex riechende Frau im Leopardenkleid?«, fragte sein Partner, der schon die ganze Zeit auf Frieda gestiert hatte wie ein ausgehungerter Jäger auf die üppige Beute.

»Was soll der Scheiß?«, knurrte Moose, der schon so besoffen war, dass er schielte. »Dies ist ein zivilisiertes Land, Mann, ihr seid hier in Amerika.«

Alle starrten ihn an. Die Afrikaner wirkten verunsichert. »Das ist nicht Amerika«, sagte einer von ihnen, doch es klang nicht sehr überzeugend, eher irritiert.

»Ist es doch«, entgegnete Moose erregt. »Überall wo amerikanische Kasernen stehen, weht die amerikanische Fahne, und wo die Stars and Stripes zu sehen sind, ist, verdammt noch mal, Amerika. Ist das richtig oder nicht, ihr kommunistischen Schwanzlutscher?«

»Oh Scheiße«, flüsterte Earl verzweifelt, während sein Knie zum Takt der Musik wippte. Die Nigerianer unterhielten sich kurz in ihrer Sprache, dann schob einer von ihnen mit dem linken Daumen seinen Mantel und die Jeansjacke zur Seite, ein gefülltes Halfter hing, jetzt gut zu erkennen, unter seiner Achsel. Mit der rechten Hand zog er daraus die Waffe, eine 45er Pistole, vermutlich von Colt, zumindest sah sie aus wie eine amerikanische Army Pistole, ein schweres Geschütz. Wer so ein Eisen, aus welchen Gründen auch immer, längere Zeit mit sich herumträgt, kriegt garantiert einen Haltungsschaden. Er beschrieb mit der Waffe einen Halbkreis, so dass jeder einmal die Gelegenheit hatte, in das schwarze Loch der Mündung zu blicken. Seine laute, dunkle Stimme füllte den Raum. »Wo sind wir hier gelandet, verdammte Scheiße? Wollt ihr Arschlöcher uns verarschen? Warum sind hier fünf beschissene Weiße? Was soll das werden? Ich will dir mal was sagen, du bekloppter Moose: Mit uns hat noch keiner einen Scherz gemacht, ohne es bitter bereut zu haben! Wir kommen aus einem verdammt harten Land!«

Moose beugte sich nur ganz wenig vor – und schon klatschte er die Köpfe der Nigerianer gegeneinander.

Ihre Gelenke wurden weich wie Sülze, sie kapierten nicht mehr viel. Aber ein Schuss löste sich. Die Explosion war so laut, dass alle für einen Moment taub waren. Alles ging so rasend schnell. Die Kugel zischte durch Friedas Bienenkorb, der zu qualmen anfing, zerschmetterte im Regal eine Weinbrandflasche, löste Schreie aus, Wilson Pickett sang »I bought you a brandnew Mustang – from nineteen sixtyfour ...!«

Die Afrikaner fanden sich benommen, überrascht und vermutlich mit Glockengeläut in ihren Köpfen auf dem Fußboden wieder, Frieda tunkte ihren angebrannt riechenden, knisternden, Funken versprühenden Bienenkorb ins Spülbecken, ehe sie sich's auch auf dem Fußboden bequem machte, mit nunmehr nass und verklebt herunterhängender Haarpracht, neben Gabi, die kurz zuvor kollabiert war. Earl, wieselflink, huschte zu dem Schützen und riss ihm die Waffe aus der ohnehin kraftlosen Hand. »Well«, sagte Moose, der entweder das Ausmaß des Vorfalls nicht begriffen hatte, oder so verdammt cool war wie sonst nur Sam Spade und Virgil Tibbs – und vielleicht noch Miles Davis. »Well, ihr Schwanzlutscher aus einem beschissenen Land, in das ich nicht mal für 1 000 Dollar einen Fuß setzen würde, nun sieht die Sache ganz anders aus. Das müsst ihr zugeben.«

Und ich, eingehüllt in eine Wolke äußersten Unbehagens, fragte mich, warum ich plötzlich in einem Gangsterfilm gelandet war, wie ich mich als Soldat in dieser kriegsähnlichen Situation verhalten sollte, ob Gabi einigermaßen okay war und so weiter, blieb mir aber die Antworten schuldig, weil in meinem Gehirn die Gedanken nur so herumwirbelten. In New York City hatte ich nie was mit Waffen zu tun gehabt, weder ich noch meine Freunde und Verwandten hatten sich mit Pistolen beschäftigt, waren jemals Opfer eines Überfalls gewesen oder hatten Schießereien erlebt. Ich kannte so was nur aus dem Fernsehen – und ausgerechnet in Gießen an der Lahn, weit, weit entfernt von der Bronx und Vietnam, wurde in meiner Gegenwart scharf geschossen. Strange Days in Oberhessen. Wer hätte das gedacht.

Außer Moose gab es noch einen coolen Typen: Doug. Er hatte sich die Tasche der Nigerianer geangelt und baute einen Joint. »Der Stoff sieht gut aus«, sagte er. Und das Zeug war wirklich vom Feinsten. Drei Kilo. Als wir alle völlig stoned waren, als Marvin Gaye und Kim Weston *It Takes Two* sangen und unsere Hörkanäle wieder funktionierten, wurde die Nacht doch noch nett, sogar super, was vor allem daran lag, dass wir alle im Grunde friedfertige Hedonisten waren. Die Nigerianer bekamen ihr Geld, mussten aber den Revolver zur Strafe für die zerschossene Schnapsflasche und Friedas ruinierte Frisur Moose überlassen. Sie hatten nichts dagegen, tranken jeden Schnaps, den man ihnen hinschob, erzählten uns eine Menge erstaunlicher Geschichten aus ihrer Heimat, hatten sogar schon Bekanntschaft mit Gott gemacht, der da unten sehr oft gesichtet würde und schwarz sei, was alle belächelten, nur Frieda nicht, die mit ihrer nassen, völlig zerstörten Frisur ziemlich strange aussah. Sie lallte, das könne sie sich verdammt gut vorstellen, denn ein Gott, der die Soul Music und Moose geschaffen habe, müsse von Soul durchdrungen sein. »Durchdrungen«, wiederholte sie mehrmals, wenn auch undeutlich, von diesem Wort offenbar fasziniert.

Na ja, so harmonisch diese Nacht auch endete – uns war mit unserer Ware kein Glück beschieden. Als hätte sich an jenem Tag eine Tür zur Welt der Gewalt geöffnet, waren wir von da an ständig konfrontiert mit dem Bösen. Moose erwischte es besonders schlimm.

Mit einem Kilo Haschisch in seinem Spind bekam er kalte Füße, suchte verzweifelt einen Abnehmer, und drei schwarze GIs nahmen es ihm dann auch ab, nachdem sie ihm zwei Kugeln verpasst und somit einen längeren Krankenhausaufenthalt beschert hatten. Earl, der erst seit ein paar Wochen in Deutschland weilte und nicht viel über Europa wusste, verkaufte einem Typen 200 Gramm, blätterte, vom Triumph berauscht, die Scheine vor uns auf den Tisch – 3 000 Mark, mit denen er sich den Arsch abwischen konnte: DDR-Lappen.

»Warum lässt du dir ostdeutsches Geld andrehen?«, fragte ich ihn. »Du kennst doch die Geldscheine, die man hier benutzt.«

»Ist doch egal. Ist alles Deutschland. Ich muss nur auf die Bank gehen und mir dafür westdeutsche Mark geben lassen. Wenn ich in Texas zehn Dollar bekomme, sind das auch in Oregon zehn Dollar.«

Da bekam selbst der sonst so gelassene Doug einen Wutanfall. »Weil die Banknoten in Oregon die gleichen sind wie die in Texas oder Florida! Sehen diese DDR-Banknoten so aus wie die Scheine, mit denen du hier deine Drinks bezahlst? Mein Gott! Dieses Geld ist im Westen einen Scheißdreck wert, du hirnloser Blindgänger! Ich weiß nicht einmal, ob eine Bank dieses Klopapier überhaupt annimmt! Und wenn, dann kriegst du dafür vielleicht ein Zehntel richtiges Geld!«

»Das wären 300 richtige Mark. Immer noch in der Gewinnzone.«

»Leck mich, Mann, auf so 'ne Gewinnspanne scheiß ich!«

Kurz darauf erfuhren die harten Vietnam-Kämpfer von unserem Treiben, das heißt, wahrscheinlich ahnten sie es nur, was allerdings naheliegend war, da in der Kaserne eine Menge Typen unseren Shit rauchten – und über alle Maßen lobten. Also brachen diese Wichser unsere Spinde auf, verwüsteten sie und klauten die Ware.

Na ja, dachten wir, ist vielleicht besser so, weil möglicherweise über kurz oder lang die Wichser vom CID dahintergekommen wären und uns einen längeren Aufenthalt im beschissenen Army-Knast in Mannheim verschafft hätten. Wir verschwiegen klugerweise den Einbruch in unsere Spinde und nahmen uns stattdessen vor, auf keinen Fall nach Vietnam zu gehen, um dort eventuell so deformiert zu werden wie diese Arschgesichter.

»Ich werde in Deutschland bleiben«, sagte ich. »Mir gefällt hier die sexuelle Atmosphäre besser als in den USA. Was Gabi so alles mit mir anstellt, würde uns in Texas vermutlich zehn Jahre chain gang einbringen.«

Earl nickte nachdenklich. »Weiber sind immer ein gutes Argument.«

Einweihungs-Blues

Anfang der 70er Jahre wuchs aus der 68er-Saat in den Großstädten die Gegenkultur. Vor allem in heruntergekommenen ehemaligen Arbeitervierteln konnte man Wohnungen, Läden und Kneipen günstig mieten, der meist beklagenswerte Zustand der Räumlichkeiten schreckte die jungen Leute, die ohnehin von der Konsumgeilheit der Bevölkerungsmehrheit abgestoßen waren, keineswegs ab, sondern beflügelte eher ihre Phantasie und bot ihnen große Entfaltungsmöglichkeiten. Die Arbeiter, mehr an Zweckmäßigkeit und Zentralheizung interessiert, hatten sich allmählich in die gesichtslosen Neubauviertel abgesetzt und ihre Altbauwohnungen den Gastarbeitern überlassen. Nun zogen also langhaarige Hippies, Spontis, Anarchos et cetera in die heruntergekommenen Häuser, übernahmen Läden und Kneipen, verbrauchten viel bunte Farbe und versprühten Unmengen von Optimismus.

Rolf und Lisa zählten sich ebenfalls zur Alternativszene. Sie waren etwa gleichaltrig und seit drei Jahren zusammen. Nach dem Abitur hatten sie eine viermonatige Indienreise unternommen, mit wachen Sinnen, mit großen Augen, die alles aufgenommen hatten wie Kameraobjektive. Danach war ihnen die Welt verändert vorgekommen. Zwei Semester hatten gereicht, um den Universitätsbetrieb zum Kotzen zu finden. Nun arbeitete Lisa vormittags in einem Hotel, machte dort das Frühstück und mit einer Jugoslawin zusammen die Betten, Rolf kellnerte abends in einer Diskothek. Übergangsjobs. Sie wollten auf keinen Fall in ihrer Heimatstadt Marburg versauern, während es in Berlin, Hamburg und München brodelte. Ihr täglicher Traum: eine richtig authentische Szenekneipe, möglichst in Hamburg, denn dort kannten sie jemanden, einen Typen namens Lars, den sie damals in Kandahar getroffen hatten, mit dem sie dann zusammen bis nach Delhi gereist waren, und der in Hamburg ein Fotoatelier besaß und angeblich eine Menge korrekter Leute kannte. Er wohnte in Eppendorf, einem Stadtteil, der in ganz Deutschland bekannt war. Die Eppendorfer Szene: *Onkel Pö's Carnegie Hall*, die *Schramme*, *Schröder*, Udo Lindenberg, Otto Waalkes, Inga Rumpf, Rock, Jazz, gute Laune und so weiter. Allerdings waren in Eppendorf die großen Wohnungen in den schönen großen Gründerzeit- und Jugendstilhäusern so teuer, dass sie für die meisten Alternativen nicht in Frage kamen.

Wie es der Zufall wollte, starb Lisas Großtante Hedi, verwitwet, kinderlos, zeitlebens sparsam, und hinterließ ihr 30 000 Mark.

»Fahren wir am Wochenende nach Hamburg, uns umsehen?«, fragte Lisa, die Gott sei Dank nicht allzu sehr um ihre Tante trauerte, was Rolfs Euphorie doch stark zurückgeschraubt hätte. Er grinste breit, sah sich schon hinter dem eigenen Zapfhahn stehen und nahm seine Freundin in den Arm.

Schöne große Wohnung in der Haynstraße. Geschmackvoll eingerichtet. Lars war clever. Er hatte die Nase in den Wind gereckt, geschnuppert und den

Trend gerochen. Auf den Dachböden, in den Kellern der bürgerlichen Häuser stapelten sich Millionen Möbelstücke aus dem letzten Jahrhundert, waren vererbt und irgendwann ausrangiert worden, nahmen Platz weg und warteten nur auf Entrümpler. Neben seinem Fotoatelier betrieb Lars neuerdings eine Entrümpelungsfirma und räumte mit Leidenschaft die Dachböden Verstorbener aus dem Großbürgertum aus. Er bezahlte nach Kubikmeter, musste dafür zwar auch den ganzen Schrott wegschaffen, wurde aber fast immer belohnt. Biedermeier-Sofas und -Truhen, Jugendstil-Stühle, Art déco-Lampen – und selbst die einfachen Möbel waren nicht zu verachten, denn die Alternativen waren auf jeden Fall scharf auf Secondhand-Sachen. Er hatte eine Halle gemietet und diese eingeteilt in die teure und die günstige Abteilung. »Ich mache richtig Kohle«, sagte er. »In zwei Jahren ist wahrscheinlich alles abgegrast. Aber was soll's. Den nächsten Trend werde ich auch früh genug mitkriegen. Am besten, man schafft selbst den nächsten Trend.« Selbstzufriedenes Lachen.

Rolf und Lisa saßen in seinem großen Wohnzimmer, ein wenig befangen, weil Lars trotz der immer noch langen Haare und der lässigen Kleidung – die allerdings aus teuren Läden stammte – anders war als auf ihrer Asienreise. Er hatte offenbar zu lange am Geld gerochen, befand sich in Goldgräberstimmung und redete auch so. Dennoch erwies er sich als perfekter Gastgeber, vertraute ihnen einen Schlüssel an, stellte sie seinen Freunden vor, die leider, trotz ihrer langen Haare und legeren Kleidung, ebenfalls auf dem Kohle-Trip, aber dennoch sehr nett waren.

»Also Eppendorf ist nicht so ganz unsere Linie, nicht wahr?«, sagte Lisa und es war mehr eine Feststellung als eine Frage. Rolf nickte. »Wir müssen dahin gehen, wo die richtigen Leute wohnen.« Sie hatten im Hamburger Abendblatt die Annonce eines Gaststättenmaklers gelesen: Gaststätte in Eimsbüttel zu verkaufen, 60 Plätze, kleine Küche, günstige Miete, 20 000 DM. Das Maklerbüro befand sich auch in Eimsbüttel, und die beiden stellten fest, dass Eimsbüttel ganz schön groß war.

In seinem schmutzigen, unaufgeräumten Büro saß traurig der Makler, Herr Aleit, ein schmutziger älterer Mann mit starkem ostpreußischen Akzent, verfütterte die Hälfte seines traurigen Mittagessens – sechs Bockwürste und drei Brötchen – an zwei schmutzige Pekinesen und trank nebenbei Weinbrand aus einem Henkelglas. Er wurde sofort sehr schleimig, als er hörte, um was es ging.

»Eimsbüttel-Nord«, sagte er, »ist für alternative Kneipen mehr als reif. Sie, meine lieben jungen Leute, wollen etwas erreichen, das sehe ich Ihnen an, und Sie haben mit diesem Lokal die Möglichkeit, in dieser Gegend die Speerspitze der Bewegung zu werden.«

Speerspitze der Bewegung? Rolf ekelte sich vor solchen Metaphern, aber es klang verlockend, in unbekanntes Terrain vorstoßen zu sollen. Man einigte sich darauf, das Lokal am nächsten Tag gemeinsam zu besichtigen.

In Eimsbüttel-Nord gab es ebenfalls viele alte Mietshäuser. Häuser, die um die Jahrhundertwende erbaut worden waren – ganze Straßenzüge, das ganze Viertel. Aber schon auf den ersten Blick wurde deutlich, dass die Wohnungen kleiner und niedriger waren. Arbeiterwohnungen. Die meisten Gebäude schienen nicht nur außen, sondern auch innen seit langer Zeit vernachlässigt worden zu sein. Genau wie die Kneipe, die so grau und geschmacklos wirkte wie der Mann hinterm Tresen und die beiden Gäste davor. Der Wirt würfelte mit den beiden, aus der Musikbox dröhnte eine unsagbar primitive Schnulze, zwei Geldspielautomaten ließen ihre Lichter flackern. So trostlos der Anblick auch war – nachdem sich die Wogen des Entsetzens einigermaßen geglättet hatten, versuchte Rolf, sich den Raum nach der Renovierung und mit anderen Möbeln vorzustellen – und es gelang. Selbst Lisa, die zu Anfang die Augen verdreht hatte, entdeckte den verborgenen Charme der Kneipe. »Und nur 800 Mark Miete«, raunte Herr Aleit. »Und wofür sollen wir 20 000 Mark bezahlen?« Lisa überflog das 08/15-Mobiliar mit ungläubigem Blick.

»Für alles – die Möbel, die Schankanlage, die Kücheneinrichtung, die allerdings nur aus einem E-Herd und einem Kühlschrank besteht; aber vor allem ist es eine Abfindung für den Wirt. Das ist so üblich.«

Drei Monate später – die beiden hatten eine Wohnung in der Nähe gefunden und in ihrer Kneipe jeden Tag bis in die Nacht geschuftet – strahlten die frisch gestrichenen Räume Gemütlichkeit und Optimismus aus. Die neuen Möbel waren natürlich nicht neu. Es handelte sich um Stühle, Tische und zwei Sofas aus bürgerlichen Wohnzimmern der 30er Jahre, günstig erworben bei Lars. Über den Tischen hingen alte Küchenlampen mit Porzellanschirmen, die Rauhfasertapeten an den Wänden waren gelb gestrichen worden, ein paar alte Spiegel mit Holzrahmen und einige Toulouse-Lautrec-Poster verdichteten den Eindruck von einladender Gastlichkeit. Der schwarzlackierte Tresen schimmerte im warmen Licht. Rolf und Lisa waren die Spielautomaten und die Musikbox nach erbittertem Kampf mit dem Automatenaufsteller losgeworden, ein kompaktes Akai-Tonbandgerät thronte in der Regalwand, es lief schon, die *I Shot The Sheriff*-Version von Eric Clapton füllte den Schankraum, und in einer Stunde, um 20 Uhr, sollte die Eröffnung sein.

»Oh Gott, ich bin so aufgeregt«, stammelte Lisa. Rolf ging es nicht anders. Ihn beunruhigten die Typen, die sich vor dem Lokal eingefunden hatten, viele Zigaretten rauchten und offenbar zur Eröffnung kommen wollten. HSV-Fans, alle in Jeansjacken mit abgeschnittenen Ärmeln, auf der Brust und auf dem Rücken das HSV-Emblem, keiner von ihnen war älter als 17, mindestens zehn von der Sorte.

Punkt 20 Uhr flammte die neue Außenwerbung auf: *Abendstern*. Für diesen Namen hatte Lisa plädiert. Und prompt schoben sich die HSV-Fans in den Raum, ihre Unsicherheit hinter großen Sprüchen und männlichem Gehabe verbergend. Sie nahmen in einer Ecke des Raums zwei Tische in Beschlag und bestellten Bier. Flaschenbier. War ja klar. Rolf hatte mit 16 auch angenommen, aus der Flasche zu trinken, sei lässiger. Während er noch dabei war, zehn Flaschen *Holsten Edel* zu öffnen, wälzten sich ein paar dicke Männer – sechs, um genau zu sein – ins Lokal, grüßten lautstark und pflanzten ihre Ärsche auf die Barhocker. Rolf, der nie in Kneipen verkehrte, in denen so dicke Männer auf Barhockern saßen, fand es witzig, dass die Ärsche der sechs Gäste weit über die Sitzflächen reichten und diese fast zu umschließen schienen. Sie waren wohl alle Anfang 30, Handwerker, wie sich schnell herausstellte, und sie schienen es gewohnt zu sein, sehr laut zu sprechen und zu lachen. »Bier und Korn! Darf ruhig schnell gehen!«

Zwei ebenso alte, gepflegt aussehende Männer mit Fönfrisuren setzten sich ebenfalls an den Tresen, stellten sich sogar vor, ein wenig tuntig und gleich von den Handwerkern mit unterdrücktem Kichern parodiert. Die Besitzer des Friseursalons von nebenan. Fünf weitere HSV-Fans besetzten einen weiteren Tisch, bestellten natürlich ebenfalls Flaschenbier. Dann betraten, von allen mit einer gewissen Ehrfurcht begrüßt, zwei Paare den Raum. Die beiden Männer, schon grauhaarig, trugen altmodische Frisuren, so 50er-Jahre-Stil, mit viel Pomade und einer Tolle, teure, aber grelle Anzüge mit breiten Revers, fette Armbanduhren und protzige Ringe. Ihre Frauen, von perfekten Dauerwellen gekrönt, die ersten Falten dick verspachtelt, waren mit reichlich Schmuck behängt und steckten in zu engen und zu grellen Kostümen. Sie gaben sich unnahbar, während ihre Gatten sich dazu herabließen, mit den Handwerkern ein paar Scherze auszutauschen, hier eine Schulter zu tätscheln, da kumpelhaft gegen einen Oberarm zu boxen, den sichtlich beeindruckten HSV-Fans gönnerhaft zuzuwinken. Zweifellos bekannte und zumindest in dieser Gegend wichtige Männer, die vermutlich in jeder Kneipe der Umgebung derlei Auftritte zelebrierten.

»Das sind Arthur Schön und Kurt Tauschek mit ihren Frauen. Jeder von den beiden hat mindestens zehn Jahre Knast hinter sich«, antwortete einer der Friseure, Rolfs fragenden Blick beantwortend. Er sprach leise, so dass Rolf sich vorbeugen musste. »Harte Jungs, die jeder hier in der Gegend kennt. Es gibt noch mehr harte Typen hier, aber die beiden mit ihrer Bande haben das Sagen. Schon seit über 20 Jahren.«

»Eine Flasche Sekt, aber keinen Scheißdreck, und zwei Johnny Walker mit Eis!«, bestellte einer der harten Grauhaarigen laut und befehlsgewohnt, dann nahmen die vier einen Sechsertisch in Beschlag. Zwei bartstoppelige fette Alkoholiker rauschten herein, wurden auf ihrem Weg zu einem Tisch von den Handwerkern lustvoll beleidigt, schienen aber taub zu sein. Ihre wulstigen Hände waren schmutzig, in den Gesichtern klebte Grind, in den Augen lag nichts als dumpfe Lethargie. »Zwei Halbe und zwei doppelte Korn.«

Rolf fühlte sich unwohl. Er fragte sich, ob er bei den Pennern im Voraus kassieren solle. Aber das könnte diskriminierend wirken, das fiel flach.

Drei hagere Gestalten tauchten auf und stellten sich zu den Handwerkern, zwei Männer mit fettigen Rockerfrisuren und eine blonde Frau, die früher, in besseren Zeiten, eine entfernte Ähnlichkeit mit Marilyn Monroe gehabt haben mochte. Alle drei waren vom Alkohol gezeichnet, die beiden Männer konkurrierten offenbar um die Frau und versuchten, sich an lässiger Männlichkeit gegenseitig zu überbieten. »Drei Korn-Cola, viel Korn, wenig Cola!«, schnarrte einer von ihnen. Es hörte sich an wie eine knappe Anamnese. Rolf und Lisa wurden unruhig. Bis jetzt gehörte keiner der Gäste zu der gewünschten Sorte. Die selbstbeschrifteten bunten Plakate, die sie in den letzten Tagen an Hauswände und Bäume geklebt hatten, auf denen das Konzept der Kneipe klar erläutert worden war, hatten, wie es aussah, ihre Wirkung verfehlt. Aber abwarten. Gut möglich, dass es einige Tage dauern würde, bis …

Wieder ging die Tür auf. Mal sehen. Fünf langhaarige Jungs, kaum älter als die Fußballfans, aber im Gegensatz zu diesen mit grimmigen Gesichtern, bewegten sich unsicher an den Handwerkern vorbei zu dem letzten unbesetzten Tisch. Sie sahen eigentlich aus wie die von Rolf und Lisa gewünschten Gäste, trugen allerdings alle schwarze Lederjacken, die auf dem Rücken mit einem weißen A in einem Kreis verziert waren. Anarchos. Dass Anarchos immer mit grimmigen Mienen herumliefen und alles scheiße fanden, hatte Rolf schon in Marburg festgestellt. Dort gab es nur wenige von ihnen, und die beschränkten ihre politischen Tätigkeiten auf das Beschmieren aller möglichen Mauern mit todernst gemeinten Parolen. Sie bestellten mit grimmigen Gesichtern Flaschenbier, und einer von ihnen sagte grimmig zu Lisa, bald gehöre sowieso alles allen, also auch diese Kneipe.

Ein hochgewachsener hagerer Mann lenkte alle Augen auf sich. Seine Kopfhaare reichten ihm bis zu den Hüften, sein Bart ging ihm bis zur Brust. Er war ganz in weiße indische Leinenstoffe gekleidet, weites Hemd, weite Hose, langer Schal. Er ging barfuß, die bissigen Bemerkungen der Handwerker prallten an ihm ab wie Regentropfen auf einer Ölhaut. Souverän postierte er sich am Ende des Tresens. »Ein kühles kleines Bier, bitte.« Seine Stimme klang dunkel und beruhigend. Wohl ein Guru.

Endlich tauchte Lars auf, lachend, in Begleitung zweier ebenfalls lachender Kumpels. Nach drei oder vier Sekunden verschwand das Lachen, um einem Ausdruck milden Ekels Platz zu machen. Lars hatte ja vor dieser Gegend gewarnt, aber dieser Anblick überstieg seine schlimmsten Befürchtungen. Er eilte zum Ende des Tresens, winkte Rolf herbei und raunte ihm nervös zu: »Bei dieser Gäste-Konstellation musst du heute noch mit Ärger rechnen. Ich hab euch vor dieser beschissenen Gegend gewarnt. Hab ich doch, oder?«

Ein mildes Lächeln erschien auf dem Gesicht des Gurus. »Entschuldige, wenn ich mich einmische. Aber man sollte dem Abend Gelegenheit geben, sich zu entwickeln. Vorurteile beeinflussen die Vibrations.«

»Danke für den Tip. Aber glaube mir: Ich weiß, wovon ich spreche.« Lars hatte schon in Indien seine Verachtung für westliche Hinduismus-Anhänger deutlich gezeigt. Rolf, schon ganz der Gastwirt, schlüpfte sofort in die Vermittlerrolle, quatschte, wie er selbst bemerkte, jedoch nur Unsinn, in dem viel einerseits und andererseits vorkam, weshalb er lieber in die Arbeit flüchtete. Es gab ja auch einiges zu tun, denn die Gäste, so bizarr sie auch wirkten, tranken fast alle sehr zügig. Dabei tauten sie zusehends auf, breiteten treuherzig ihre Vorurteile auf dem Tresen und den Tischen aus – es war einerseits skurril und andererseits zum Kotzen. Rolf und Lisa hatten ganz offensichtlich die falsche Gegend gewählt. Keine Spur von Weltstadt, die gleichen dumpfen Gehirne wie in der Provinz. *No Money Down* von Humble Pie, ein cooles Chuck-Berry-Stück, haute mächtig rein, und einer der Handwerker maulte: »Wo ist denn überhaupt die Scheiß-Musikbox geblieben? Bei dem Scheiß hier läuft mir ja das Ohrenschmalz auf den Kragen.« Sein Nebenmann, auf einem anderen Trip, stellte die Fragen, die Rolf und Lisa schon 1968 von geilen Spießern gehört hatten: »Ihr wohnt doch bestimmt in einer Kommune. Fickt da jede mit jedem? Ist das so 'ne Art Pflicht? Geht das besser mit Hasch? LSD soll ja unheimlich spitz machen. Stimmt es, dass ihr alle Türen ausgehängt habt, sogar die Klotür?«

Wirt und Wirtin waren dankbar, dass sie zu tun hatten, antworteten nebenbei und möglichst locker, witzig, obwohl in ihren Köpfen das reine Chaos herrschte. Mehrere Gefühlsstränge kamen sich in die Quere – Wut, Verzweiflung, Angst, Verachtung, Hoffnungslosigkeit. Die Stimmen in ihnen schrien durcheinander, schrien abhauen, aufgeben, alle rauswerfen, ruhig bleiben, Zähne zusammenbeißen, durchhalten, immer nachgeben, Härte zeigen!

Den schwulen Friseuren gefielen Rolf und Lisa. Sie sagten, früher sei diese Kneipe das letzte Loch gewesen, die Mehrzahl der jetzt Anwesenden habe sich hier besoffen, anschreiben lassen und die vielen früheren Wirte in die Pleite getrieben. »Es wird eine Weile dauern, bis ihr andere Gäste habt«, unkten sie, mit einer Spur von Mitleid in den Stimmen.

Schon gab es Ärger. Die Anarchos waren von den HSV-Fans dumm angemacht worden. Die üblichen Sprüche: »Warum geht ihr denn nicht rüber in die Ostzone, wenn ihr Kommunismus so klasse findet? Weil ihr da nämlich arbeiten müsst, stimmt's?«

So was hörten die Anarchisten täglich. Sie fühlten sich diesen Proleten zumindest intellektuell haushoch überlegen, was allerdings keine Kunst war, grinsten verächtlich über so viel Unwissenheit. »Geht doch einfach kacken, Jungs!«, rief der mit der längsten Matte hinüber. Großes Stühlerücken, Anarchos und Fußballfans erhoben sich kampfbereit, Rolf sprang zwischen die Fronten, mit erhobenen Armen. »Hört auf mit dem Scheiß, Leute, versucht es doch heute mal mit Toleranz!«

»Du bist doch auch einer von denen!«, rief ein dicklicher, pickliger HSV-Fan so empört-erregt, als hätte er Rolf als Jack the Ripper entlarvt.

»Ich bin ich, du Ochse! Was weißt du denn von mir? Deine ganze Weltsicht ist mit Vorurteilen verklebt! Mann, Alter! Man muss sein Gegenüber doch erst mal kennenlernen, ehe man sich ein Urteil bildet!« Nun war es an Rolf, empört-erregt zu sein. Was er sagte, war in der ganzen Kneipe zu hören, so laut hatte er seine Stimme gestellt. Und tatsächlich zeigten einige ein nachdenkliches Gesicht. Selbst die beiden Berufsverbrecher, denen die Naivität natürlich nicht entgangen war, nickten anerkennend mit ihren faltigen Köpfen. Die beiden Friseure klatschten zaghaft Beifall, der Guru spendierte ein huldvolles Lächeln, dabei mit zwei Fingern das Peace-Zeichen formend, mit dunkler Stimme ein mächtiges »Om!« in den Raum drückend; Lars und seine beiden Kumpels riefen, genauso sei es – und dann lief *C'mon Everybody* von Eddie Cochran, womit jeder etwas anfangen konnte, und für einen Moment lag Harmonie in der Luft. Einer der beiden Kavaliere mit den Rockerfrisuren riss gerade noch rechtzeitig – vor einer allgemeinen Umarmung – das Maul weit auf und blaffte Lisa an. Wahrscheinlich wieder die Alpha-Wolf-Nummer, weil sein Kumpel gerade eben dem von beiden umworbenen Sexobjekt namens Renate die Zunge in den Mund geschoben hatte, was von der Schlampe auch noch geduldet wurde. Geduldet? Die Sau schien es genossen zu haben. »Hör mal zu, du Hippie-Mädchen, verarschen kann ich mich selbst. Was stellst du mir denn hier für 'ne Scheiße hin? Cola mit einem Hauch von Korn! Hau da mal ordentlich Korn rein, verdammte Scheiße! Und die Eiswürfel kannst du selber lutschen oder dir sonstwo reinschieben!«

»So redest du nicht mit meiner Freundin!« Rolf wusste, dass es eine rote Linie gab, die kein Gast übertreten durfte. Ohne Autorität war jeder Wirt der Hofnarr im eigenen Laden, und dieser aggressive Typ hatte die rote Linie soeben übertreten.

»Was willst du denn, du Hemd? Soll ich mit dir den Fußboden wischen?«

Showdown, dachte Rolf, nahm die drei Gläser, kippte ihren Inhalt in den Trichter, der im Abfluss der Spüle steckte, schob das Kinn vor und sagte: »So, das war's hier für euch. Raus!«

Bevor die beiden Cowboys und ihre Freundin explodieren konnten, brummte einer der Handwerker, ein kräftiger Mann mit riesigen Pranken, ruhig aber sehr bestimmt: »Ihr drei macht jetzt besser den Abflug! Ständig hab ich euer Gequatsche in den Ohren.«

»Okay, okay, ich entschuldige mich, war'n bisschen zu patzig, geb ich offen zu und bestelle hiermit drei vierfache Korn mit jeweils einem Schuss Cola und bezahle auch gleich.« Der Alpha-Wolf knickte erstaunlich schnell ein. Zerknirscht grinsend reichte er Rolf seine sehnige Hand, der überlegte nicht lange und schlug ein, weil er hoffte, erst mal genug Autorität gezeigt zu haben, und machte die Drinks fertig.

I'm Gonna Booglarize You Baby von Captain Beefheart schien den Gangster-Gattinnen noch weniger zu gefallen als die ganze vorherige Musik. Sie stöhnten laut auf und kreischten unisono: »Das hält doch kein Schwein aus!«

Damit gerieten sie samt ihren Ehemännern ins Visier der Anarchos, die nicht aus der Gegend stammten und deshalb auch nichts über Arthur Schön und Kurt Tauschek wussten. Sie sahen nur die Klunker und die grelle Kleidung. Der mit der längsten Matte rief ihnen unter dem hämischen Gelächter seiner Freunde zu: »Du siehst tatsächlich aus wie'n Schweinchen, Oma!«

Wie ein Mann erhoben sich Arthur und Kurt, jeder mit einem Schlagring bewaffnet, und schlugen zu, wie in alten Zeiten, als es darum gegangen war, sich Respekt im Viertel zu verschaffen. Das war leider das Signal für die HSV-Fans, die nun ebenfalls auf die Anarchos eindroschen. Angewidert verzog der Guru den Mund. »So geht das nicht. Die Anarchos sind nur zu fünft. Und dann Schlagringe. Pfui Teufel.« Entschlossen stürzte er sich ins Getümmel – und siehe da: Er konnte kämpfen, knallhart, beherrschte irgendeine asiatische Kampfart, Kung Fu oder so was, wirbelte herum wie ein Tornado. Für die beiden verwahrlosten Alkoholiker schien die Gelegenheit abzuhauen günstig zu sein, doch sie wurden von Lisa gestellt. Rolf wollte sich eben mit dem Mut der Verzweiflung zwischen die Kämpfenden werfen, als die Tür aufflog und ein riesiger Rocker in den Raum fiel, völlig besoffen und unverkennbar wütend. Er stand verhältnismäßig schnell wieder auf den Beinen. Die beiden Cowboys schienen den Grund für seine Wut zu kennen und versuchten sich in Richtung Toiletten zu verkrümeln, drangen aber nicht durch das Gewoge – und schon war der Rocker bei ihnen. »Hab ich euch, ihr Ratten! Vor einer Woche sollte ich meine Kohle wiederkriegen! Wo ist meine verdammte Kohle?« Die Schlägerei ließ ihn kalt. Er ohrfeigte zuerst die beiden Cowboys und dann deren Freundin, die sich jedoch nichts gefallen ließ und ebenfalls zuschlug. Schreie, Gegröle, Keuchen, Stöhnen, Flüche, umstürzende Möbel, zersplitternde Lampenschirme, Spiegel und Gläser, dazu, auch nicht gerade leise, *Whole Lotta Love* von Led Zeppelin. Rolf und Lisa sahen sich an und lasen das Entsetzen in ihren Augen. Als der Rocker auf seine drei Opfer einprügelte, entschlossen sich die Handwerker, aufzuräumen. Die Friseure zahlten schon mal, gingen aber noch nicht gleich, sondern tranken noch ihre Gläser aus, rauchten noch eine und kommentierten sachkundig das Geschehen. »Der Yogi oder was auch immer schlägt sich prächtig. Sehniges Kerlchen. Mir wäre er zu mager.«

»Ich weiß. Dir gefällt der Rocker. Du magst ja Bären.«

»Also, du hast sie wohl nicht alle. Das ist kein Bär, sondern ein Yeti. Außerdem ist er zu brutal. Sieh doch mal, wie der zuschlägt. Oh Gott, das Blut. Wie unappetitlich. Komm, lass uns gehen und von unserem Laden aus die Polizei anrufen, damit man den beiden jungen Leuten ihre liebevoll hergerichtete Kneipe nicht völlig zertrümmert.«

Trotz seiner Betrunkenheit hielt sich der Rocker gut. Er hatte immerhin gegen sechs Handwerker, zwei Cowboys und eine hasserfüllte Frau zu kämpfen. Aber nun knallte eine Faust gegen seinen Kopf, und die Wucht ließ ihn einige Schritte rückwärts taumeln. Er fand sich vor der Theke wieder. »Gottverdammt«, fluchte er. »Wieso hab ich auf einmal neun Gegner?« Mit geübtem Griff schlug er eine Flasche kaputt und hielt den gezackten, zu einer gefährlichen Waffe gewordenen Flaschenhals mit kreisenden Bewegungen vor sich. Zweifellos eine weitere Umdrehung der Eskalationsschraube. Die Handwerker, nicht faul, zerlegten einige Barhocker und hielten triumphierend deren Beine in den Händen, lange, feste Schlagstöcke, mit denen sie erbarmungslos auf den Yeti eindroschen; in ihren Gesichtern sah man den plötzlich aus dem Kleinhirn hervorgekrochenen Vernichtungswillen, der dünne Lack der Zivilisation war einfach abgeplatzt. Und zwar nicht nur bei den sechs tagsüber vermutlich sehr umgänglichen und vernünftigen Handwerkern. Jeder im Raum wurde mittlerweile von den Reptilienresten in seinem Gehirn beherrscht, selbst Lisa, die schreiend mit einem Aschenbecher auf jeden erreichbaren Kopf einschlug, selbst Rolf, der wie im Rausch die Musik noch lauter stellte und zu den bombastischen Klängen des Procol-Harum-Stücks *Grand Hotel* mit irrem Lachen die Zapfhähne öffnete, einen Eimer und große Gläser darunter stellte, deren Inhalt er, sobald sie gefüllt waren, in den brodelnden Brei aus Menschenleibern schüttete. Er arbeitete wie im Akkord, ein Aschenbecher flog dicht neben seinem Kopf in das Gläserregal und richtete dort erheblichen Schaden an, doch das irritierte ihn nicht mehr. Wo ist eigentlich Lars?, überlegte er kurz. Geflüchtet. Der Sack. Aber klar. Er hat uns ja gewarnt. Wieder war der Eimer voll. Der Eimer war befriedigender als die Gläser. Da gingen immerhin zehn Liter rein. Mit einem Schwung, als wolle er ein Feuer löschen, leerte er ihn. Schöner Schwall. Altbier. Keine Sau hatte an diesem Abend Altbier bestellt. Kannten sie nicht, die Banausen. Obwohl das Zeug in jeder Szenekneipe ein Muss war. Aber scheiß drauf. Ein Gedanke blinkte in ihm auf: neues Bierfass holen. Rücksichtslos bahnte er sich einen Weg, rollte ein 50-Liter-Fass aus dem Getränkelager, rammte einen Ersatz-Stechdegen in den Spund, zog ihn wieder heraus – und eine Bierfontäne spritzte zischend bis zur Decke. Nun wurde das Fass wie eine Kanone in die richtige Stellung gebracht – eine Dusche für alle. Der Kampfeseifer flaute ab, erlosch dann völlig, auch das Bier beruhigte sich, und nach ein paar schwächer werdenden Eruptionen war Ruhe. Lisa, die gerade mit blitzenden Augen und einem Messer in der Hand aus der Küche kam, um einen oder zwei ihrer Gäste abzustechen, hielt inne, atmete tief durch. Sie hatte ein blaues Auge und eine Schramme auf der Stirn.

Rolf blickte auf sein verwüstetes Lokal, sah die durchnässten, blutenden, zum Teil entstellten und krankenhausreifen Menschen, die nun keuchend und endlich ebenfalls entsetzt um sich schauten, und wünschte sich zu diesem Bild einen passenden Song. Und der setzt dann auch tatsächlich ein: *Good Day In Hell*, schön laut und klar, von den Eagles. Erstaunlich, dachte er, wie sich ein anfangs ganz passabler Tag entwickeln kann.

Doch der Tag war noch nicht zu Ende. Allmählich konnte man einige der Gäste wiedererkennen. Sie hatten sich jedenfalls alle verändert. Äußerlich sowieso, aber einige hatten vielleicht auch etwas dazugelernt. Die zwei Gangster-Paare zum Beispiel. Abgesehen von den durch Bier verklebten und von fiesen Feinden durch ausgerissene Haare zerstörten Frisuren, dem abgerissenen Schmuck, den zerrissenen und zum Teil völlig entfernten Kleidungsstücken und den von Faustschlägen gezeichneten Gesichtern war es interessant zu sehen, wie unsicher und ratlos die eben noch so bedeutenden Herrscher sich ansahen. Die Schlagringe in ihren Händen besaßen keine Macht mehr. Die vier sahen nur sich gegenseitig an – keinen der vorhin noch wie Untertanen behandelten Gäste, die schon als Kinder respektvoll gegrüßt und danach bewundernd oder ängstlich über sie getuschelt hatten. Sie taten so, als wären sie unter sich, hätten gerade einen Tornado überlebt und versuchten nun herauszufinden, in welche Wildnis sie der Sturm gewirbelt hatte. Ein ganz normaler Abend, eine stinklangweilige Einweihung ausgerechnet eines Hippie-Lokals – und plötzlich war die ganze Welt verändert. Kurt Tauschek stand mit nacktem Oberkörper da. Der Scheiß-Guru hatte ihm blitzschnell das Jackett und das Hemd vom Leib gerissen. Die beiden Frauen hätten, so wie sie aussahen, in jeder Geisterbahn eine gute Figur abgegeben. Einige der HSV-Fans klagten über gebrochene Rippen und ausgeschlagene Zähne, die Anarchos boten auch keinen schönen Anblick, und dem Rocker, von Barhockerbeinen weichgeklopft, fiel das Aufstehen so schwer, dass er erst einmal sitzen blieb. Auch den beiden Cowboys und ihrer Freundin ging es nicht gerade gut. Dem Guru hatte man seine indische Kleidung vom Leib gerissen, er stand, nur mit der Unterhose bekleidet, am Tresen, hager, sehnig, vom Bier geduscht, aber ansonsten unversehrt. Ein geheimnisvolles Lächeln lag auf seinem Gesicht. Man hätte meinen können, er habe einen wundervollen Abend erlebt. Draußen wirbelte Blaulicht durch die Dunkelheit. Kurz darauf drängten zehn Polizisten in den Raum. Schon der Anblick ihrer Uniformen genügte, um bei den Anwesenden ein Gefühl von Sicherheit zu wecken, Erinnerungen an die Kindheit traten aus dem Dunkel des Unterbewusstseins, aus einer Zeit, als der Polizist noch Schutzmann genannt wurde und scheinbar alles unter Kontrolle gehabt hatte. Selbst die Anarchos, ansonsten gegenüber jeglichen Uniformierten aus Prinzip renitent, wirkten erleichtert. Jedoch waren die Polizisten, obwohl ziemlich abgehärtet, zuerst einmal enorm irritiert, vor allem beim Anblick des fast nackten Gurus sowie einiger guter alter Bekannter. Ein Beamter zeigte sich sichtlich erschüttert. »Herr Schön, Herr Tauschek, wie sehen Sie und ihre Frauen denn aus? So kenne ich Sie ja gar nicht!« Normalerweise hätten die beiden Ganoven eine schneidige Antwort abgefeuert. Aber nichts da. Nur hilfloses Achselzucken. Zwei alte Männer, deren Welt an diesem Abend untergegangen war. Lou Reed sang *Take A Walk On The Wild Side*.

Rolf und Lisa verkauften den *Abendstern* für 10 000 Mark, zogen, psychisch um Jahre gealtert, wieder nach Marburg und eröffneten dort eine kleine gemütliche Teestube. Sie litten noch lange unter Alpträumen, erzählten jedem von ihrem Abstecher in den Vorhof der Hölle. Manchmal, wenn einer, der wie ein Anarcho oder ein Fußballfan aussah, ihr kleines, gemütliches Reich betrat, zuckten sie zusammen. Doch das gab sich mit den Jahren. Hamburg besuchten sie nie wieder.

Weiber, Rock'n'Roll und harte Typen

Auf einmal war alles anders. Nach dieser Nacht. Es war, als hätte ich jetzt erst sehen gelernt. Mein erster Samenerguss und das damit einhergehende herrliche Gefühl, das meinen ganzen Körper durchfloss – mein lieber Scholli! Das stellte ja auf einmal alles andere in den Schatten. Schlagartig waren solche Dinge wie Briefmarken sammeln, Comics, über dufte Autos reden – und die Schule sowieso – auf meiner Liste tief abgerutscht, bedeutungslos geworden. Auf einmal war alles klar. Ich kapierte, welch übermächtige Komponente Sex ist. Von da an betrachtete ich alles unter sexuellen Aspekten – meine Eltern, die Mädchen, die Lehrer, den Rock'n'Roll, den Kalten Krieg, sogar Tante Frieda, die gern mit rätselhaftem Stolz erwähnte, sie werde dereinst unberührt beerdigt werden. Ich musste mich völlig umstellen, befand ich mich doch plötzlich in einer anderen, ganz und gar fremden Welt. Das Jahr 1961 geizte nicht mit Unannehmlichkeiten. Von der drohenden Gefahr eines Atomkrieges und dem Bau der Mauer bis zu meinen katastrophalen Leistungen in der Schule. Aber scheiß drauf. Es war eben auch das Jahr meiner sexuellen Erweckung. Mir fehlte natürlich so was wie ein Leitfaden für den Umgang mit dem Sexualtrieb, der in meinem Gehirn enorme Turbulenzen verursachte. So was wie Aufklärung gab es ja damals praktisch noch nicht. Plötzlich sah ich die drallen Frauen hinter der Theke der Metzgerei Krüger als Sexgöttinnen, und merkwürdigerweise fand ich die dürren, bis dahin völlig belanglosen Freundinnen meiner Schwester ebenso begehrenswert, ich stellte mir vor, wie ich es der schwangeren Frau Bachmann von gegenüber besorgte und holte mir dabei ohne Gewissensbisse einen runter, obwohl ich selbstverständlich wusste, dass meine Mutter solche Phantasien und vermutlich schon das Onanieren an sich als abartig bezeichnen würde, falls es jemals zu einem Gespräch über solche Sachen kommen sollte, was allerdings sehr unwahrscheinlich war.

Das Onanieren machte mir großen Spaß und gehörte von nun an zu den alltäglichen Verrichtungen, obwohl es nur eine Ersatzhandlung war. Ziel war natürlich, wie weit entfernt auch immer, der klassische Geschlechtsakt. Nun kam der Automat vor der Drogerie Noll ins Spiel. Filme für Fotoapparate, Heftpflaster, Salmiakpastillen und, in einem verschämt verdeckten Schacht, Kondome. Zumindest nahmen wir Jungs das an, und ich hoffte, dass ich für eine Mark, die ich, vor Aufregung zitternd, in den Schlitz gleiten ließ, die sogenannten Pariser erhalten würde. Ich zog an der metallenen Lade – und schon besaß ich drei Kondome der Firma Fromms. Fehlte nur noch ein williges Mädchen, möglichst versaut, gerne auch mit entsprechender Erfahrung, Aussehen unwichtig. Jeden Morgen suchte ich in den Gesichtern und Gesten meiner Mitschülerinnen nach sexuellen Signalen. Schönheit spielte erst mal keine Rolle. Bei einigen sparte ich mir das Beobachten, da sie in ihrer Art schon jetzt an Tante Frieda erinnerten, andere wiederum strich ich nach einer Weile und mehreren tastenden Befragungen zum Thema Sex von meiner Liste, weil sie mich für eine Sau hielten und damit zum Ausdruck brachten, dass sie noch nicht die nötige Reife für mein Vorhaben besaßen. Ein Mädchen, Traudi, zeigte sich jedoch sehr aufgeschlossen, war zumindest theoretisch interessiert. Einmal flüsterte ich ihr zu: »Wie nennst du das, was Männer und Frauen im Bett machen?« »Ficken«, sagte sie, schmutzig grinsend. Und ich stöhnte auf und fürchtete einen spontanen Samenerguss, der einen verräterischen Fleck in den Stoff meiner Hose pressen würde. »Sag das Wort bitte noch mal.« Sie tat mir den Gefallen – vermutlich mit Vergnügen, weil sie merkte, dass ihr männliches Gegenüber davon völlig verwirrt wurde. Vielleicht hatte sie dieses Wort schon mehrmals Männern gegenüber erwähnt, um sich an deren Reaktion zu weiden. Genau die Richtige für mich.

»Würdest du mit mir, äh, ficken?«, fragte ich sie einige Tage danach. Sie nickte errötend, wurde also doch noch rot, hatte es wohl doch noch nicht getan, und wir beschlossen nervös, aber um Sachlichkeit bemüht, es nach der Schule in einem nahen Wäldchen zu versuchen. Traudi war ein kleines, anämisch wirkendes Geschöpf mit kaum entwickelten Brüsten und dünnen Beinen, aber das störte nicht weiter, ihre Dings, ihre Möse schien voll aufnahmefähig zu sein. Leider beging ich in meiner Hybris den Fehler, in der großen Pause mit einer Sexbombe aus der Parallelklasse zu flirten, ganz harmlos, nur um meine Wirkung auf sie zu testen, für Traudi jedoch ein Grund, mir ins Ohr zu zischen: »Das mit dem Ficken ist gestorben, du Arsch.«

Blöde Kuh! Hatte zwar wieder das Wort gesagt, aber in welchem Ton! Versaute mir den Tag und wahrscheinlich den ganzen Rest der Woche, verhinderte den größten Triumph meines bisherigen Lebens. Ich lernte natürlich auch etwas sehr, sehr Wichtiges: Die weibliche Psyche ist verdammt kompliziert; man muss sich die Mühe machen, diese Biester richtig kennenzulernen.

Mit meinen Freunden sprach ich von nun an mehr über Sex als über Rock'n'Roll. Das heißt, wir stellten fest, dass es auch in den Texten der Songs vor allem um das Eine ging. Ob *Shake, Rattle And Roll*, *One Night* oder *Peggy Sue*. Weibliche Filmstars wurden auf einmal wichtig. Früher waren sie lediglich die Frauen neben Errol Flynn, Rock Hudson oder Gary Cooper. Sie mussten allerdings so üppig sein wie Jane Mansfield und Anita Ekberg, um nur zwei der damaligen Sexbomben zu erwähnen. Okay, dabei ging es um puren Sex. In meinen romantischen Vorstellungen neigte ich eher zu kleinen, schmalen Mädchen, die meines Schutzes bedurften, von mir aus allerlei brenzligen Situationen gerettet wurden und sich mir anschließend aus Liebe hingaben. Sheila kam diesem Ideal sehr nahe, obwohl oder weil – was weiß ich – sie nicht allzu helle war und aus einem übel beleumdeten Viertel stammte. Ihre Mutter war Deutsche, der Vater, ein Amerikaner, hatte sich längst abgesetzt. Das passierte oft in dieser Zeit in Gießen, meiner Heimatstadt, in der es einige Tausend amerikanische Soldaten gab. Ich hatte Sheila im Freibad kennengelernt. Ein schönes Mädchen mit schwarzen Haaren, immer fröhlich und sich der Wirkung bestimmter weiblicher Bewegungen und mimischer Signale auf das männliche Gehirn wohl bewusst. Sie trug einen knappen Bikini mit Leopardenmuster – ganz süß. Volle Lippen, blitzende Augen. Sie lag, schon reichlich von der Sonne gebräunt, auf ihrer Decke, alleine, wohl weil ihre Clique im Wasser war, sie trug eine riesige Sonnenbrille, neben ihr lagen amerikanische Comics.

Natürlich hatte ich den Umweg an ihrer Decke vorbei zum Schwimmbecken gewählt, weil ich wusste, dass sie dort lag. Ich tat aber ganz überrascht und rief: »Hallo, Sheila, ich hätte dich fast übersehen, wegen deiner riesigen Sonnenbrille!« Sie lachte und zeigte dabei ihre süßen Hasenzähnchen. Und war überhaupt zum Anbeißen, so sweet little sixteen, obwohl sie erst 14 war, so Peggy Sue-mäßig, und der Song, der ihren Namen trug – *Sheila* von Tommy Roe – fiel mir in ihrer Gegenwart sowieso immer ein. Sie sagte zu mir: »Kommst du auch heute abend zum Deutsch-Amerikanischen Freundschaftsfest?« Hörte sich wie eine Einladung an. Für mich hörte es sich sogar wie eine Verheißung an. »Klar«, sagte ich lässig, den Brustkorb aufpumpend, einen mehr oder weniger gelungenen James-Dean-Blick aufsetzend, während ich gleichzeitig verzweifelt meine Gedanken aus den sexuellen Gefilden zu schieben versuchte, hin zu unangenehmen Themen wie Mathematik und Dünnschiss, um eine Erektion zu verhindern, denn ich war ja nur mit einer Badehose bekleidet, hätte gern mein Handtuch dabei gehabt – hatte ich aber nicht, und da sich mein Glied trotz aller Beschwörungen ausdehnte, setzte ich mich erst mal ins Gras, im Schneidersitz, und legte lässig die Unterarme auf die Wölbung. Dann stammelte ich wirres Zeug, schien aber nicht unangenehm aufzufallen, denn sie lächelte noch, als ich endlich in der Lage war, mich wieder zu erheben und zu verabschieden.

Mit immer noch aufgepumptem Brustkorb ließ ich mich kurz darauf, von meinen Freunden angestarrt, auf meiner Decke nieder, sagte erst mal nichts, obwohl ich glaubte, gleich zu platzen. Dann, endlich: »Sheila will mich auf dem Deutsch-Amerikanischen Freundschaftsfest sehen.« Das sprudelte so aus mir heraus, obwohl ich es ganz lässig hatte sagen wollen. Voll vergeigt, aber die Reaktionen der Kumpels übertrafen dennoch deutlich meine Erwartungen. Es tat gut, so bewundert zu werden.

Die Reden, die anlässlich des Deutsch-Amerikanischen Freundschaftsfestes geschwungen wurden und am nächsten Tag in der Zeitung standen, waren für die Jugendlichen ohne Bedeutung. Die trafen sich auf dem Rummelplatz. Für einige Tage standen auf den amerikanischen Baseball-Feldern Bierstände, Wurst- und Losbuden, Karussells, Schießstände, Schiffschaukel und Autoskooter-Anlage. Der Rummelplatz, für mich schon immer ein magischer Ort, erschien mir nun geradezu paradiesisch. In dem Lärm und zwischen den kitschig bunten Farben spazierten unzählige hübsch hergerichtete Mädchen, warfen verstohlen und kichernd Blicke auf Typen wie mich, genauso erlebnishungrig wie ich, und unter ihnen befand sich garantiert die eine oder andere, die es nicht erwarten konnte, sich einen Schwanz reinschieben zu lassen. Aber ich hatte ja Sheila. Um 18 Uhr betrat ich die Szene, gewaschen, mit Old Spice parfümiert und bewaffnet mit Zigaretten und Kondomen. Meine Freunde standen bei den Autoskootern, klar, weil da die beste Musik lief. *Runaway* von Del Shannon, *New Orleans* von den U.S. Bonds, *Summertime Blues* von Eddie Cochran – solche Sachen. Große Begrüßung, verklemmte Witzchen, großspurig rauchten wir Zigaretten und tranken Bier. Vermutlich bewegte ich mich eher wie ein Roboter als wie James Dean. Aber in diesem Alter bewegen sich alle Jungs, die ihre Vorbilder zu imitieren versuchen, wie Roboter. Manche sogar wie Zombies. Zwei GIs, die wir aus dem Freibad kannten, stellten sich für einen Moment gönnerhaft zu uns, verteilten Zigaretten, fragten, wo die Girls seien, lachten viel und rülpsten locker, denn sie hatten reichlich Bier gesoffen. Wir tauschten noch ein paar männliche Floskeln aus, dann machte ich mich auf die Suche, schob mich durch das Menschengewimmel, ärgerte mich ein wenig darüber, dass ich um 20 Uhr zu Hause sein sollte, ging aber davon aus, dass für einen Geschlechtsakt im nahen Wäldchen fünf Minuten ausreichend sein würden. Danach vielleicht noch eine Zigarette, dann Hand in Hand zurück zum Rummelplatz, ein Abschiedsküsschen und »tschüss, bis morgen.«

Aha, da drüben stand sie, zusammen mit einer Horde Halbstarker in Lederjacken. Das war schon mal scheiße. Typen aus ihrem Viertel, die ständig ihre Rocker-Tollen kämmten und allesamt saudoof, aber auch kampferprobt aussahen. Hätt ich mir ja denken können, dass sie mit diesen Typen herumhängen würde. Sie entdeckte mich, sprang hoch, winkte, war guter Stimmung, sah süß aus in dem *Fruit Of The Loom*-Sweater – den man damals nur in der PX, dem amerikanischen Army-Kaufhaus, oder in einem Laden für amerikanische Textilien in der Wolfstraße kaufen konnte –, in ihren *Levi's* Jeans und den italienischen Holzschuhen mit den hohen Absätzen. So männlich wie ich konnte, bewegte ich mich auf sie zu, grüßte die Typen knapp und sagte zu ihr, nicht ganz so locker wie geplant: »Wollen wir ein wenig rumlaufen?«

»Wer bist du denn?« Einer der Säcke legte besitzergreifend seinen Arm um Sheila, sein Gesicht ähnelte dem eines aggressiven Köters, der jeden anderen Rüden rücksichtslos wegbeißt. »Willst du mit mir um sie kämpfen?« Alle lachten rauh. Ich natürlich nicht, weder rauh noch glatt, denn in mir breitete sich die

Erkenntnis aus, dass zum Sex wohl auch genau solche Scheiße gehört. Rivalenkämpfe, Revierkämpfe, strahlende Sieger, gedemütigte Verlierer. Exakt solche beschissenen Situationen wie die, in die ich mit ausgeschaltetem Gehirn hineingeschlittert war, gesteuert von diesem Gemisch aus Geilheit, Selbstverliebtheit und Eroberungsvorstellungen. Keine Chance, da unversehrt rauszukommen. Das war mir klar.

»Ich bin mit Sheila verabredet«, sagte ich mit rauher Kehle. »Was dagegen?«

Die Faust knallte so schnell auf mein Auge, dass ich gar nicht wusste, wo sie hergekommen war. Ich taumelte zurück und stürzte. Alle, bis auf mich und Sheila, lachten. »Jetzt weißt du, dass ich was dagegen hab.«

»Deutlicher hättest du's nicht zum Ausdruck bringen können«, murmelte ich, erhob mich, klopfte den Dreck von meinen Kleidern. Einer der Jungs tätschelte gutmütig meinen Rücken und sagte: »Mach dir nichts draus. So ist das Leben.« Jegliche Aggressivität war fürs Erste aus ihren Gesichtern gewichen. Sie waren gut drauf, schöner Zwischenfall, kurz mal den Harten gemacht und gut. Kleiner Sieg, nix Dolles, aber zum Einstimmen okay.

»Kommst du morgen ins Freibad?«, rief Sheila mir noch nach, bekam aber keine Antwort.

Wie betäubt bewegte ich mich zwischen aufgekratzten Menschenrudeln hindurch den Autoskootern entgegen, in meinem Kopf lief *Say Mama* von Gene Vincent, was mich nur wenig ablenkte. Scheißweiber, dachte ich, und beschloss, Karate zu lernen.

Im Winter hockt der Blues bleischwer auf den Schultern

In diesen Breitengraden gab es noch nie einen angenehmen Januar, das ist schon mal Fakt – der Januar 2010 kommt allerdings steinhart daher. Eine schier endlose Eiseskälte. Zuerst Schneemassen, wie es sie in Hamburg seit vielen Jahren nicht gegeben hat, dann die Minus-Temperaturen. Jedesmal wenn man das Haus verlässt, fürchtet man, die schneidend kalte Luft würde einem die Haut vom Gesicht hobeln. Der Schnee an den Straßenrändern ist hartgefroren und verdreckt, grau-schwarz verrußt von den Autoabgasen, gespickt mit zerfetzten Feuerwerkskörpern; gelbe Flecken lassen vermuten, dass so mancher betrunkene Nachtschwärmer seine Blase über den Eishügeln entleert hat – wohl auch, um in kindlicher Neugier den physikalischen Prozess zu verfolgen. Man kennt das ja von früher und findet es schon aus nostalgischen Gründen beachtenswert, obwohl man damit einen sensiblen Körperteil dem Frost aussetzt: Es dampft, manchmal knackt es auch, wenn eine Eisschicht zerspringt, der warme Urinstrahl fräst Löcher in die gefrorene Masse – ist auf jeden Fall spannender als Fernsehen. Aber ebenso deprimierend. Auf Baumskeletten sitzen ratlose Vögel, die sich an warme Tage erinnern – unter ihnen einige, die längst im Süden sein sollten, aber, den Berichten über die bevorstehende Klimakatastrophe vertrauend, den Zugvogel-Instinkt abgelegt haben und nun ziemlich aufgeschmissen sind. Diese unglaublichen Mengen Schnee, als hätte jemand – Gott? Jeff Koons? – die ganze Stadt mit Puderzucker bestäubt. Maßlos, irgendwie unpassend. Erderwärmung, Anstieg des Meeresspiegels, die Gletscher schmelzen – wer von den hunderttausend Schneeschiebern, Autofensterfreikratzern, Granulatstreuern und vor Kälte Zitternden soll das denn noch ernst nehmen? Aber eigentlich ein Winter, wie er früher, oder besser: ganz früher, üblich war. Als Kind hatte man freilich zu dieser Jahreszeit nicht mit einer Wolke dunkler Gedanken fertigzuwerden, sondern pragmatisch den Schnee und das Eis benutzt, um es Mädchen in den Halsausschnitt zu stecken oder darauf Schlittschuh zu laufen. Das ist der Unterschied.

So viele Todesanzeigen. Da kann einem schwindlig werden. Drei Beerdigungen in den letzten drei Monaten. Zwei davon auf eingeschneiten Friedhöfen, in beißendem Wind, sehr theatralisch, zwangsläufig mit einem philosophischen Touch. Aber vielleicht war das auch Einbildung, vielleicht war man längst mit so vielen Beerdigungsszenen aus Kino- und Fernsehfilmen vollgestopft, dass sich einem die pathetischen Gedanken automatisch aufdrängten. Trotzdem jedesmal aufs Neue eine bittere Erfahrung, ein weiterer Abschied für immer. Kalte Füße, der Atem der noch Lebenden dampfte über den offenen Gräbern, und mit verschämter Ungeduld dachte man an den Kaffee danach, im geheizten Gastraum.

Hans Schöberl sitzt vor dem hohen Fenster, starrt hinaus in die vor Kälte erstarrte Welt. Sonntagnachmittag. Seit Jahren sitzt er jeden Sonntagnachmittag hier, am liebsten bei Regen oder an frostklirrenden Wintertagen wie heute, hört ein dazu passendes Lied und sucht noch immer den Song, der diese Stimmung am besten ausdrückt. Er hat eine Liste mit geeigneten Stücken erstellt, doch die scheint ihm unvollständig zu sein. Ab und zu streicht er Lieder, weil sie zu positiv rüberkommen, wie etwa *Waterloo Sunset* von den Kinks, oder *Wanderer* von Renaissance – nein, es muss tonnenschwer sein, dunkel, darf keinerlei Hoffnung vermitteln, wie zum Beispiel *Soledad* von Eric Burdon und Jimmy Witherspoon, wie *Michelangelo* von Emmylou Harris, wie das Tenor-Saxophon von Ben Webster, *The End* von den Doors. Im Moment läuft *Rock Ferry* von Duffy. Schönes Lied, aber mit einer dicken Portion Sehnsucht beladen, viel zu süß, also völlig ungeeignet für die Stunde des dumpfen Brütens.

Hans Schöberl ist in den letzten Jahren nicht nur füllig und kahl geworden, sondern – was von größerer Bedeutung ist – zunehmend schwermütig. Seine finanzielle Situation sieht nicht einmal schlecht aus. Natürlich hat er schon bessere Zeiten gesehen. Anfang der 80er Jahre war seine Kneipe jeden Abend gerammelt voll, weit über Eimsbüttel hinaus bekannt, eine Spätkneipe, in der sich nachts die Musiker mit ihren Fans nach den Konzerten einfanden, und all die anderen Nachtvögel: durstige Schriftsteller, Gastwirte, unruhige Singles, Taxifahrer, Studenten, Propheten, Gralssucher, Schnorrer, Verirrte und Verwirrte, Alte und Junge, leger Gekleidete und Aufgeputzte. Vor etwa zwanzig Jahren wurde es ruhiger in der Eckkneipe, seit gut zehn Jahren besteht der größte Teil der Gäste aus älteren Leuten, und wenn Jugendliche den Raum betreten, hält jeder für einen Moment den Atem an. Aus unterschiedlichen Gründen. Der Wirt hofft wieder einmal auf die herbeigesehnte Senkung des Durchschnittsalters seiner Stammgäste, Pessimisten rechnen sofort mit Randale, andere wiederum fühlen sich einfach nur gestört oder erinnern sich schmerzhaft daran, dass auch sie einst so jung waren, erlebnishungrig und agil in fremde Kneipen stürmten – jugendliche Entdecker auf unbekanntem Terrain, in der Hoffnung auf Abenteuer aller Art, erstaunt über die Vielfalt menschlicher Physiognomien, Stimmen und Körperformen.

Eine Eckkneipe mit großer Sommerterrasse, über dem Eingang steht seit 1977 unverändert der Name der Kneipe: *Goa*. Häufiger als ihm lieb ist und speziell wenn er wie jetzt vor dem Fenster sitzt und ins trübe Draußen starrt, spult Hans den Film seines Lebens ab – manchmal in der geschönten, meistens aber in der realistischen Version. Dabei gibt es natürlich keine Überraschungen mehr. Die wichtigen Erlebnisse sind hundertmal von allen Seiten beleuchtet und dadurch nicht grandioser geworden. Er stammt aus Flieden bei Fulda, einem verschlafenen Nest zwischen dem Vogelsberg und der Rhön, wurde Koch, arbeitete mehrere Jahre in der Sommersaison in Hotels an der Nordsee und im Winter in den Alpen. Anfang der 70er Jahre blieb er in Hamburg hängen. Natürlich wegen der Liebe, die allerdings – was ja auch nicht selten vorkommt – nach einigen Wochen verwehte wie Zigarettenrauch. Kleiner Irrtum gewesen. Halb so wild. In Hamburg war 'ne Menge los. Junge Leute machten alternative Kneipen auf, die Musikszene war riesig und vor allem bunt. Er arbeitete in einer der Szenekneipen, lernte 10 000 Leute kennen. Als sein Vater starb, erbte er 127 000 Mark, viel Geld für einen immer noch jungen Mann. Er mietete eine Wohnung über der Eckkneipe mit dem bezeichnenden

Namen *Holsten-Klause* und störte sich nicht an dem von unten hereindringenden Lärm, da er abends arbeitete oder unterwegs war. Seine neue Freundin zog bei ihm ein, hielt es aber nur ein Jahr mit ihm aus. 1977 übernahm er die *Holsten-Klause*, in der so gut wie alles verrottet war, investierte 80 000 Mark in den Laden, nannte ihn *Goa* – und dann dauerte es über ein halbes Jahr, bis er die alten Stammgäste, durchweg verrohte Alkoholiker der unangenehmsten Sorte, endlich vergrault hatte. Nach und nach stellte sich die gewünschte Kundschaft ein, die Umsätze waren ganz ordentlich, doch erst ein überaus wohlmeinender Bericht in einem Hamburger Szenemagazin füllte das Lokal mit Gästen und die Kasse mit Knete. Plötzlich war der Laden zu einem ganz heißen Tip geworden – und Hans glaubte damals tatsächlich, so würde es bis in alle Ewigkeit weiterlaufen. Ende der 80er Jahre wurde das Geschäft allerdings ruhiger, lief zwar immer noch rund, aber die Musiker, Taxifahrer und Trendschnüffler blieben weg. Anfang der 90er Jahre machten noch jüngere Leute immer mehr Kneipen auf. Neue Trends wehten aus allen Richtungen durch alle Stadtteile, Lokale, die bis in den frühen Morgen geöffnet hatten, waren keine Ausnahmen mehr, die schillernden Kneipengänger hatten entweder ihren Glanz verloren oder suchten die neu erstrahlenden Locations auf, um sich mit den nachrückenden jungen Leuten in die angesagten Events zu stürzen. Trotz der inzwischen selbstverständlich gewordenen Freiheiten, von denen man 1968 nur hatte träumen können, war die Atmosphäre kühler geworden. Man umarmte sich zwar öfter als früher, gab sich extrem locker, doch das wirkte meist künstlich, wie in den Sendungen des aufblühenden Privatfernsehens. Hedonismus war jetzt keine Sache der inneren Entscheidung und Neigung mehr, sondern Zwang – und dementsprechend verbissen wurde ihm von der neuen Generation der Nachtschwärmer nachgegangen. Es ist für Hans und seine Stammgäste schwer zu verstehen, dass die jungen Leute von heute ihre Freizeit sozusagen bewältigen. Freizeit als Pflichterfüllung! Als hätten sie abends und speziell am Wochenende ein ungeheures Arbeitspensum zu erledigen. Der Kneipen-Philosoph Ernst Scheitweiler, ebenfalls kürzlich verstorben, sagte dazu: »Sie sind desorientiert, leer, und füllen auf der Suche nach Inhalt ihre Köpfe mit teurem Müll. Noch'n Bier, Hans, und der Korn darf ruhig etwas kälter sein.« Ernst Scheitweiler ist an einem Magendurchbruch gestorben. Zu viel vom eiskalten Korn. Aber kurz zuvor raunte er noch einen seiner beliebten bedeutungsschweren Sätze, entrückt vor sich hinstarrend, über den Tresen: »Im Winter hockt der Blues bleischwer auf den Schultern.« Natürlich wieder anerkennendes Schulterklopfen, Ausrufe des Entzückens, automatisch zu ihm hingeschobener Korn, eiskalt, sein Ende.

Seit einigen Jahren wirkt die Welt jenseits der Kneipenfenster auf Hans und seine Stammgäste beklemmend, und selbst die Neuheiten, mit denen sie, nicht immer freiwillig, umzugehen lernten – wie etwa Handys, Internet, GPS – halten sie für potentiell gefährlich. Es kommt ihnen vor, als sei das alles erst der Anfang einer Entwicklung, die eines Tages nicht mehr kontrollierbar sein wird. Nach dem Untergang des Sowjetimperiums ist die Welt nicht übersichtlicher, sondern komplizierter geworden. Beängstigende Modetrends breiten sich aus wie Geschwüre: Jugendliche beten die rohe Gewalt an, Kinder stehen auf Koma-Saufen, vereinsamte Schüler holen die geladene Pistole ihres Vaters aus dessen Waffenschrank und erschießen ihre Mitschüler und Lehrer, naive Teenager lassen sich von einem älteren Zyniker mit Nussknacker-Gesicht im Fernsehen zur Sau machen, die Ächtung der Raucher, die Molekularküche, Computerviren, Ganzkörpertätowierung und tägliche Schamhaarrasur. Vulgäre Biografien von vulgären Sport- und Fernseh-Stars für Idioten verkaufen sich wie warme Semmeln – und apropos Semmeln: Die gibts nur noch industriell vorgefertigt, ein Beleg für den Verfall der Kultur. Darüber sind sich alle in der Kneipe Anwesenden zu jeder Zeit einig. Das ist der Grundkonsens. Die Stammgäste bilden übrigens keineswegs einen monolithischen Block. Manche hegen sogar feindliche Gefühle gegen den einen oder anderen, es gibt knallharte Rivalitäten, wenn einer der wenigen weiblichen Stammgäste Paarungsbereitschaft signalisiert; die Politik teilt die Kneipenbesucher gar in mehrere Lager. Manche Feindschaften sowie Freundschaften bestehen seit Jahrzehnten. Nur beim Fußball sind sich alle einig und nah. Sie sind ausnahmslos FC St. Pauli-Fans und dankbar für den riesigen Flachbildfernseher, den Hans vor zwei Jahren aufgehängt hat. Es herrschen in dem quadratischen Raum sommers wie winters Saunatemperaturen und diese ganz spezifische Goa-Atmosphäre – eine Mischung aus Wohnzimmergemütlichkeit, Debattierklub, Marktplatz und Arena. Dass hier hauptsächlich Blues und Rock gespielt wird, versteht sich von selbst. Blues vor allem. Ist ja klar. Die Leute sterben weg, und dann will man was Grundsolides hören, auf das man sich immer verlassen konnte, das zur Stimmung passt und trotz der Traurigkeit swingt. Stücke von Howlin' Wolf, Shemekia Copeland, Sonny Landreth, den frühen Fleetwood Mac. Dazu passt jedes Getränk – Bier, Wein, Schnaps. Louisiana Sam,

Afro-Amerikaner und von Beruf Barpianist, ist zwar anderer Meinung und findet Wein zum Blues völlig inakzeptabel, aber nur weil er aus Louisiana stammt, bedeutet das noch lange nicht, dass er in puncto Blues immer recht hat.

Im letzten Jahr sind fünf Stammgäste beerdigt worden. Trauriger Rekord. Aber der Abend nach einer Beerdigung ist immer sehr schön. So ergreifend. Mit steigendem Alkoholspiegel schleicht sich im allgemeinen klebrige Sentimentalität in die Äußerungen der Trauernden – das scheint an der Kombination aus Alkohol und Weltschmerz zu liegen und ist auf jeden Fall besser zu ertragen als die andere Variante, die Depression, denn wer davon erfasst wird, ist plötzlich unnahbar, strahlt Wellen dunkler Gefühle aus, lässt die Tischnachbarn frösteln. Nach der Sentimentalitätsphase wird es meistens ziemlich lustig. Man albert herum, wird geil, singt die Texte von *Hey Joe* und *Little Red Rooster* mit, und jeder ist davon überzeugt, dass der Verstorbene genau diese Stimmung gewollt hätte. Obwohl Hans an solchen Abenden viele Runden ausgibt, ist der Umsatz stets super. Was jedoch nicht heißt, dass es im Interesse des Wirts wäre, wenn jede Woche ein Stammgast den Löffel abgeben würde. Ein schrecklicher Gedanke. Die Sterblichkeitsrate in diesem Lokal ist ohnehin zu hoch. Weit über dem Kneipen-Durchschnitt. Die schlechte körperliche Kondition der Gäste. Das ist es. Zu dick oder zu dünn, ungesunde Hautfarbe, kein Sport. Nur die Kawasaki-Ritter, drei schwule Motorradfahrer, die seit dreißig Jahren zusammen wohnen, gehen regelmäßig ins Fitness-Center. Viele lassen sich gehen. Nicht nur die Verheirateten. Auch viele Singles. Das passt zwar gut zum Blues, ist aber für die Kneipe so was wie eine Narbe im Gesicht. Obwohl

Narben im Gesicht auch was mit Blues zu tun haben – wie Bartstoppeln, Mundgeruch und Sex auf dem Kneipenklo. Ist aber lange her, dass im *Goa* Sex auf dem Klo stattgefunden hat. Wer war das noch mal? Hans überlegt und erinnert sich schließlich, dass er selbst der Letzte war, der im Damenklo den Geschlechtsakt vollzog. Mit wem? Genau! Mit der ausgebrannten Lehrerin Mechthild Eisbrenner, der Frau eines ebenso ausgebrannten Lehrers. Und wann? Silvester 1999/2000. Zehn Jahre ist das her, mein Gott. Trotzdem merkwürdig, dass ihm das nicht sofort eingefallen ist. Ein klassischer Fall von Verdrängung. Mechthild und Gernot Eisbrenner waren bis dahin treue Stammgäste, betranken sich jeden Samstagabend; Mechthild, stets aufgekratzt, verteilte Küsse und tätschelte Männerärsche, während Gernot nach jedem Glas Merlot glasiger blickte und in seiner Melancholie zu ertrinken schien. In jener Silvesternacht setzte sich Mechthild an den Tresen, trank sich Mut und gute Laune an, dann erzählte sie Hans im Ton der Entrüstung, sie habe seit mindestens fünf Jahren keinen Schwanz mehr in sich gespürt.

»Was heißt, keinen Schwanz mehr gespürt?«, fragte Hans. »Dein Unterleib ist taub? Eine Krankheit?«

Mit einem Blick, der sagte, bist du schwer von Begriff?, musterte sie den Wirt. Sie kniff die Augen zusammen, und es sah aus, als bereue sie, sich ausgerechnet diesem Typen anvertraut zu haben. »Quatsch«, fauchte sie. »Mein Unterleib ist heiß, aber ich habe seit fünf Jahren keinen Schwanz mehr in mir gehabt! Verstehst du das?«

»Und dein Mann?«

»Wieso sollte mein Mann einen Schwanz in sich spüren wollen?«

»Nein, ich meine ...«

»Ach so. Ob ich mit ihm noch ... Mein Mann ist lieb, aber in jeder Hinsicht ein Wrack.«

Um Mitternacht, als alle auf die Straße drängten, um das Feuerwerk zu bewundern oder zu kritisieren, schoben Hans und Mechthild eine schnelle, leidenschaftliche Nummer, öffneten danach – mehr peinlich berührt, als wirklich befriedigt – die Tür, um sich rauszuschleichen, doch Gernot stand davor, mit einem Küchenmesser bewaffnet. Hans erkannte sofort, dass es sich um sein Messer, ein stabiles Messer der Firma F. Dick, handelte, und rechnete mit Schnittwunden, enormem Blutverlust, Schmerzen – doch zum Glück des einen und zum Unglück des anderen versagte in diesem Moment das Herz des Lehrers. Gernot sank zu Boden. Es sah zuerst so aus, als ginge er in die Knie, um auf dem Fußboden etwas zu suchen. Ein komischer Anblick. Dann legte er sich langsam hin. Bleich, röchelnd starrte er zur Decke – und zack stellte er das Atmen ganz ein. Mechthild schwankte, erstens wegen des Alkohols, und zweitens zwischen Entsetzen und Erleichterung. Sie versuchte, verständlicherweise ungeschickt argumentierend, die Schuld an Gernots Tod Hans aufzubürden, doch der sagte nur »leck mich«, und damit war das Thema erledigt.

Unangenehme Erinnerung, stellt er wieder einmal fest. Aber was soll's. Ist sowieso alles scheiße. Diese Ausweglosigkeit. Die Einsamkeit umgibt ihn hier in der Wohnung genauso wie unten in der Kneipe hinterm Tresen. Kommunikation? Na klar. Aber was soll das? Hilflose Ausdrucksversuche, die nichts weiter signalisieren als ›Hört zu, Leute, ich lebe noch!‹ Der Unterschied zwischen Menschen, Katzen und Kolkraben ist minimal. Natürlich, denkt er, liebe ich meine Stammgäste. Aber welche Form von Liebe ist das? Liebgewonnene Gäste, die sich irgendwann kaum noch vom liebgewonnenen Mobiliar unterscheiden. Der liebe alte Bistrotisch, die liebe alte Gerda Burmester, die noch gar nicht so alt ist – 49 –, eher zu den jungen Gästen zählt und außerdem schön weich und üppig ist. Wenn ich bloß wüsste, wie ich Gerda Burmester flachlegen kann, denkt er jetzt nicht zum ersten Mal. Aber seit seinem sechzigsten Geburtstag scheut er sich, Frauen so direkt anzumachen – wahrscheinlich weil er früher zu oft über geile alte Böcke gelästert hat. Er stellt sich für einen Moment vor, wie er Gerda anbaggern würde – unsicher, demütig, hölzern. Es sieht einfach nur traurig aus. Weil ihm der Charme abhanden gekommen ist, irgendwann, vielleicht peu à peu, oder diskret wie eine ehemals wichtige Person, die erkannt hat, dass sie nicht mehr benötigt wird.

Ein weiteres Lied für beschissene Sonntagnachmittage fällt ihm ein: *Cold Blue Steel And Sweet Fire* von Joni Mitchell. Gleich muss ich Schnee schieben und dann die Kneipe aufmachen, denkt er. Sonntags ist ohnehin wenig los, und bei diesem Wetter kommen nur die ganz Verzweifelten.

Pünktlich um 18 Uhr wird die Außenbeleuchtung angeschaltet. Amadou, der senegalesische Koch mit dem feingeschnittenen Gesicht, werkelt bereits in der Küche vor sich hin. Mit seinen 28 Jahren und der stets fröhlichen Laune wirkt er in dieser trüben Umgebung irgendwie frisch und makellos.

Schon betritt das Ehepaar Hinnerksen den Raum. Beide grüßen wie üblich verhalten, als wären sie zum ersten Mal hier, und schlurfen schniefend zu ihrem Tisch in der Ecke, bestellen wie üblich Rotwein, dann tuscheln sie wie üblich miteinander, haben sich immer viel zu erzählen, offenbar ernste Sachen, denn kein Lachen dringt je aus ihrer Ecke. Keiner weiß, worüber sie stundenlang reden. Vor langer Zeit hatten sie einen Blumenladen um die Ecke, leben seit Jahren von Sozialhilfe, können mit der in dieser Kneipe gespielten Musik nichts anfangen, mögen auch die meisten Gäste nicht besonders, fühlen sich aber trotzdem ganz wohl. Kneipen für Leute wie sie gibt es ja schon seit 20 Jahren nicht mehr in dieser Gegend. Hier wohnten früher vor allem Arbeiter. Mitte der 70er Jahre wurden die Altbauwohnungen für Studenten, Lehrer und kreative Selbständige attraktiv.

Kurz darauf schleicht das Phantom herein, geräuschlos, unauffällig – man wundert sich immer, wenn der bleiche, dürre, ganz in Schwarz gekleidete Mann plötzlich am Tresen steht, mit traurigem Gespenstergesicht, und flüsternd einen Remy Martin bestellt. Eigentlich heißt das Phantom René Kunkel, war früher in Hollywood sehr begehrt als Nebendarsteller in drittklassigen Vampirfilmen, aber irgendwann verlor er die Orientierung und behielt auch privat das Vampir-Image bei. Er schminkt sich, um wie Nosferatu auszusehen. Manchmal hat er Blut an den Händen und in den Mundwinkeln. Er redet nicht groß darüber. Es ist ohnehin nicht leicht, ihm ein paar Sätze zu entlocken. Er bleibt nie lange. An manchen Abenden erscheint er mehrmals. Einmal, als Janis Joplin den *Turtle Blues* sang, rollte eine Träne über sein Gesicht, und zum allgemeinen Erstaunen sang er leise mit: »I guess, I'm just like a turtle – hidin' underneath it's horny shell …!«

Die Tür fliegt auf, der massige Harry Rodenberg und der kleine Rudi Zimmermann poltern herein, als habe man sie in die Kneipe gestoßen.

»Uäh!«, schreit Harry, während er den Schnee abschüttelt. »Allmählich hab ich echt die Schnauze voll! Das Scheißwetter macht mich fertig! Wenn ich ein Eskimo wäre – okay, ich meine …!«

Rudi unterbricht ihn lachend, schreit ebenfalls: »Das ist doch die Gelegenheit, um wieder auf das Thema Thailand zu lenken! Was, Harry? In Thailand würdest du jetzt am Strand liegen…!«

»Mit Thailand hab ich abgeschlossen!«

»Wie war das?« Alle Augen richten sich auf Harry. Selbst Amadou streckt den Kopf aus der Küche.

»Ja, ihr habt richtig gehört«. Harry öffnet die Lederjacke, knallt seinen Arsch auf einen Barhocker, reibt sich die roten Hände. »Als ich mir gestern abend hier in dieser Kneipe dabei zuhörte, wie ich zum tausendsten Mal von den leise im warmen Wind rauschenden Palmen erzählte, kam ich mir wie ein seniler Sack vor, der sich mangels rosiger Zukunftsaussichten jeden Abend am Tresen die wenigen glänzenden Stücke aus seiner Vergangenheit herauspickt.« Harry Rodenberg, immer noch langhaarig, immer noch mit Lederjacke und Cowboy-Boots, war Anfang der 60er Jahre Sänger in einer Rock'n'Roll-Band namens The Buddies, die in Süddeutschland in von Amerikanern besuchten Tanzbars auftrat und bei den GIs gut ankam. In den 70ern wurde er Fernfahrer, verbrachte 1982 einen Urlaub in Thailand, heiratete eine süße thailändische Hure und machte mit ihr in Pattaya eine Bar auf. 1990 tauchte er geschieden und pleite wieder in Hamburg auf, kam aber bald wieder auf die Beine, indem er in den Kleinstädten um Hamburg Oldie-Abende arrangierte, an denen die noch lebenden Mitglieder ehemaliger Beat-Bands auftraten – Liverbirds zum Beispiel, Gerry and the Pacemakers, German Bonds und natürlich die Lords.

Das war doch unterm Strich auch eine gute Zeit – obwohl er mit den Gastwirten, also den Saalvermietern in Itzehoe, Pinneberg oder Buxtehude ständig um die Konditionen feilschen musste. In den letzten Jahren hat er fettleibige Elvis-Imitatoren, durchgeknallte Michael-Jackson-Nachahmer und Schrott aus peinlichen Casting-Shows vermittelt. Und dann hat er sich, angeekelt vom Geschäft, zurückgezogen. Es geht ihm nicht schlecht. Aber er säuft zu viel. Hat Angst vor dem Altwerden – vor dem Tag, an dem er seine Lederjacke für immer ausziehen muss.

Der kleine Rudi Zimmermann, auch schon über 60, Postbeamter, arbeitet seit einer Ewigkeit hinter dem Schalter der Filiale in der Hoheluftchaussee, war zweimal verheiratet, lebt jetzt alleine in einer viel zu großen Wohnung. Es geht ihm ganz gut. Aber auch er trinkt zu viel. Letzteres trifft allerdings auf fast alle Stammgäste der Kneipe zu – auch auf Tatjana Schmieder, eine Russin, die gerade das Lokal betritt. Vor 20 Jahren, als sie nach Deutschland kam und einen Deutschen heiratete, sah sie ungemein ansprechend aus. Sie ist der beste Beweis für die Zerstörungskraft des Wodkas, des sogenannten Lebenswässerchens. »Na«, ruft sie, jeden im Raum einbeziehend, »ärgert ihr euch wieder über den Winter? Das ist ein Witz gegen den Winter in Russland. Ihr wisst ja, ich komme aus Archangelsk!«

»Ja, ja, wissen wir.« Rudi winkt ab. »Ich frage mich seit 20 Jahren, warum jemand damit angibt, aus Archangelsk zu kommen.«

»Na gut, gib mir einen Wodka aus, und ich sage nie mehr, dass ich aus Archangelsk komme.«

»In Ordnung. Aber wenn du es doch wieder sagst, gibst du 'ne Lokalrunde aus.«

»Das ist ein Wort.«

Kurz darauf kommt Amadou aus der Küche, stellt sich an die Theke, um einen Kaffee zu trinken, grinst die Russin an, fragt ganz harmlos: »Woher kommst du eigentlich genau, Tatjana?«

Sie grinst zurück. »Aus einer Hafenstadt am Weißen Meer.«

»Hat die Stadt auch einen Namen?«

»Vermutlich. Aber ich hab ihn vergessen.«

Keb' Mo' singt *Dirty Low Down And Bad* – und so fühlen sich, abgesehen vom Ehepaar Hinnerksen und von Amadou, alle hier im Raum. Oder besser gesagt: Sie erinnern sich, still seufzend, an die Zeiten, als sie sich für ›dirty low down and bad‹ hielten oder diesen Zustand zumindest anstrebten. Selbst der Postbeamte Rudi Zimmermann war früher außerhalb seiner Dienstzeit ein paar Jahre lang ›dirty low down and bad‹. Amadou ist es immer noch. Er säuft, raucht Gras, hat ständig neue Freundinnen, prügelt sich mit Arabern und Skinheads, verliert regelmäßig einen Teil seines Lohns beim Kartenspiel, hat vor kurzem mit dem Beten aufgehört, haust in St. Georg in einem düsteren Souterrain-Zimmer, das in seiner Tristesse jedem Blues-Fan gefallen würde.

»Gestern die Nummer war ja echt strange«, sagt Harry und zündet sich eine Zigarette an, obwohl das gar nicht mehr erlaubt ist, was hier allerdings keinen stört. Er trinkt einen Schluck Bier und beugt sich vor. »Was hast du denn mit der Waffe vor, Hans, brauchst du die etwa zum Schuldeneintreiben?« Er lacht mehr verlegen als selbstgefällig über den Scherz.

»Welche Waffe?« Tatjana, die ahnt, dass sie gestern etwas versäumt hat, runzelt die Stirn.

Hans erzählt ihr, was gestern gewesen ist: »Da sitzt so'n Typ am Tisch, irgendwie Balkan – Bulgare, Serbe oder so –, starrt unverwandt vor sich hin, trinkt sieben Bacardi-Orange, und als er bezahlen will, stellt er fest, dass er keine Kohle mehr hat. Er fasst in die Innentasche seines Mantels und zieht eine Pistole hervor, eine Heckler & Koch, 9 Millimeter, sehr gepflegt. Ich denke, ach du Scheiße, auch das noch, jetzt legt der mich wegen sieben Bacardi-Orange um – aber der Typ gibt sie mir und sagt, ich könne sie haben, er brauche sie nicht mehr, weil er vorhabe, sich auf andere Weise umzubringen. Von einem ganz hohen Haus wolle er sich stürzen. Natürlich hab ich dann, wenn auch eher halbherzig, versucht, ihn davon abzubringen, schließlich hab ich ihm, um dem Ganzen eine witzige Note zu geben, die Köhlbrandbrücke empfohlen. Als er schließlich ging, war ich verdammt erleichtert.«

Tatjana reißt die Augen auf. »Aber du hättest ihn festhalten müssen! Man kann doch nicht einfach die Achseln zucken, wenn ein Mensch sich umbringen will.«

»Kann man doch«, sagt das Phantom am Ende des Tresens, und Hans nickt ihm dankbar zu und sagt: »Jemand, der mit 'ner geladenen Pistole rumläuft, hat nach meiner Meinung ein Recht darauf, sich umzubringen. Er hat sogar die Pflicht!«

»Was soll denn der Blödsinn?« Rudi regt sich jetzt auf. Er hat schon den ganzen Tag Lust, sich aufzuregen, und dieses Statement kommt ihm sehr gelegen. »Was weißt du denn über den armen Kerl? Jemand, der sich umbringen will, muss doch völlig verzweifelt sein.«

Trotzig setzt Hans ein Grinsen auf. »Er war nicht verzweifelt, nur angeödet. Er hat gesagt, das Leben mache ihm keinen Spaß mehr, alles sei so schmutzig, und Weihnachten sei auch nicht mehr das, was es früher war …«

»Voll der Blues«, raunt Harry ehrfürchtig, »bleischwer, wie Scheitweiler sagen würde.« Dann bestellt er bei Amadou eine Portion Sülze mit Bratkartoffeln, und Hans brummt: »Ich hab dir schon hundertmal gesagt, du sollst bei mir bestellen. Amadou ist der Koch, ich gebe die Bestellungen an ihn weiter.«

Bis auf das Ehepaar Hinnerksen und das Phantom kichern alle, weil sie unbedingt einen Grund zum Kichern brauchen; Tatjana kann es sich nicht verkneifen, einen militärischen Ton anzuschlagen: »Jawoll, mein Führer, Essensbestellungen haben ihren Dienstweg zu gehen, anderenfalls Disziplin im Arsch, Chaos wie in Stalingrad, Weichei Paulus ergibt sich, Kommunismus triumphiert!«

Die soeben hereinkommenden drei Kawasaki-Ritter Jürgen, Muck und Schlumpfi haben den Satz noch mitgekriegt, wissen zwar nicht, um was es geht, applaudieren aber vorsichtshalber. Schlumpfi, trotz der Lederkleidung eine Tunte, flötet vergnügt: »Disziplin im Arsch ist weniger schön als Schwanz im Arsch. Aber davon kann ich ja seit Jahren nur noch träumen, weil meine beiden Männer ihr Pulver längst verschossen haben.«

Schlumpfis Männer, ebenfalls in Leder, mit kahlrasierten Köpfen und gefärbten Schnauzbärten, protestieren lautstark. »Jetzt gehst du zu weit, du Flittchen«, ruft Jürgen. Muck nörgelt: »Du lässt dich gehen, Süßer, siehst zu Hause aus wie ein zerknittertes Hemd, stinkst wie ein voller Aschenbecher. Von Erotik keine Spur.«

Hinnerksens mögen keine Schwulen und blicken deshalb wie jeden Abend angewidert auf die Tresen-Szene.

»Vielleicht«, sagt Hans, während er für Jürgen und Muck Biere zapft und für Schlumpfi einen Campari-Orange zubereitet, »steht für euch, die ihr fast 70 seid und schon seit 30 Jahren zusammenlebt, das Sexuelle nicht mehr so im Vordergrund und hat wichtigeren Dingen Platz gemacht. Zum Beispiel …«

»Nun bin ich aber mal gespannt, welche Phrasen dem Wirt zu dem Thema aus dem Mund fallen«, kräht Schlumpfi. »Meine beiden Jungs besitzen etwa hundert Porno-DVDs, in denen es von blutjungen Kerls nur so wimmelt, alle natürlich mit perfektem Körper, willig bis devot, machen Sachen, an die früher kein Aas dachte, fist fuck und so'n Scheiß, waten bis zu den Knöcheln in Sperma …«

»Zahlen!«, ruft Herr Hinnerksen. Hans setzt sich in Bewegung, lässt sich von Herrn Hinnerksen 6 Euro für die zwei Merlot geben, erwartet von Hinnerksens kein Trinkgeld, tut so, als höre er zu, wenn Frau Hinnerksen mit bebender Stimme behauptet, es gebe bei Penny eine Flasche Merlot für 3 Euro, setzt einen Schlafzimmerblick auf, als Herr Hinnerksen Homosexualität als Erfindung der Juden bezeichnet. »Das ist nur eine von unzähligen tückischen Waffen, die von den Juden zur Aushöhlung des deutschen Volkskörpers eingesetzt werden. Nun haben wir sogar einen schwulen Außenminister. Na großartig! Eine andere dieser Waffen ist Barack Obama. Der wird ja von den Deutschen wie ein Idol verehrt. Aber der Mann ist von den Juden gekauft!«

Eigentlich wollte Hans die beiden wie üblich nur schnell abkassieren und dann loswerden, doch jetzt stutzt er. Wie war das? Selbst Frau Hinnerksen stutzt, starrt ihren Mann von der Seite an, als habe der sich plötzlich in einen Waran verwandelt. »Oh Gott«, stößt sie hervor, hetzt ihren Blick durch den

Raum und stellt fest, dass die Worte ihres Mannes bis zum Tresen gedrungen sind und in den Ohren der Tresenbelagerer noch immer nachklingen.

Hans braucht etwa eine Minute, bis er das Gesagte verdaut hat und dem Ehepaar Hinnerksen laut und deutlich Lokalverbot erteilt, breitbeinig, die eine Hand gegen die Hüfte gestemmt, mit der anderen zum Ausgang deutend. So viel Aufmerksamkeit behagt den beiden ganz und gar nicht. Ihre Vertreibung aus dem Paradies verläuft daher glatt und ohne viel Gezeter.

Am Tresen herrscht natürlich helle Aufregung. Als ob ein Fuchs kurz ein Auge in einen Hühnerstall geworfen hätte. Aber diese Aufregung kommt ja, wie alle wissen oder zumindest ahnen, sehr gelegen. Nichts lässt die Zeit schneller vergehen, den Alkohol kräftiger fließen, als diese Art von Aufregung, diese Kombination aus anfänglicher Empörung und späterer Genugtuung – denn ein Lokalverbot ist in den Augen der *Goa*-Stammgäste eine verdammt harte Strafe, bedeutet nicht mehr und nicht weniger als Verbannung.

»Die Hinnerksens kommen doch schon seit 20 Jahren«, murmelt Harry kopfschüttelnd.

»Dass die beschränkt sind, war ja kein Geheimnis«, sagt Rudi, ebenfalls kopfschüttelnd.

»Ihr Sohn ist ein Rechtsradikaler«, weiß Tatjana.

Amadou stellt den Teller mit Sülze, Bratkartoffeln und Remouladensauce vor Harry auf den Tresen. Stirnrunzelnd starrt Harry die verbrannten Bratkartoffeln an, starrt Amadou an, sucht noch jemanden, den er anstarren kann, sagt gereizt: »Ich hab ja gerochen, dass dir was angebrannt ist, aber dass du mir das Angebrannte auf den Teller lädst, hab ich, ehrlich gesagt, nicht erwartet.«

Amadou lacht verschämt, windet sich und antwortet: »An manchen Tagen koche ich gut, an anderen Tagen koche ich beschissen. Ich bin Künstler und habe meine Macken.«

»Ach Gottchen, ist der süß!«, schreit Schlumpfi.

»Der ist nicht süß!«, poltert Harry aufgebracht. »Das ist ein Verbrecher!«

Hans sieht es nicht ganz so streng, kommandiert Amadou aber mit dem Befehl, anständige Bratkartoffeln zu machen, in die Küche, gibt 'ne Tresenrunde aus und legt für Harry *Rave On* von Buddy Holly auf.

Später tauchen noch die Skatspieler Heinz, Ole und Günter auf, drei ernste Männer, die seit 30 Jahren jeden Sonntag Skat spielen, alle geschieden sind und sich äußerlich ähneln wie Brüder: klein, dick, Glatze, Hängebacken, Ohrring. Sie setzen sich um den Bistrotisch, Hans legt ihnen unaufgefordert ein neues Kartenspiel, Block und Kuli hin, zapft ihre Biere und fragt beiläufig: »Na, was habt ihr heute getrieben? Schneeballschlacht, endlich den Weihnachtsbaum entsorgt?«

Keine Antwort. Einer mischt schon die Karten, einer schreibt die Namen auf den Block, einer wischt mit einem Taschentuch die Tischplatte sauber.

Manchmal, denkt Hans schwermütig, wäre ich gern ein Diktator, vor dem alle zittern und Männchen machen – selbst die verkniffenen Skatspieler. Ich würde befehlen, dass nur noch Spielkarten-Sets verkauft werden, in denen die Könige mein Gesicht haben.

Mürrisch stellt er drei Pils auf den Bistrotisch. Ole brummt ihn an: »Du scheinst ja heute eine Scheißlaune zu haben.«

Da Hans kein Interesse an einer Unterhaltung über die Ursache seiner Scheißlaune hat, antwortet er: »Kein Wunder bei der Scheißregierung, der verschissenen.« Für einen Moment hat er vergessen, dass die drei Skatspieler glühende Merkel-Fans sind, dass Ole sogar einst von der Polizei als Merkel-Stalker verdächtigt wurde. Es fällt ihm aber sofort wieder ein. Ich bin ein selten dummes Arschloch, denkt er, und schon prasselt der Zorn in Form von tausend verbalen Cluster-Bomben auf ihn ein. Die Kanzlerin regiere überlegt und mit ruhiger Hand, endlich habe sie den SPD-Ballast abwerfen können, in einem Jahr sei Deutschland wieder Export-Weltmeister, ein Gastwirt solle sich um seine Gäste kümmern und die Politik den Experten überlassen, es sei doch bekannt, dass Hans früher mit staatsfeindlichen linken Gruppierungen geliebäugelt habe; auf die wirren Ansichten eines ehemaligen Chaoten lege man zumindest hier am Bistrotisch keinen Wert – und Heinz schnuppert in Hans' Richtung und sagt: »Es riecht hier verfault. Irgendwie nach einer vergammelten Ideologie.« Die beiden anderen nicken grimmigen Blicks.

Irgendwas stimmt heute nicht, denkt Hans. Vielleicht liegt es am Wetter, dass heute jeder glaubt, mich als Fußabtreter benutzen zu dürfen. Er überlegt kurz, ist unschlüssig. Ole macht ihm fünf Sekunden später die Entscheidung leicht, indem er knurrt: »Du stehst ja immer noch hier. Verzieh dich hinter deinen Tresen, polier Gläser!« Die drei Skatspieler nicken sich, grimmig grinsend, zu.

Gerade läuft *Wrong Side Of The Road* von Tom Waits. Schöne Untermalung für einen Rausschmiss. Hans stellt die drei Biere wieder zurück auf das Tablett. »Hey, hey«, ruft Günter, »was soll das denn? Bist du jetzt völlig gaga?«

»Ich will euch hier nicht mehr sehen. Verpisst euch! So schlecht geht es mir noch nicht, dass ich mich von drei fanatischen Merkel-Fans beleidigen lassen muss.«

Es sieht für einen Moment so aus, als wolle Ole sich auf den Wirt stürzen. Er beherrscht sich jedoch, was unter anderem daran liegen mag, dass Harry sich drohend nähert, zischt aber noch in den Raum: »Zig tausend Mark hab ich in dieser verschissenen Kaschemme gelassen, dann kommt der besoffene Wirt daher und wirft mich raus wie einen Straßenköter.«

»Straßenköter werden hier nicht rausgeworfen«, sagt Harry grinsend. »Nur Wichser, die sich nicht an die Regeln halten.«

»Und du bist ein Wichser, der sich an die Regeln hält, oder was?« Das soll höhnisch klingen, klappt aber nicht, weil Oles Kehle nach der Konfiszierung des frisch gezapften Bieres mit der perfekten Schaumkrone offenbar ausgetrocknet ist und ihm nur eine belegte Stimme erlaubt. Harry lacht locker. »Wollen wir zwei 60-Jährigen uns draußen im Schnee prügeln? Ich meine, wenn du das unbedingt willst, können wir uns den Scheiß antun. Warum auch nicht? Danach würde ich die Gemütlichkeit hier drin um so mehr genießen.«

Die Skatspieler sehen sich an, nicken sich grimmig zu und verlassen hocherhobenen Hauptes das Lokal.

Ein Scheißtag. Wahrscheinlich einer der von Hans seit dem ersten Schneefall dieses Winters befürchteten Vorboten des nahen Weltuntergangs – oder auch nur seines persönlichen Untergangs, was für ihn keinen Unterschied macht. Er lässt sich lustlos von den Gästen auf die Schulter klopfen, stellt sich wieder hinter die Theke, um die von Harry bestellte Runde einzuschenken, ist aber mit den Gedanken ganz woanders, hört nur mit einem Ohr, wie Tatjana sagt, es sei für einen Wirt sehr traurig, an einem Abend fünf Stammgästen Lokalverbot erteilen zu müssen; wie Rudi kichernd antwortet, der Abend sei ja noch längst nicht vorbei; wie Harry befriedigt knurrt, die drei Scheißer habe er noch nie leiden können. Das andere Ohr, zu einem Schalltrichter angewachsen, transportiert die Musik in sein Gehirn, wo sie sich ausbreitet, mit den Emotionen verschmilzt – und alles passt so gut zusammen: die verschlissene Kneipe, die verschlissenen Gäste, der einsame Wirt, das beschissene Wetter, der Alkohol, die latente Lust auf Sex im Damenklo oder gar im Bett, Stimmen-Durcheinander, das Klirren der Gläser, Zigarettenrauch, der Geruch von 10000 Nächten und ebenso vielen Gästen dampft aus den Wänden – und dazu dieser Song: *Hiding From Your Love* von Dana Fuchs, die Live-Version, eine gewaltige Stimme, ein herrliches Arrangement, klasse Gitarre, sozusagen eine Hommage an Bob Dylans *Isis*. Das Stück läuft zum ersten Mal in der Kneipe, sollte eine Überraschung werden, Hans hat damit gerechnet, dass wenigstens Harry den Kopf heben, gebannt lauschen und schließlich fragen würde, wer zum Teufel diese geile Röhre habe. Aber von wegen. Alle reden, lachen, trinken, Harry imitiert Ole, Rudi imitiert Hans, und nun kommt Bernd Kroll, der Taxifahrer, herein, wie immer laut fluchend, weil es für ihn immer was zu fluchen gibt; auch er ein Pferdeschwanz-Besitzer – und seit gefühlten hundert Jahren trägt er ausschließlich Blue Jeans, blaue Jeansjacke, Holzfällerhemd und Boots. Wie jeden Sonntag hat er den neuen *Spiegel* dabei, frisch vom Dammtor-Bahnhof. »Verdammte Scheiße, ey«, flucht er, lässt sich am Bistrotisch nieder, und schon steht ein Guinness vor ihm, von dem er den ersten Schluck gierig trinkt, als habe er in Erwartung dieses Schlucks den ganzen Tag über keinen Tropfen

Flüssigkeit zu sich genommen. Den Schaum-Bart auf der Oberlippe wischt er wie immer mit dem Handrücken ab, dann folgt automatisch das Drehen einer Zigarette. Schwarzer Krauser. In Hamburg gibt es wahrscheinlich nur noch ein Dutzend Menschen, die diesen Tabak rauchen. Die anderen sind entweder früh verstorben oder vernünftig geworden, auf jeden Fall mega-out. So out wie Pferdeschwänze bei Männern, so völlig von gestern wie Anarchismus, Schambehaarung, Blues, Frauen ohne BH und innovatives Fernsehen bei ARD und ZDF.

»Was gibt's heute zu fluchen, Bernd?«, fragt Harry, mit dem Arsch an den Tresen gelehnt.

»Hör bloß auf, Mann, die Scheiße da draußen. Ich hab mir heute vorstellen können, wie sich ein Taxifahrer in Alaska fühlt. Eine Scheiße war das heute. Du kommst kaum vorwärts.«

Die Tür geht auf, Louisiana Sam kommt, sich schüttelnd, herein, obwohl er klein und kugelrund ist, flitzt er katzenhaft zum Tresen, besteigt einen Barhocker. »Verdammt«, sagt er, während er sich aus der wulstigen Steppjacke schält, »dieses Wetter können nur Leute gut finden, die aus noch beschisseneren Gegenden kommen, zum Beispiel aus Murmansk wie Tatjana.«

»Archangelsk«, sagt sie.

»Eine Runde auf Tatjana!«, brüllen Harry und Rudi aufgekratzt. Die Russin spult, wie immer nach dem fünften Wodka, eine Auswahl russischer Flüche ab, lacht dazu und ruft: »Schenk ein, Hans, stell dem Phantom auch was hin!«

Aber das Phantom ist verschwunden. Neben dem leeren Cognacschwenker liegt abgezählt das Geld.

»Wie der das immer schafft«, wundern sich, wieder einmal, Harry und Rudi. »Und heute hab ich mir vorgenommen, ihn im Auge zu behalten. Kaum lasse ich mich für zehn Sekunden ablenken, ist er weg.« Rudi schüttelt den Kopf und sieht aus, als halte er René Kunkel inzwischen tatsächlich für einen Geist.

Am Tresen wird munter geplaudert, Harry versucht zum hundertsten Mal Tatjana anzubaggern, doch die versucht zum fünfzigsten Mal Amadou, der gerade eine ellenlange SMS in sein Handy tippt, zu becircen; die Kawasaki-Ritter erzählen, dass sie ihre beiden Motorräder verkauft haben und nun keine Ritter der Landstraße mehr sind, was alle traurig finden, denn jedes Jahr haben die drei auf ihren zwei schweren Maschinen eine Urlaubsfahrt nach Ravello gemacht, zum ehemaligen Wohnort des schwulen Schriftstellers Gore Vidal, der dort jahrzehntelang mit seinem Lebenspartner gelebt hat, aber nie unangemeldeten Besuch empfing, wie schwul der auch immer sein mochte. Nach jeder Fahrt haben die Kawasaki-Ritter die Gäste im *Goa* mit skurrilen Reiseberichten erheitert. Von nun an also keine Erzählungen mehr von Schlumpfis vergeblichen Versuchen, ein Rad zu wechseln, oder von Mucks Techtelmechtel mit einem Mönch. Vom Bistrotisch ruft der in den *Spiegel* vertiefte Taxifahrer: »Hört euch das mal an!« Er blickt zum Tresen, stellt fest, dass sich keine Sau für ihn interessiert, bestellt noch ein Guinness, was von Hans sofort registriert wird, und liest weiter still vor sich hin, hier und da betrübt den Kopf schüttelnd.

Draußen ist alles weiß. Es wird wegen des Schnees gar nicht richtig dunkel. Sonntags lohnt es sich einfach nicht, den Laden aufzumachen, denkt Hans. Er schaut auf die Uhr. Kurz nach Mitternacht. Noch etwa zwei Stunden. Er gähnt möglichst unauffällig. Jetzt sind nur noch Harry, Rudi, Tatjana und Louisiana Sam da. Amadou räumt die Küche auf, hat heute wenig zu tun gehabt. Traurige Blues-Stücke von Lightnin' Hopkins und Robert Cray werden gespielt, harmonieren perfekt mit der öden Winternacht, sind aber nicht dafür geeignet, die Stimmung aufzuhellen.

Die übliche beschissene Blues-Stimmung, denkt Hans. Seit Jahren überlegt er, ob er aus der Kneipe eine Karaoke Bar oder eine Weinstube machen solle. Geht natürlich nicht, weil er dann seine Freunde verlieren würde. Tatjana und Louisiana Sam begleiten Arm in Arm und mit geschlossenen Augen seit einer Stunde summend die Musik, Harry streitet sich seit einer Stunde mit Rudi. Um die Tageszeit streiten die beiden sich immer, und heute ausgerechnet darüber, warum hier nachts »keine Weiber mehr auftauchen«. Hans hätte auch gern einen Gesprächspartner. Nicht, dass seine Einsamkeit dadurch überwunden würde, aber er könnte sie zumindest mit den anderen teilen. Früher kannte er keine Einsamkeit. Es fiel ihm leicht, sich zu öffnen und sich für andere zu interessieren. Fähigkeiten, die ihm in den letzten Jahren abhanden gekommen sind. Vielleicht hat er einfach zu viele Menschen bedient, zu viele kommen und gehen sehen, zu viele falsch eingeschätzt, ist auf zu vielen Beerdigungen gewesen, sieht nur noch, nun auch beeinflusst von zu vielen Schnäpsen, Anhäufungen von Molekülen, Ballungen von Protoplasma, nimmt nur den Alkohol-Atem der Gehirn-Tiere wahr, hört ihre Botschaften nicht mehr, will sie auch nicht mehr hören, weil sie seine Signale ignorieren …

Da fliegt die Tür auf, ein großer, breiter Mann mit ausgeprägtem Unterkiefer betritt den Raum, blonde, gewellte Haare, blaue Augen, den kantigen Kopf hat er stolz erhoben; er sieht aus wie das Nazi-Ideal des deutschen Mannes. Ach, du Scheiße, denkt Hans, Rainer Hinnerksen, der bekloppte Sohn der Hinnerksens. Na, das kann ja noch heiter werden. Er hat den Germanen in unangenehmer Erinnerung. Als Rainer Hinnerksen in der Pubertät war, hatte er ein paarmal den blonden Kopf in die Kneipe gestreckt und gebrüllt: »Rauschgiftsüchtige Schwule! Raus aus Deutschland!« Die Eltern entschuldigten sich damals bei Hans, doch der winkte ab. Es sei normal, dass Pubertierende möglichst wirksame Provokationen ausprobierten. Er, Hans, habe in dem Alter Erwachsene zwar nicht als rauschgiftsüchtige Schwule bezeichnet, weil er ja weder gegen Rauschgift noch gegen Schwule etwas gehabt habe, aber als Spießer habe er damals fast alle Alten bezeichnet, sie jedoch nicht aus Deutschland rauswerfen wollen – und es sei alles verständlich, weil Rainer bekanntlich ein Alkoholproblem habe, was für die Eltern auch nicht gerade angenehm sei.

Mittlerweile ist Rainer weit über 40, wohnt immer noch bei den Eltern und hat immer noch das Alkoholproblem. Er stapft auf den Tresen zu und brüllt: »Was glaubst du, was ich in deinem Scheißladen will?«

»Dich aufwärmen?«

»Das kann ich auch zu Hause.«

»Stimmt. Dann möchtest du vielleicht ein Bier vom Fass. Oder habt ihr zu Hause ein Bierfass?«

»Glaubst du Arsch, ich würde mich neben einen Nigger setzen und gemütlich mein Bier trinken? Ach, da in der Küche ist ja noch ein Nigger. Ein Schwarzarbeiter.« Er lacht kurz und männlich über den vermeintlichen Witz. »Nein, du Sack, ich will dir klarmachen, dass du meine Eltern mit Respekt zu behandeln hast.«

Harry und Rudi erheben sich demonstrativ von ihren Barhockern, Louisiana Sam gähnt scheinbar gelangweilt.

»Ich mach euch alle fertig«, droht Rainer. Das Zeug dazu hätte er. Man sieht ihm trotz seiner gefütterten Lederjacke an, dass er durchtrainiert ist. »Was glotzt ihr so? Hat's euch die Sprache verschlagen? Den ganzen Scheißladen werd ich zu Kleinholz verarbeiten, dieses nach Verwesung stinkende Altersheim. Oder seht ihr irgendeinen, der mich daran hindern könnte?« Er verabreicht Rudi eine Ohrfeige und schleudert das Bierglas ins Regal. In diesem Moment erinnert sich Hans an die Pistole, die in der Kassenschublade liegt. Er holt sie hervor, entsichert sie, lädt sie durch und richtet sie auf den Germanen. Sie verleiht ihm ein unglaubliches Gefühl der Sicherheit. Der Germane lacht verächtlich. »Willst du mir etwa Angst machen?«

Rainer nimmt den nächsten Aschenbecher in die Hand, und nun sind alle auf die Reaktion des Wirts gespannt. Der krümmt den Zeigefinger, es geht ganz leicht – ein trockener, ohrenbetäubender Knall folgt. Hans hat neben Rainers Kopf gezielt, ihn unmissverständlich warnen wollen, trifft aber dummerweise die Schläfe. Ein hässliches Loch. Alle glotzen wie erstarrt auf den demolierten Germanenkopf und ekeln sich. Der Koloss taumelt, stützt sich schwerfällig auf den Bistrotisch, in seinen Augen liegt grenzenlose Verwunderung – Schmerzen scheint er nicht zu verspüren, aber Blut tropft auf die Tischplatte, nicht übermäßig viel, dicke Tropfen, im Sekundentakt.

»Ach, du Scheiße«, sagt Harry, der schon viele Kneipenschlägereien erlebt hat, teils als Beteiligter, teils als Zaungast, aber bis zu diesem Augenblick noch keinen von einer 9-Millimeter-Patrone durchlöcherten Kopf gesehen hat. Der Angeschossene taumelt ins Freie, macht noch drei unbeholfene, unentschlossene Schritte, bleibt wie angewurzelt stehen, als ihm das Phantom entgegenkommt, und flüstert der bleichen Gestalt entgegen: »Bist du gekommen, um mich abzuholen, Meister?« Dann fällt er in den Schnee. Die anderen sind ihm gefolgt, sie beugen sich über ihn. Tatjana fragt Hans nach einem Verbandskasten. Rainer der Deutsche reißt die Augen auf. Er sagt überrascht, offensichtlich gerührt und mit sich im Reinen: »Ich sehe ein Licht, Leute, ein immer heller werdendes Licht in dieser dunklen Jahreszeit. Es bringt die Hoffnung, Leute. Ich habe gerade den Fährmann gesehen. Er ist ganz bleich und sieht aus wie Nosferatu. Aber das ist egal. Er macht nur seine Arbeit. Er wird mich …« Sein Blick verlöscht, die Glieder werden schlaff.

»Der ist ziemlich tot«, stellt Rudi fest. »Eine harte Strafe für die Ohrfeige und drei zerbrochene Gläser.«

»Wegen so 'nem Scheiß bin ich vor zwanzig Jahren aus Louisiana abgehauen«, murmelt Louisiana Sam.

»Wegen so 'nem Scheiß bin ich aus Archangelsk abgehauen«, lallt Tatjana, und Amadou brüllt lachend: »Eine Runde auf Tatjana!«

Die anderen starren ihn ungnädig an, Louisiana Sam sagt vorwurfsvoll: »Ich wusste gar nicht, dass Afrikaner so unsensibel sind.«

»Tut mir leid«, brummelt Amadou zerknirscht, »das war die Aufregung.«

Harry schüttelt streng den Kopf. »Eine bessere Ausrede hast du nicht auf Lager?«

Alle starren befremdet auf den Toten. Beschissener Abend.

Hans beschließt, die Polizei anzurufen und dann eine Tasche zu packen. Untersuchungsgefängnis, das ist klar. Die Kneipe ist im Arsch, das ist auch klar. Keine Pläne mehr. Der Weltuntergang. Aber eine Runde gebe ich noch aus. Mit hängenden Schultern dreht er sich um, blickt durch das Kneipenfenster in den gemütlichen, mit viel Patina behafteten Raum, in diese von ihm geschaffene Welt – und sieht das Phantom am Tresen stehen, bleich und hager wie Nosferatu, vor sich einen Cognac.

Er hat sich tatsächlich selbst bedient, staunt Hans und wettet im Stillen mit sich, dass René Kunkel garantiert nicht über den Eichstrich eingeschenkt hat.

Georg Meier
Mit dem Gibbon und John Lennon nach Ancona
Roman
ISBN 978-3-937717-40-1
336 Seiten, gebunden
€ 19,80, SFr. 34,60

»Ein verrückter Titel, ein verrücktes Buch. […] Eine überbordende Geschichte: salopp, hemdsärmelig und rasant. Mit viel Witz erzählt Meier seine Farce. Er startet mit durchdrehenden Reifen, seine Dialoge haben bestes Drehbuchformat. Meier konditioniert sich nicht – er kennt nur Vollgas. Ein abgefahrener Roman, irgendwo zwischen Bukowski, Kerouac und Wondratschek […] ›Mit dem Gibbon und John Lennon nach Ancona‹ ist einer der Romane, die drogengleich den Leser auf ganz legale Art berauschen. Das hält wach, schüttelt durch und beglückt.«
Carsten Wist
Antenne Brandenburg

Georg Meier
Alle waren in Woodstock –
außer mir und den Beatles
Roman
ISBN 978-3-937717-96-8
488 Seiten, gebunden,
€ 22,80, SFr. 39,40

Fast 500 Seiten mit Erlebnissen, Erinnerungen und vor allem einer Lebenshaltung der Hippiegeneration. Ein verspäteter Roman der 68er. Eine Ich-Erzählung mit weitestgehend autobiografischen Zügen. […] In dem Buch ist alles drin, was man sich nur vorstellen kann. […] Ein Roman, der mit Woodstock genau diese Sehnsucht nach Freiheit dokumentieren möchte, die erste Berührung mit Musik, die vierzig Jahre später immer noch Gefühle auslöst, die für das Leben ganz, ganz wichtig waren und auch noch sind.«
WDR 2
zu 40 Jahre Woodstock

Georg Meier
Härte 10
Roman
ISBN 978-3-937717-34-0
384 Seiten, gebunden
€ 19,80, SFr. 34,60

»Protagonist ist der Mittfünfziger Heinrich Witt, der nach einer aufregenden Lebensgeschichte im zerbombten Gießen des Jahres 1947 versucht, sich zusammen mit seinen Freunden auf dem Schwarzmarkt durchzuschlagen. Die atmosphärischen Besonderheiten des Jahres 1947 fängt Meier durch das Personal des Romans und vor allem durch die Hauptfigur Witt und die um sie gescharten Nebenfiguren ein […].
Meier ist ein zeitkritischer, aber auch ›zeitfreundlicher‹, rundum unterhaltsamer, spannender, die Stimmung der Nachkriegszeit treffend beschreibender Roman gelungen, der einen Blick auf das wechselhafte 20. Jahrhundert gestattet.«
Thomas Neumann, literaturkritik.de